AF304512

Patricia Walter, geboren 1974, studierte in München Statistik und arbeitet in der Versicherungsbranche. In ihrer Freizeit betreibt sie neben dem Schreiben Kampfsport, insbesondere Judo und Kung Fu. In Judo hat sie den zweiten Schwarzgurt und ist ehrenamtlich als Trainerin tätig. Bisher sind von ihr die Psychothriller *Blutroter Schatten, Tote Asche, Dunkle Vergangenheit* und *Kalte Erinnerung* erschienen. *Schwarzer Abgrund* ist ihr erster Jugendthriller.

SCHWARZER ABGRUND

PATRICIA
WALTER

Überarbeitete Neuausgabe Mai 2022

© 2022 dp Verlag ein Imprint der dp DIGITAL PUBLISHERS GmbH

Made in Stuttgart with ♥
Alle Rechte vorbehalten

Schwarzer Abgrund

ISBN 978-3-98637-763-2
E-Book-ISBN 978-3-98637-674-1

Covergestaltung: Buchgewand
Umschlaggestaltung: ARTC.ore Design
Unter Verwendung von Abbildungen von
stock.adobe.com: © by-studio, © JAYANNPO
Lektorat: Daniela Pusch
Satz: dp DIGITAL PUBLISHERS GmbH
Druck und Bindung: Books on Demand GmbH, Norderstedt

Für Martin W.

Prolog

Wie friedlich sie schlafen. Als ob sie nichts zu befürchten haben.

Sie haben ja keine Ahnung.

Im Gegensatz zu ihnen bin ich hellwach. Ich beobachte sie. Ruhig und geduldig warte ich auf einen günstigen Moment. Und dann, wenn niemand damit rechnet, werde ich zuschlagen.

Dieser Moment ist nah. Ich kann es spüren.

Sie wähnen sich in trügerischer Sicherheit. Wahrscheinlich haben sie noch nicht einmal ein schlechtes Gewissen wegen dem, was sie mir angetan haben, oder bereits alles wieder vergessen. Aber ich habe nichts vergessen. Gar nichts. Die Kränkung sitzt tief, und meine Gedanken kreisen ständig darum.

Doch bald werde ich Gelegenheit haben, es ihnen heimzuzahlen.

Ich lächle.

Schlaft weiter und träumt noch schön von eurem Urlaub. Denn wenn ihr morgen aufwacht, werdet ihr feststellen, dass ihr einen Ausflug in die Hölle gemacht habt!

1

17 Stunden früher ...

Warum, zum Teufel, war ich gestern nur so spät ins Bett gegangen?

Völlig übermüdet stand ich in der zugigen Halle des Münchner Hauptbahnhofs und klammerte mich an meinen Coffee-to-go-Becher. Die Uhr zeigte 7.13 Uhr am Morgen, und zum wiederholten Male fragte ich mich, weshalb ich gestern so lange aufgeblieben war, nur um auf Instagram zu chatten.

Trotz der frühen Stunde herrschte in der Halle des Fern- und Regionalverkehrs bereits ein reges Treiben. Wichtig aussehende Business-Typen mit Anzug und Krawatte eilten an weniger wichtig aussehenden Normalos vorbei, die, genauso müde wie ich, über den Bahnsteig schlichen.

Wie konnte man nur in der Früh schon so rumstressen?, wunderte ich mich und schüttelte über die Anzugträger verständnislos den Kopf.

Ich hatte für diese Art von Menschen, die nur ihre Karriere im Sinn hatten, nicht viel übrig. Allein die Vorstellung, den ganzen Tag in einem stickigen Büro verbringen zu müssen, raubte mir die Luft zum Atmen und würde für mich niemals in Betracht kommen. Nachdem ich letztes Jahr in den Sommerferien für zwei Wochen in einem Tierheim gejobbt und dabei einen Tierarzt unterstützt hatte, stand für mich mein Berufswunsch fest. Wenn ich nächstes Jahr mein Abi in der Tasche hatte, wollte ich mich an der Uni für Tiermedizin einschreiben. Doch das lag noch in weiter Ferne, und jetzt war erst einmal Urlaub angesagt.

Ich trank einen Schluck von meinem Latte macchiato, in der verzweifelten Hoffnung, dass das Koffein endlich die ersehnte Wirkung tun würde. Wie bescheuert musste man eigentlich sein, ausgerechnet in den Sommerferien um diese Uhrzeit aufzustehen? Und noch dazu an einem Montag!

Ich sah zu meiner besten Freundin Pia hinüber, die vor einem Kiosk stand und schuld an dem Ganzen war. Sie blätterte gerade durch einen Stapel Magazine und strich sich mit einer anmutigen Bewegung ihre langen blonden Haare aus dem Gesicht. Ich fragte mich, wie sie es sogar zu dieser frühen Morgenstunde schaffte, so gut auszusehen. Während meine schulterlangen braunen Haare in alle Himmelsrichtungen zu stehen schienen und mein Gesicht aufgrund des Schlafmangels müde und ausgelaugt wirken musste, war sie genauso hübsch wie jeden Tag. Pia hatte sich dezent geschminkt, was ihre großen smaragdgrünen Augen noch mehr betonte. Zu ihrer khakifarbenen Hose trug sie ein hautenges, dunkelrotes Top, und ich musste neidvoll zusehen, wie sich Männer öfter nach ihr umdrehten und ihr bewundernde Blicke zuwarfen.

Pia hatte schon immer alle Augen auf sich gezogen, und manchmal kam ich mir neben ihr wie ein hässliches Entlein vor; wenngleich ich definitiv nicht hässlich war. Deine Schönheit kommt von innen, pflegte Pia mir immer zu sagen, wenn ich ihr meinen Neid auf ihr Aussehen gestand. Mochte sein, dass sie damit recht hatte, aber das war trotzdem nicht sonderlich hilfreich, wenn es um die wirklich angesagten Jungs ging.

Ein Junge war auch der Grund dafür, warum ich jetzt in aller Frühe auf dem Bahnsteig stand und auf einen Regionalzug wartete.

Pia bezahlte und kam mit ein paar Hochglanz-Modezeitschriften in der Hand zurück.

„Damit sollte ich erst mal versorgt sein", meinte sie. „Obwohl ich wahrscheinlich eh nicht allzu viel zum Lesen kommen werde." Sie zwinkerte mir zweideutig zu und warf einen Blick auf ihre Uhr. „Robbie sollte mal langsam auftauchen. Wir waren bereits vor zehn Minuten verabredet."

„Er kommt bestimmt gleich", meinte ich zuversichtlich, obwohl ich Unpünktlichkeit nicht ausstehen konnte. „Du kennst ihn ja, er trödelt immer."

„Schon klar, aber unser Zug geht in einer Viertelstunde."

„Ich wette mit dir, dass er genau fünf Minuten vor Abfahrt auftaucht." Grinsend streckte ich ihr die Hand entgegen. „Um einen Latte macchiato mit einem Croissant."

Pia lachte und schlug ein. „Okay, abgemacht. Ich halte dagegen."

Während sie die Modemagazine in ihrem Rucksack verstaute, sah ich zu den wartenden Zügen hinüber und dachte an unseren bevorstehenden Urlaub. Einen Urlaub, der so nicht geplant war, denn ursprünglich hatte Pia mit Robert allein wegfahren wollen. Pias Onkel besaß eine Hütte in den Bergen, weit abseits der üblichen Touristengebiete, und sie wollte dort zusammen mit ihrem neuen Freund eine Woche in trauter Zweisamkeit verbringen. Sie war erst seit ein paar Wochen mit Robert zusammen, einem sportlichen Jungen mit etwas längeren schwarzen Haaren, der in die Jahrgangsstufe über uns gegangen war und dieses Jahr sein Abi gemacht hatte. Auch wenn er so seine Macken hatte, war er doch ein netter Kerl, ich kam gut mit ihm klar. Er war jemand, der sein Leben in vollen Zügen genoss und dabei nichts anbrennen ließ. Wahrscheinlich hatten Pias Eltern ihren Urlaubsplänen von der Zweisamkeit genau deshalb einen Strich durch die Rechnung gemacht und sie vor die Wahl gestellt: Entweder sie nahm noch eine Freundin mit, oder sie blieb daheim.

Und so hatte Pia mich dazu überredet, mitzukommen.

Eigentlich musste sie mich gar nicht groß dazu überreden, denn ein Urlaub in der Einsamkeit der Berge war genau das, was ich momentan brauchte. Noch nie in meinem Leben hatte ich so dringend weggewollt; weg aus meinem Alltag und vor allem fort von der Erinnerung an vor drei Wochen, als ich das Gefühl gehabt hatte, die Welt würde über mir einstürzen. Es schmerzte noch immer, wenn ich daran zurückdachte, und ich fragte mich, ob es wohl jemals besser werden würde. Schnell verdrängte ich den Gedanken wieder.

Pia war froh, dass ich sie nicht im Stich ließ. Damit ich mir dabei jedoch nicht wie das dritte Rad am Wagen vorkam, hatte ich darauf bestanden, dass noch ein Vierter mitkam. Meine Eltern hatten schon länger überlegt, zur Abwechslung mal allein in den Urlaub zu fahren, daher tat ich ihnen den Gefallen und fragte meinen Bruder Florian, ob er Lust hätte, uns zu begleiten. Ich musste ihn nicht zweimal fragen, er war sofort hellauf begeistert.

Florian war zwei Jahre jünger als ich, überragte mich jedoch bereits um einen ganzen Kopf. Mit unseren braunen lockigen Haaren sahen wir uns nicht nur äußerlich recht ähnlich, wir verstanden uns auch so ziemlich gut – von ein paar kleineren Reibereien mal abgesehen.

„Wann fährt unser Zug noch mal ab?", wollte eine Stimme hinter mir wissen und riss mich aus meiner Grübelei.

Ich drehte mich zu meinem Bruder um, der auf seinem Rucksack am Boden saß und in ein Spiel auf seinem Handy vertieft war.

„Um halb acht."

Florian hämmerte wie wild auf den Touchscreen seines Smartphones ein.

„Mist", fluchte er, als eine Melodie signalisierte, dass er das Spiel verloren hatte. Er verzog die Mundwinkel und steckte das Handy in seine Hosentasche. „Halb acht?", wiederholte er und sah zu der großen Bahnhofsuhr hinüber. „Dann wird's aber langsam eng."

„Keine Panik", beruhigte ich ihn. „Robert kommt schon noch." Dabei wurde ich selber langsam nervös.

Er schnitt eine Grimasse, und hinter seiner Brille mit den dicken Gläsern blitzten zwei haselnussbraune, lebenslustige Augen auf. „Ich und Panik? Hallo, ich bin ja wohl die Gechilltheit in Person. Du bist das Nervenbündel."

„Ach tatsächlich?" Ich strich ihm über seinen Wuschelkopf, weil ich wusste, dass er das gar nicht mochte, und er versuchte vergeblich, mich mit seinen Händen abzuwehren.

„Warte nur, bis wir auf der Hütte sind", drohte er mir lachend. „Da bist du mir und meiner Rache hoffnungslos ausgeliefert. Pass auf deine Haare auf."

„Das werden wir ja sehen, wer ruhig schlafen kann", konterte ich und grinste. Dabei wurde ich innerlich immer unruhiger. Was, wenn Robert es tatsächlich nicht mehr rechtzeitig schaffen würde? Der nächste Zug fuhr erst wieder in zwei Stunden, doch ich wollte keine Sekunde länger als nötig hierbleiben. Die kommende Woche war für mich nicht nur Urlaub, sondern vielmehr eine Flucht; eine Flucht vor meinem Ex.

Ich trank meinen Latte macchiato aus und streckte mich, um den letzten Rest meiner Morgenmüdigkeit loszuwerden. Die Halle um uns herum füllte sich mit noch mehr Reisenden. Von Robert noch immer keine Spur. Plötzlich stockte ich, als ich ein bekanntes Gesicht in der Menge erblickte.

Timo?, dachte ich erstaunt.

Timo stand bei einer Gruppe mir unbekannter Jugendlicher, die sich mit ihrem Gepäck unter der Abfahrtsanzeige gesammelt hatte. Er war ein großgewachsener junger Mann, der mich mit seinen schulterlangen blonden Haaren und dem braungebrannten Gesicht an einen dieser Surfertypen aus Kalifornien erinnerte.

Ich stieß Pia an. „Schau mal, wer da drüben ist."

„Oh nein", meinte sie nur. „Was will der denn hier?"

In der nächsten Sekunde drehte Timo seinen Kopf und sah in unsere Richtung. Er entdeckte uns und lächelte. Mit den Händen lässig in den Hosentaschen kam er zu uns herüber geschlendert.

„Hi", sagte er. „Na, was geht?"

„Hi, Timo", antwortete ich und versuchte, in seiner Nähe nicht wie immer rot zu werden, während Pia ihn lediglich mit einem Kopfnicken grüßte. Ich glaube, sie war nicht gerade erbaut darüber, ausgerechnet hier auf ihren Ex-Freund zu treffen.

Timo deutete auf unsere Rucksäcke. „Wo geht's denn hin?"

„Wir fahren für ein paar Tage zum Wandern in die Berge."

„Echt? Wollt ihr zelten?"

„Nein, wir sind zu einer Hütte unterwegs."

„Cool."

„Und du?"

„Ich fahr mit meinen Kumpels nach Italien an den Strand." Er nickte in die Richtung der Gruppe unter der Abfahrtsanzeige. „Nach dem ganzen Abistress wollen wir mal so richtig die Sau rauslassen."

„Gratuliere dir übrigens zum bestandenen Abi."

„Danke." Er strahlte uns an. Sein Lächeln war immer noch umwerfend. „Ist schon ein Wahnsinnsgefühl, endlich die Schule hinter sich zu haben."

„Das glaub ich dir", seufzte ich. „Ich kann es kaum abwarten, bis es bei mir endlich so weit ist."

„Ist doch nur noch ein Jahr."

„Nur?" Entgeistert starrte ich ihn an.

Er lachte. „Glaub mir, das Jahr ist schneller rum, als du denkst. Am Schluss bist du so mit Lernen beschäftigt, dass du für gar nichts anderes mehr Zeit hast."

„Na, hoffentlich nicht. Ich komm ja jetzt schon nicht mehr mit dem Stoff nach."

Pia hielt sich zwar aus dem Gespräch raus, nickte jedoch zustimmend.

„Ihr packt das schon. Und ich freu mich jetzt erst mal auf bella Italia." Verträumt rollte er mit den Augen. „Wird bestimmt ein Riesenspaß."

Ja, dachte ich, Spaß hatte Timo immer. Und offenbar war er auch darüber hinweg, dass Pia mit ihm Schluss gemacht hatte.

Ich bemerkte, dass seine Kumpels sich bereit machten, aufzubrechen. Sie schulterten ihr Gepäck und blickten sich um.

„Oh, sorry", sagte Timo, „ich muss leider los. Ich wünsch euch auf alle Fälle einen richtig geilen Urlaub. Erholt euch gut, und vielleicht sieht man sich ja mal wieder."

„Dir auch eine schöne Zeit in Italien", erwiderte ich, während Pia nur ein schwaches Lächeln zustande brachte.

Timo eilte zu seiner Gruppe zurück, schnappte sich sein Gepäck und folgte den anderen auf den Bahnsteig.

„Alles okay?", fragte ich an Pia gewandt.

„Klar", antwortete sie. „Wieso?"

„Nun ja ..."

„Du meinst wegen Timo?" Sie machte eine wegwerfende Handbewegung. „Über den bin ich längst hinweg. Ich bin mittlerweile mit Robbie zusammen, schon vergessen?"

Ja, dachte ich, Pia war über Timo hinweg. Wenn ich doch nur dasselbe von Mark behaupten könnte.

Pia drehte mir den Rücken zu und kramte in ihrem Rucksack nach ihrem Smartphone. „Wo bleibt Robbie nur? Ich ruf ihn lieber mal an."

Mein Blick schweifte durch die Halle. Wenn er jetzt nicht langsam kam, würden wir alle unseren Zug verpassen.

Im nächsten Moment entdeckte ich Robert, der die Rolltreppe von der S-Bahn hochfuhr.

Da kommt er ja endlich, dachte ich.

Doch jemand anderer zog meine Aufmerksamkeit auf sich, und ich musste zweimal hinschauen, um sicherzugehen, dass ich mich nicht irrte. Doch es bestand kein Zweifel.

Robert war nicht allein.

2

Als ich Roberts Begleitung erkannte, runzelte ich irritiert die Stirn.

Das ist doch der Dominik, dachte ich. Der Neue aus unserer Kollegstufe, der irgendwo aus Norddeutschland kam und erst Anfang des Jahres nach München gezogen war. Er war bereits neunzehn, und wenn die Gerüchte stimmten, dann war er von der zwölften Jahrgangsstufe in die elfte zurückgegangen und wiederholte diese, zumindest das letzte Halbjahr.

Ob er Robert zufällig über den Weg gelaufen ist?, wunderte ich mich. Oder warum gingen die beiden nebeneinander? Doch dann bemerkte ich seine Wanderausrüstung und sah, wie Robert auf uns zeigte.

Nein, die beiden waren sich nicht zufällig begegnet, sondern Robert hatte ihn mitgebracht. Mich beschlich ein leiser Verdacht.

Pia, die die beiden noch nicht bemerkt hatte, fluchte neben mir. „Es ist fünf vor halb acht. Du verlierst unsere Wette." Sie zog die Mundwinkel hoch und öffnete in ihrem Handy das Telefonbuch. „Hoffentlich hat er nicht verschlafen."

„Hat er nicht." Ich deutete in die Richtung des S-Bahn-Aufgangs.

Pia drehte sich um und strahlte bei seinem Anblick. Doch in der nächsten Sekunde erblickte sie seine Begleitung und sah mich erstaunt an.

„Ist das nicht der Dominik?“

„Ja.“

„Und was macht der hier?“

„Das frage ich dich.“

„Sieht so aus, als würde er mitkommen. Aber wir sind doch schon zu viert.“

Ich neigte meinen Kopf leicht. „Sag mal, Pia, hast du möglicherweise vergessen, Robert zu erzählen, dass Florian mit von der Partie ist?“

„Nein, natürlich nicht. Ich hab …“ Sie stutzte, und ich konnte förmlich sehen, wie es in ihrem Kopf zu rattern begann.

Pia konnte ziemlich schusselig sein. Keine Ahnung, wo sie manchmal mit ihren Gedanken war, aber es wäre nicht das erste Mal, dass man ihr etwas sagte, und keine fünf Minuten später hatte sie es bereits wieder vergessen.

„Äh …“ Verlegen verzog sie das Gesicht. „Ich glaub, das hab ich vergessen.“

„Na toll!“

„Tut mir leid. Ich wollte es Robbie gleich erzählen, nachdem Flo zugesagt hatte, aber dann musste er zum Training und … naja, ich hab’s vergessen.“

Ich schaute grimmig. War ja klar.

Robert war davon ausgegangen, dass wir nur zu dritt waren. Er wollte bestimmt so viel Zeit wie möglich mit Pia allein verbringen, und da war ich nur im Weg. Eigentlich war es eine nette Geste von ihm, noch jemanden mitzubringen, aber wie war er ausgerechnet auf Dominik gekommen?

„Das ist mir jetzt echt voll peinlich.“

„Sag das Dominik, wenn du ihm erklärst, dass er nicht mitkommen kann.“

„Ach komm schon, ist doch halb so wild. Fahren wir halt zu fünft.“

„Das meinst du jetzt nicht ernst?“ Zumal es auf der Hütte nur vier Schlafplätze gab.

Es war ihr deutlich anzusehen, dass ihr die Situation ziemlich unangenehm war.

„Warum nicht? Dominik ist doch süß“, sagte sie und warf mir ein aufmunterndes Lächeln zu.

Ich verdrehte die Augen. So war Pia nun mal. Immer wollte sie mich verkuppeln. Grundsätzlich hatte ich nichts dagegen, Dominik mal näher kennenzulernen, doch ich wollte ihn nicht in unserem Urlaub dabei haben. Unser Kontakt in der Schule hatte sich bis jetzt auf ein Minimum beschränkt, denn er verhielt sich bisweilen ziemlich seltsam und undurchsichtig. Ich konnte nicht sagen, was es war, aber er hatte etwas an sich, dass ich nicht genau beschreiben konnte. Einerseits weckte er mein Interesse, doch gleichzeitig fühlte ich mich in seiner Gegenwart immer irgendwie verunsichert.

In der nächsten Sekunde hatten die zwei Jungs uns erreicht. Pia lief auf ihren Freund zu, schlang die Arme um seinen Hals und küsste ihn leidenschaftlich, während Dominik danebenstand, ein leises „Hallo“ nuschelte und fast etwas schüchtern zu Boden blickte.

„Hi“, erwiderte ich.

Florian erhob sich und flüsterte mir ins Ohr: „Ich dachte, wir wären nur zu viert.“

„Dachte ich auch“, gab ich zurück.

Während Pia und Robert innig verschlungen waren und den Rest der Welt um sich herum vollkommen vergessen zu haben schienen, musterte ich heimlich unseren Überraschungsgast.

Seit dem ersten Tag, als Dominik an unserer Schule aufgetaucht war, hatte er sich sehr zurückhaltend, fast schon abweisend verhalten. Er setzte sich meistens in die letzte Reihe, sprach nur, wenn der Lehrer ihn explizit dazu aufforderte, und verzog sich in den Pausen immer ins hinterste Eck des Schulgeländes. Ich konnte mich nicht daran erinnern, ihn schon jemals auf einer Party getroffen zu haben, und irgendwer hatte mir mal erzählt, dass er keinen Tropfen Alkohol anrührte. In meinem ganzen Leben hatte ich noch keinen derart introvertierten Einzelgänger wie ihn getroffen, der sich offenbar nicht viel aus Gesellschaft machte, sondern lieber für sich allein blieb.

Das Interessante daran war, dass Dominik gar nicht wie der typische Einzelgänger aussah. Ganz im Gegenteil, denn er war sogar ziemlich attraktiv. Seine blonden Haare waren kurz geschnitten, nur ein paar Strähnen fielen ihm neckisch in die Stirn. Er hatte ein einprägsames Gesicht, und die hohen Wangenknochen und das markante Kinn erinnerten mich irgendwie an Johnny Depp. Unter seinem langärmligen Shirt zeichnete sich eine muskulöse Statur ab. Und dann waren da noch diese stahlblauen Augen, die mich normalerweise sofort zum Schmelzen gebracht hätten. Doch sie strahlten nicht, sondern wurden von einem seltsamen Schimmer bedeckt. Fast kam es mir so vor, als wäre die Glut in seinen Pupillen schon vor langer Zeit erloschen.

Seinem Aussehen nach zu urteilen, war Dominik definitiv eine faszinierende Person, doch sein seltsames Verhalten anderen gegenüber gab mir bisweilen ein Rätsel auf.

Dominik stand noch immer regungslos da, die Hände tief in den Hosentaschen vergraben. Ein peinliches Schweigen entstand zwischen ihm, Florian und mir. Ich hätte gerne einen lockeren Spruch gesagt, um die Situation zu entkrampfen, doch wie immer in solchen Fällen wollte mir partout nichts Passendes einfallen.

Nach einer gefühlten Ewigkeit lösten Pia und Robert sich schließlich wieder voneinander. Er legte den Arm um seine Freundin und warf mir ein Lächeln zu, das seine strahlend weißen Zähne entblößte. Seine Sonnenbrille mit den spiegelnden Gläsern hatte er auf die Stirn hochgeschoben.

„Hi, Lara", begrüßte er mich.

„Hallo, Robert."

„Und, was geht?"

„Du bist total spät dran", grummelte ich.

Robert grinste. „Bin nicht gerade ein Morgenmensch. Aber passt doch noch." Er deutete auf seine Begleitung. „Dominik kennt ihr ja. Von mir aus können wir dann los."

Ich wartete, dass Pia Robert erklärte, dass Dominik nicht mitdurfte.

Dominik blickte kurz auf, und unsere Augen trafen sich. Sekundenlang sahen wir uns an, doch sein Blick war leer. Irgendwie beschlich mich in diesem Moment ein beklemmendes Gefühl.

Florian nahm mir die Entscheidung ab, indem er sich an mir vorbei drängte und gut gelaunt die Hand zum Gruß in die Luft hob.

„Hallo", sagte er an Dominik gewandt. „Ich bin der Florian."

Für einen kurzen Augenblick glaubte ich, ein schwaches Lächeln in Dominiks Gesicht zu erkennen, doch im nächsten Moment war seine Mimik wieder neutral.

„Wer ist denn das?", wollte Robert irritiert wissen.

„Das ist Florian", erklärte Pia.

„Ja, das hat er gerade gesagt."

„Er ist Laras Bruder."

„Schön für ihn. Und was will er hier?"

„Er kommt mit."

„Was? Ich dachte, nur Lara ist mit von der Partie."

Pia schnitt eine Grimasse. „Schon. Sozusagen."

„Ja, was denn jetzt?"

„Mir ist da was voll Peinliches passiert."

Robert sah sie auffordernd an, und auch Dominik schien gespannt.

„Naja", stotterte sie. „Also, Lara wollte noch jemanden mitbringen, damit sie … also … damit wir halt zu viert sind. Sie hat Florian gefragt, und er war sofort dabei. Blöderweise hab ich vergessen, es dir zu sagen."

Robert zog seine Augenbrauen hoch. „Nicht dein Ernst?"

„Sorry."

Robert blickte abwechselnd von Pia zu Florian und Dominik. „Und was machen wir jetzt?"

„Ist doch klar, Dominik kann nicht mit", sagte ich bestimmt. „Unsere Eltern sind weg, und Florian kann auf keinen Fall allein zu Hause bleiben. Er muss mit."

„Ich habe Dominik aber zugesagt, dass er mitkommen kann“, entgegnete Robert und funkelte mich wütend an.

Pia schob sich dazwischen und gab ihm einen Kuss. „Egal, dann sind wir eben zu fünft. Wird auch so cool werden.“

„Seh ich genauso“, stimmte Dominik ihr zu.

Pia warf mir einen flehentlichen Blick zu. Bloß keinen Streit.

Ich seufzte. „Na, gut, von mir aus.“ Wenngleich mir bei der Entscheidung nicht wohl war. Ich schulterte meinen vollgepackten Wanderrucksack und sah auf die Uhr. Im nächsten Moment zuckte ich erschrocken zusammen.

„Ach du Scheiße. Unser Zug fährt in weniger als einer Minute ab!“

3

„Was?" Pia sah sich panisch um. „Scheiße, hoffentlich schaffen wir das noch. Zu welchem Gleis müssen wir überhaupt? Hat das jemand nachgeschaut?"

Robert zuckte nur mit den Achseln.

„Gleis 32", antwortete ich, denn im Gegensatz zu den anderen hatte ich mich gestern Abend noch im Internet schlaugemacht.

Wir sprinteten los und hetzten quer durch die Halle auf unser Gleis zu. Der Zug konnte jede Sekunde losfahren. Mühsam bahnten wir uns den Weg durch die Menschenmenge. Der Rucksack war schwer, weil wir neben unseren Schlafsäcken und Klamotten auch noch Proviant für die ganze Woche mitschleppen mussten. Bereits nach kurzer Zeit schnaufte ich wie ein Walross. Auf halber Strecke konnte ich gerade noch einem älteren Ehepaar ausweichen, doch ich stolperte und geriet ins Straucheln. Ich ruderte wild mit den Armen, um mein Gleichgewicht nicht zu verlieren, aber es war vergeblich. Ich sah mich bereits mit gebrochener Nase auf dem Bahnsteig liegen. Doch im letzten Moment griff eine Hand nach meinem Arm und verhinderte, dass ich hinfiel.

Nachdem ich wieder einen festen Stand hatte, drehte ich mich nach meinem Helfer um und stellte fest, dass es Dominik war, der Schlimmeres verhindert hatte.

„Danke", keuchte ich außer Puste.

„Gern geschehen", murmelte er kaum hörbar und wandte sogleich wieder seinen Blick von mir ab.

„Jetzt beeilt euch schon!", rief Pia, die hinter Robert und Florian gerade in die Bahn einstieg und sich an der Tür noch einmal umdrehte.

Es waren nur noch etwa zwanzig Meter, als plötzlich die Lautsprecherdurchsage ertönte: „Auf Gleis 32, der Zug Richtung Oberammergau, bitte zurückbleiben."

Was?

Erschrocken rannte ich wieder los und lief hinter Dominik her, der ein erstaunliches Tempo vorlegte. Dominik erreichte den Zug und blieb in der Tür stehen, damit sie nicht schließen konnte.

„Jetzt mach schon!" Pia musste ihren Hals verrenken, um an Dominik vorbeisehen zu können.

In letzter Sekunde erreichte ich den Zug und sprang in den Wagen hinein, bevor die Tür sich hinter mir schloss.

Geschafft!

Ruckelnd setzte die Regionalbahn sich in Bewegung, und ich lehnte mich für einen kurzen Moment gegen die Tür, um wieder zu Atem zu kommen. Mein Herz raste wie wild.

„Das war aber verdammt knapp!", meinte Pia. „Dachte schon, du bleibst zurück."

„Das hättest du wohl gerne", entgegnete ich, nachdem sich mein Puls wieder einigermaßen normalisiert hatte. „Okay, lasst uns einen Platz suchen."

Robert ging voran, und wir mussten in dem engen Gang durch den halben Zug laufen, ehe wir zwei Viererplätze fanden. Lediglich eine ältere Frau saß dort regungslos am Fenster. Sie schien zu schlafen, denn sie hatte ihre Augen geschlossen.

Pia und Robert setzten sich nebeneinander, und Florian stürmte sogleich auf den Fensterplatz. Ich ließ mich neben ihm nieder, und für Dominik blieb nur noch der Sitz in dem Block daneben, schräg gegenüber der älteren Frau. Unsere Rucksäcke quetschten wir zwischen uns auf den Boden.

Ich bekam ein schlechtes Gewissen, weil Dominik abseits von uns sitzen musste. Aber es schien ihm nichts auszumachen, und eigentlich konnte es mir auch egal sein. Zumindest hat der Urlaub aufregend begonnen, dachte ich und freute mich jetzt doch auf die Zeit, die vor uns lag. Auch wenn Dominik nun dabei war.

Der Zug verließ die Halle des Münchner Hauptbahnhofs und nahm Geschwindigkeit auf. Bald darauf ratterte er monoton durch die Stadt in Richtung Süden.

Robert legte seinen Arm um Pias Schultern und streckte die Beine auf den Rucksäcken am Boden aus. Betont lässig lehnte er sich zurück. Er setzte seine Sonnenbrille auf, in deren Gläsern ich mich spiegelte, und sagte: „Ich sag euch, das wird richtig geil."

Sonnenbrille im Zug?, dachte ich kopfschüttelnd. Weil es hier drin ja so wahnsinnig grell war.

„Wie kommt dein Onkel eigentlich zu dieser Hütte, Pia?", erkundigte ich mich, um meine Gedanken von Roberts Pseudocoolness abzulenken.

„Weil er Almhirte ist. Oder besser gesagt war."

„Echt?" Florian drehte sich neugierig zu ihr um.

Pia nickte. „Ja. Ganz früher arbeitete er in einer Bank, aber nach einer Weile hat ihn das total gelangweilt. Er war schon immer sehr naturverbunden, und irgendwann hat er seine gesamten Ersparnisse zusammengekratzt und einen Bauernhof und diese Hütte gekauft. Seitdem hat er in den Bergen gelebt und trieb jedes Frühjahr die Kühe auf die Alm hoch. Dort verbrachte er dann den ganzen Sommer."

„Und jetzt?"

„Vor zwei Jahren bekam er leider gesundheitliche Probleme und musste kürzertreten. Er ist zurück in die Stadt gezogen, aber die Hütte hat er behalten. Von Zeit zu Zeit schaut jemand dort vorbei, um nach dem Rechten zu sehen. Und da wir gerade Sommerferien haben, hab ich mir gedacht, das können wir tun."

„Gut gedacht", meinte Robert und küsste sie.

Ich warf einen Blick zu Dominik hinüber, der ein belegtes Käsebrot aus seinem Rucksack holte und es schweigsam vertilgte.

„Woher kennt ihr zwei euch eigentlich?", wollte ich wissen, um endlich mehr über ihn zu erfahren.

Doch nicht er, sondern Robert beantwortete meine Frage.

„Vom Sport. Wir machen zusammen Judo."

„Kampfsport?"

Robert nickte. „Ich bin gut, aber Dominik ist voll krass. Er hat den Schwarzen Gürtel."

„Echt jetzt?", hakte Florian sofort nach.

Alle Augenpaare richteten sich auf Dominik, doch der aß seelenruhig sein Brot weiter. Entweder tat er so, als hätte er das Gespräch gar nicht mitbekommen, oder er war tatsächlich vollkommen abwesend.

Es war genau dieses sonderbare Verhalten, das er auch in der Schule immer zutage legte und das mich an ihm irritierte.

Warum verhält er sich nur so seltsam?, fragte ich mich. Mit seinem Aussehen könnte er doch locker zu den beliebtesten Jungs in der Schule gehören. Tat er nur so, als interessierte er sich nicht für das, was um ihn herum geschah, oder gehörte er zu den Menschen, denen alles vollkommen egal war? Die innerlich so abgestumpft waren, dass ihnen nichts und niemand mehr wichtig war. Aber warum war er dann überhaupt mitgekommen?

Florian sprang von seinem Sitz auf und nahm auf der anderen Seite neben Dominik Platz.

„Erzähl mal", forderte er ihn voller Begeisterung auf.

„Was möchtest du denn wissen?", antwortete der mit einer Gegenfrage und versetzte mich damit in Erstaunen. Offenbar war er doch nicht so in seiner eigenen Gedankenwelt versunken, wie ich vermutet hatte.

„Machst du das schon lange?"

„Ziemlich lange. Hab schon als Kind damit angefangen."

„Und du könntest mich einfach so mit einem Wurf zu Boden bringen und mich fertigmachen?" Florian blickte ihn gespannt an.

Dominik lächelte. „Ja. Aber das könntest du auch. Ist nur eine Frage der richtigen Technik und des Gleichgewichtbrechens."

„Wow." Florian schien beeindruckt.

Mein Bruder war stark kurzsichtig und musste bereits an der Netzhaut operiert werden. Daher durfte er weder schwere Sachen heben, noch hatte er als Kind mit den anderen Jungs am Spielplatz raufen können. Auch wenn er das nur allzu gerne getan hätte. Wahrscheinlich übten gerade deshalb all die Dinge, die er

nicht machen konnte, solch eine Faszination auf ihn
aus.

„Zeigst du mir mal was?"

„Klar. Ich kann dir sogar was beibringen."

Florian war begeistert, doch im Gegensatz zu ihm war
mir auf einmal gar nicht mehr wohl in meiner Haut.

Dominik machte Kampfsport und hatte den Schwarzen Gürtel. Er war also nicht nur absolut undurchsichtig, sondern auch noch gefährlich. Wollte ich mit so jemandem wirklich eine ganze Woche in völliger Abge-
schiedenheit auf einer Hütte in den Bergen verbringen?

4

Die Zeit verstrich, während der Zug immer tiefer ins Münchner Umland fuhr. Die monotone Fahrt wurde nur durch den Halt an den einzelnen Stationen unterbrochen. Allmählich wurden die Häuser weniger, und Wiesen und Felder dominierten die Landschaft. Auf den saftigen Weiden grasten Kuhherden, und in der Ferne jagte ein Pferd in schnellem Galopp über die Koppel. Es herrschte leichtes Föhnwetter, und die Berge zeichneten sich deutlich sichtbar am Horizont ab.

Mit jedem Kilometer, den wir weiter aufs Land hinausfuhren, wurde meine Vorfreude größer. Ich mochte die Berge und war mit meinen Eltern und Florian in den letzten Jahren regelmäßig zum Wandern gefahren. In Gedanken malte ich mir bereits aus, wie die Hütte von Pias Onkel wohl aussehen mochte. Laut Pias Erzählungen lag sie so abseits der üblichen Wanderwege, dass man dort tatsächlich wochenlang ungestört war. Keine nervenden Wanderer oder rücksichtslosen Mountainbiker, sondern Natur pur.

Der ideale Ort, um zu entspannen und auf andere Gedanken zu kommen. Weg von meinem Ex-Freund Mark, der vor drei Wochen aus heiterem Himmel mit mir Schluss gemacht hatte. Bei der Erinnerung daran spürte ich, wie sich alles in mir verkrampfte. Es tat noch immer weh, an ihn zu denken, und ich konnte einfach nicht begreifen, wie er mich nur so hatte verletzen können. Dabei war am Anfang alles so schön gewesen.

Ich wusste nicht, was ich in dieser schweren Zeit ohne Pia getan hätte. Sie konnte nur allzu gut nachvollziehen, was ich gerade durchmachte, denn sie hatte sich kurz davor erst von ihrem damaligen Freund getrennt – Timo. Am Anfang war Timo ebenfalls sehr nett gewesen, doch genau wie Mark hatte auch er zwei Gesichter.

Pia und ich hatten vieles gemeinsam, und dieser absolute Fehlgriff bei der Wahl unserer Freunde gehörte leider mit dazu. Hinzu kam, dass ich selber mal an Timo interessiert gewesen war. Ich fragte mich nur, wer von den beiden schlimmer war: Mark oder Timo.

„Hey, alles klar bei dir?", fragte Pia mit einem besorgten Gesichtsausdruck.

„Ja, logo", antwortete ich und setzte ein gezwungenes Lächeln auf.

Was sollte auch nicht klar sein? Anstatt mit meiner großen Liebe in den Urlaub zu fahren, war ich nun mit Liebeskummer unterwegs. Und musste Pia beim Turteln mit ihrem Neuen zusehen.

Ach, was soll's, dachte ich. Vergiss diesen Mistkerl von einem Ex und freu dich auf ein paar schöne Tage in der Natur.

Pia warf mir ein aufmunterndes Lächeln zu. Ich glaube, sie erahnte meine Gedanken.

„Was hast du denn jetzt nach dem Abi vor?", fragte ich Robert. „Studieren?"

„Auf alle Fälle. Ich soll ja mal den Laden von meinen Alten übernehmen."

Roberts Eltern waren Unternehmer und hatten ihre eigene Firma, die recht gut lief. An Geld mangelte es ihnen jedenfalls nicht, ansonsten hätten sie Robert zu seinem 18. Geburtstag kaum einen nagelneuen 5er BMW geschenkt.

„Zunächst werde ich mir jedoch für ein paar Monate eine Auszeit nehmen", fuhr er fort. „Und danach will ich dann richtig durchstarten."

Pia sah ihn bewundernd an.

Typisch Pia, dachte ich. Aber sie stand schon immer auf diese Sorte von Jungs, die reiche Eltern im Rücken hatten.

„Und was genau willst du studieren?"

„Business Management. Und ich würde gerne für ein Jahr ins Ausland gehen. Mein Vater meinte, er könnte mir eventuell ein Praktikum bei einem größeren Betrieb in Amerika verschaffen. Das wär natürlich das Nonplusultra."

Ich nickte beeindruckt. Zielstrebig war er, das musste man ihm lassen. Genau wie er hatte ich auch schon ein Auslandsjahr ins Auge gefasst. Vielleicht konnte mir Robert ein paar Tipps geben, wenn es mal so weit war.

„Lara will Tiermedizin studieren", meinte Pia an ihren Freund gewandt.

„Hey, praktisch. Wenn Rocky mal krank wird, dann kann ich ja bei dir vorbeikommen."

„Rocky?", fragte ich.

„Mein Hund. Ein Labrador-Mischling."

„Du hast einen Hund?"

Robert nickte. „Ja, schon seit ich klein bin. Er ist nicht mehr der Jüngste, insofern ist es nur von Vorteil, jemanden zu kennen, der Tierarzt werden will."

„Ich will später mal Maschinenbau studieren", meinte Florian.

„Das scheint momentan irgendwie der Renner zu sein", sagte Robert. „Ich hab gehört, dass die Hörsäle draußen in Garching total überfüllt sein sollen."

„Naja, bei den Wirtschaftsstudiengängen ist es doch nicht viel besser, oder?"

„Deshalb überleg ich auch noch, wo ich studieren werde. Aber wie gesagt, jetzt gönn ich mir erst mal ne Auszeit."

„Und du, Dominik?", fragte ich an ihn gewandt. „Was hast du später mal so vor?"

Er zuckte mit den Schultern. „Ich würde gerne was mit Sport machen. Hängt davon ab, ob ich das Abi schaffe oder nicht."

„Also hör mal. Wenn ich das Abi pack, dann du ja wohl auch."

Robert blinzelte ihm zu und öffnete seinen Rucksack. Mit einem zufriedenen Gesichtsausdruck zog er ein Sixpack Dosenbier heraus und hielt es in die Luft. „Lust auf was Erfrischendes?"

Ich blickte ihn entsetzt an. „Du willst doch jetzt nicht ernsthaft um diese Uhrzeit schon ein Bier trinken?"

„Warum nicht?", entgegnete er, und aus seiner Stimme konnte ich deutlich heraushören, dass er damit tatsächlich kein Problem hatte.

Florian und ich lehnten entschieden ab, und auch Pia, die Alkohol wirklich gerne mochte, schüttelte den Kopf.

„Ich hab außer Kaffee noch nichts gefrühstückt."

„Was ist mit dir, Dominik?" Robert hielt ihm eine Dose entgegen.

Dominiks Gesichtsausdruck verfinsterte sich plötzlich bedrohlich, und seine Augen verengten sich zu winzigen Schlitzen. Bei seinem Anblick lief es mir eiskalt über den Rücken.

„Jetzt komm schon, Kumpel. Leiste mir Gesellschaft."

„Ich trinke nie", antwortete er, und ich bemerkte, dass seine Stimme leicht zitterte.

Was für ein Problem hatte der denn?

Ich beobachtete ihn mit gemischten Gefühlen, denn seine abwehrende, fast schon aggressive Reaktion machte mir irgendwie Angst. Was hatte Dominik nur zu verbergen? Wer in unserem Alter lehnte schon Alkohol grundsätzlich ab?

Derweil öffnete Robert die Dose, und es zischte kurz. Er prostete uns zu und trank einen Schluck, während wir mit betretenem Schweigen dabei zusahen.

„Wo müssen wir eigentlich aussteigen?", wollte Florian wissen, und ich glaube, wir waren ihm alle dankbar dafür, dass er das Thema wechselte.

„An der Endstation. Oberammergau", antwortete Pia. „Dann noch quer durch den Ort, und schon sind wir beim Aufacker."

„Und wie lange brauchen wir dann noch bis zu der Hütte?"

„Bis zur Rautenalm sind es gute vier Stunden zu Fuß."
Florian stöhnte.

„Ihr wollt zur Rautenalm?", sagte plötzlich eine weibliche Stimme, und wir drehten unsere Köpfe in die Richtung der alten, grauhaarigen Frau, die am Fenster saß und bis jetzt den Anschein erweckt hatte, tief und fest zu schlafen.

Hatte sie uns etwa die ganze Zeit belauscht?

„Ja", antwortete Pia. „Na und?"

Die Alte sah uns mit großen Augen an. In ihrem Gesicht spiegelte sich eine Mischung aus Ungläubigkeit und Sorge wider.

„Weil es dort viel zu gefährlich ist. Gerade für junge Leute wie euch."

Ich hatte keine Ahnung, wovon die alte Frau sprach, doch irgendetwas an ihr ließ mich hellhörig werden. Vielleicht war es ihre besorgte Miene oder der seltsame Unterton in ihrer Stimme. Ich blickte sie fragend an.

„Wisst ihr denn nicht, dass diese Gegend verflucht ist?"

Wie bitte? Verflucht?

„Was meinen Sie damit?" Für gewöhnlich hielt ich nichts von Schauermärchen.

„Sagt bloß, ihr habt noch nie von dem tragischen Schicksal der Helene gehört?"

Wir wechselten amüsierte Blicke.

„Äh ... nee", entgegnete ich schließlich. „Was soll mit der sein?"

Die Alte rutschte näher an uns heran und beugte sich weit nach vorne.

„Helene lebte vor 150 Jahren am Fuße des Aufackers", begann sie mit geheimnisvoller Stimme zu erzählen. „Sie war eine Frau mit einer ganz besonderen Gabe: Mit ihren Kräutern und Wundertränken konnte sie Krankheiten heilen. Helene wurde von den meisten Menschen in der Region sehr geschätzt und geachtet, doch einigen war sie ein Dorn im Auge. Sie bezeichneten sie als Hexe."

Sie legte eine dramatische Pause ein, um ihre Worte besser wirken zu lassen, und blickte uns der Reihe nach an. Ich bemerkte das Lodern in ihren Augen.

Robert schnaubte.

„Eines Tages war Helene in den Bergen unterwegs, um nach Pilzen und Kräutern zu suchen. Und am Rande der Aufacker-Schlucht ist es dann passiert." Sie sah Robert eindringlich an.

„Was ist passiert?", hakte Florian nach, der ihrer Geschichte gebannt lauschte.

Die Antwort war kaum mehr als ein Flüstern: „Jemand hat sie umgebracht."

„Echt? Und wie?"

Ich musste aufgrund von Florians Frage beinahe laut losprusten. Das war mal wieder typisch mein Bruder. Jemand berichtete ihm von einem schrecklichen Ereignis, und alles, was ihn interessierte, waren die grausamen Details.

Doch die Frau ließ sich nicht aus der Ruhe bringen.

„Jemand hat sie in die tiefe Schlucht gestoßen, und sie verschwand in den Fluten des reißenden Flusses. Erst Dutzende Kilometer stromabwärts hat das Wasser ihren Leichnam wieder freigegeben. Seit diesem Tage wird der Fluss von den Einwohnern auch der Höllenfluss genannt."

Während Florian die Augen aufriss, nahm Robert gelangweilt einen Schluck aus seiner Bierdose.

„Aha", meinte er. „Und warum ist die Gegend jetzt verflucht?"

„Weil Helenes Mörder nie gefasst wurde. Ihre ruhelose Seele kehrte in jener Nacht, in der sie ermordet worden war, zurück und spukt seitdem bei Anbruch der Dämmerung durch die Wälder."

„Das sind doch bloß Ammenmärchen. Wer soll denn so einen Quatsch glauben?"

„Warte nur, bis du dort bist. Bei Nacht kann man bisweilen Helenes Wehklagen hören, wie ihre Seele in der dunklen Schlucht nach Gerechtigkeit schreit."

Erneut streifte mich ihr Blick und ließ mich gegen meinen Willen erschaudern.

„Na dann", meinte Robert lachend und hielt die Bierdose in die Höhe. „Prost auf Helene!"

Während er mehrere Schlucke trank, sprang die Frau von ihrem Sitzplatz auf und hob mahnend ihren Zeigefinger in die Luft. „Lacht ihr nur. Ich habe euch gewarnt!"

Mit diesen Worten drehte sie sich um und verließ den Zug, der gerade an einem Bahnhof hielt.

Schweigend sahen wir ihr nach, bis die Türen schlossen und der Zug sich ruckelnd wieder in Bewegung setzte.

Pia ergriff als Erste das Wort. „Die war aber unheimlich."

„Ach was", meinte Robert. „Die Alte war doch nicht ganz dicht im Oberstübchen."

„Trotzdem ..."

„Die wollte dich nur erschrecken. Von wegen Helene hat im Wald nach Pilzen gesucht. Ich glaube eher, die Alte war voll auf einem Pilztrip."

Er legte seinen Arm um Pia und gab ihr einen Kuss, um sie aufzuheitern. Ich blickte zu Dominik hinüber, doch der starrte wortlos aus dem Fenster.

„Also ich fand die Geschichte cool." Florian holte eine Banane aus seinem Rucksack und begann, sie genüsslich zu verspeisen.

Wahrscheinlich hat Robert sogar recht, dachte ich. Ganz normal war die alte Frau sicher nicht gewesen.

Andererseits, steckte nicht in jeder Legende auch ein Fünkchen Wahrheit? Was, wenn in dieser Gegend tatsächlich jemand ermordet worden war?

Ich glaubte zwar nicht an Gespenster, doch der Ausdruck, den ich in den Augen der Frau gesehen hatte, ließ mir keine Ruhe mehr. Selbst als die Bahn eine halbe Stunde später in Oberammergau einfuhr, hallte ihre Warnung noch immer in meinen Ohren wider.

5

Ich verließ den Zug hinter den anderen und trat auf den Bahnsteig hinaus. Die Sonne blendete mich, und ich hielt mir schützend die Hand über die Augen. Die Luft war klar und frisch, ganz anders als der Smog in München, und ich sog sie tief ein. Leichter Odelduft mischte sich bei, das untrügerische Zeichen dafür, dass wir auf dem Land waren.

Ich liebte es!

Mein Blick schweifte durch die Gegend. Die Gebäude in der Umgebung waren allesamt im Landhausstil und riesengroß. Blumenkästen mit farbenfrohen Geranien hingen an den Balkonen, und hier und da zierte ein Hirschgeweih die Hauswand. Direkt hinter der kleinen Ortschaft türmten sich majestätisch die Berge auf. Dichte Wälder bedeckten die Hänge, und nur vereinzelt waren kahle Felsen sichtbar. Hoch oben am wolkenlosen Himmel kreiste ein Raubvogel auf der Suche nach Beute.

Ich konnte es nun kaum mehr abwarten, loszuwandern. Wenn es hier schon so wunderschön war, wie mochte es dann erst auf der Hütte mitten in der einsamen Natur sein?

Im nächsten Moment kam mir die Warnung der alten Frau wieder in den Sinn. Von hier aus sahen die Berge so friedlich aus. Doch waren sie tatsächlich Schauplatz eines schrecklichen Verbrechens geworden? Eines Mordes, der nie gesühnt worden war?

Das ist über hundert Jahre her, sagte ich zu mir selbst und redete mir ein, dass wir nichts zu befürchten hatten. Trotzdem blieb ein ungutes Bauchgefühl zurück.

„Ich werd mir noch schnell was zum Frühstück besorgen", sagte Pia und deutete auf den Bahnhofskiosk. „So langsam krieg ich nämlich Hunger. Soll ich dir was mitbringen, Lara?"

„Du schuldest mir einen Latte macchiato und ein Croissant."

„Wieso?"

„Ich habe unsere Wette gewonnen."

„Von wegen", lachte sie. „Du hattest gewettet, er wäre genau fünf Minuten vor Abfahrt da, dabei war es noch später."

„Redet ihr von mir?", fragte Robert.

„Nie und nimmer. Bin gleich wieder da."

„Warte, ich komme mit", sagte Robert, der sich gerade eine Zigarette anzündete. Bevor er Pia folgte, nahm er einen tiefen Zug.

„Wir gehen zu der Brücke dort drüben", rief ich ihnen hinterher, denn mir war es am Bahnsteig zu voll.

Zusammen mit Dominik und Florian schlenderte ich auf den Bach zu und lehnte mich gegen das Brückengeländer. Das Wasser unter uns war kristallklar. Ruhig und sanft plätschernd floss der Bach an grünen Wiesen und Feldern vorbei, bevor er in der Ferne hinter einer Biegung außer Sichtweite verschwand.

Wohin er wohl mündet?, fragte ich mich. War das vielleicht sogar ein Seitenarm des Höllenflusses, den die Frau aus dem Zug erwähnt hatte? Der Fluss, in dessen Fluten diese Helene zu Tode gekommen war?

Ich wurde jäh aus meinen Gedanken gerissen, als ein Stein vor mir ins Wasser plumpste. Wasser spritzte nach oben, und ein Fisch schwamm hastig davon.

Es war Florian, und in der Hand hielt er mehrere Steine, die er vom Boden aufgesammelt hatte und nun nacheinander ins Wasser warf.

„Was machst du denn da?“

„Na, Steine werfen.“ Er hielt mir einen entgegen. „Willst du auch mal? Wer weiter wirft?“

Ich verdrehte die Augen. „Lass doch den Blödsinn.“

Natürlich ließ er sich nicht davon abhalten, und ich drehte mich kopfschüttelnd um. Dominik stand etwas abseits und starrte verträumt in die Ferne. Er schien vollkommen gedankenverloren zu sein, machte dabei jedoch einen zufriedenen Eindruck. Ich hätte viel dafür gegeben, seine Gedanken zu erraten.

Warum blieb er eigentlich immer lieber allein? Hatte er irgendetwas zu verbergen, dass er die Gesellschaft anderer mied? An seinem Aussehen konnte es jedenfalls nicht liegen, denn mit seinem Body musste er sich garantiert nicht verstecken.

Ob er vielleicht mal schlechte Erfahrungen gemacht hat?, fragte ich mich. So wie ich mit Mark?

Es dauerte fast fünf Minuten, ehe Pia und Robert endlich zurückkamen. Beide hielten einen Kaffeebecher in der Hand, und Pia ließ sich eine Butterbreze schmecken.

„Hier, für euch“, sagte Robert und hielt uns drei Steckerleis entgegen.

„Oh, danke", antwortete ich erfreut und pulte das Eis aus der Verpackung. Genau das Richtige für so ein sonniges Wetter.

Nachdem wir unser Eis und Pia ihre Butterbreze fertig gegessen hatten, marschierten wir endlich los.

Das Abenteuer konnte beginnen!

Wir überquerten die Brücke und gingen an einem zweiten, deutlich kleineren Bach entlang. Kurz darauf gelangten wir zu einer Bergbahn und bogen in die entgegengesetzte Richtung ab.

Wir befanden uns nun direkt vor dem Aufacker. Für einen Moment blieben wir stehen und betrachteten ehrfürchtig den hohen Berg.

„Wow", meinte Florian, und ich nickte. Er sah wirklich beeindruckend aus. Und wesentlich größer, als ich gedacht hatte.

„Wer hat eigentlich die Karte?", erkundigte sich Pia.

„Die hab ich im Rucksack." Ich zog sie aus einem der Seitenfächer hervor und faltete sie auseinander. Pia fuhr mit ihrem Finger einen Weg entlang, der um den halben Berg herumführte.

„Es ist noch ein ganzes Stück, das wir im Tal entlanglaufen müssen", sagte sie und deutete auf eine bestimmte Stelle auf der Karte. „Und hier geht's dann zum Aufstieg."

Ich verglich den Weg, der in dem Plan eingezeichnet war, mit dem realen, der vor uns lag und irgendwo am Horizont hinter den Bäumen verschwand. Es sah nach einer anstrengenden Route aus.

Robert streckte mir die Hand entgegen. „Gib sie mir."

„Was?"

„Na, die Karte. Die ist bei mir besser aufgehoben."

„Vergiss es."

Ich verstaute die Karte wieder. Robert murmelte irgendetwas, das nach Frauen und Orientierung klang, und ich versuchte, mich nicht darüber aufzuregen.

Wir überquerten eine Wiese, auf der eine Kuhherde graste, und ließen die Zivilisation hinter uns. Bereits nach einer Viertelstunde war kein einziges Haus mehr zu sehen, und wir waren mitten in der Natur angekommen. Die Luft war erfüllt von dem Zwitschern der Vögel, und in der Ferne erklang lautes Muhen.

Unterwegs zog Robert eine weitere Bierdose aus seinem Rucksack, und ich verzog angewidert das Gesicht. Pia, die seine Hand hielt, schien es jedoch nicht zu stören.

Florian eilte voraus, und Dominik ging in einigem Abstand hinter uns her.

Als ob er uns beobachten würde. Ich konnte seinen Blick förmlich in meinem Rücken spüren. War er noch sauer, weil ich gesagt hatte, er müsse zu Hause bleiben?

Nach einer Weile tauchte in der Ferne eine kleine Hütte auf. Die Wiese direkt daneben war eingezäunt, und zwei Pferde grasten darauf, ein Schimmel und eine dunkelbraune Stute.

Zuerst glaubte ich, die Hütte wäre verlassen, doch dann entdeckte ich einen etwa 40-jährigen Mann, der vor dem kleinen Haus auf einem Baumstumpf saß, gen Himmel blickte und genüsslich Pfeife rauchte. Er trug eine blaue Jeanslatzhose mit einem roten Holzfällerhemd darunter, und seine Füße steckten in dunklen Gummistiefeln. Ein abgetragener brauner Filzhut hing ihm in die Stirn.

„Papa Schlumpf lässt grüßen", meinte Robert bei seinem Anblick, und wir mussten alle loslachen. Selbst Dominik konnte sich ein Schmunzeln nicht verkneifen.

Ich weiß, es war nicht gerade nett, aber irgendwie erinnerte mich der Bauer in seiner Kleidung tatsächlich daran.

Wir kicherten noch immer, als wir uns ihm näherten.

„Beherrscht euch", mahnte ich die anderen. „Nicht dass er uns noch sieht."

Doch in der nächsten Sekunde bemerkte ich, dass der Bauer uns schon längst beobachtete. Aus seinem wettergegerbten, unrasierten Gesicht stachen zwei wachsame Augen hervor, die uns kritisch musterten.

Hoffentlich hat er uns nicht gehört, dachte ich erschrocken.

„Hallo, ihr jungen Leut", grüßte er uns im tiefsten bayerischen Dialekt, und ich war mir nicht ganz sicher, ob seine Stimme freundlich oder schroff klang. Er erhob sich von dem Baumstumpf und trat auf den Weg hinaus.

Wir erwiderten den Gruß und blieben vor ihm stehen.

„Ihr seid's gut drauf, hm?"

Nur mit sichtlicher Mühe konnte sich Robert ein Lachen verkneifen. Pia stieß ihm in die Seite.

Ich entschloss mich zu einer unverfänglichen Antwort. „Ist ja auch ein schöner Tag heute."

„Da habt's ihr recht. Aber lang soll's nicht mehr so bleiben. Das Wetter schlägt bald um."

Der Bauer musste leicht husten, kein Wunder bei dem vielen Pfeifenrauch.

„Wohin wollt's ihr denn?"

„Zur Rautenalm", sagte Pia, und der Bauer zog die Augenbrauen hoch.

„Zur Rautenalm? Was wollt's ihr denn da? Die Alm ist seit zwei Jahren verwaist."

„Ich weiß. Sie gehört meinem Onkel Karl."

Der Bauer blickte überrascht auf.

„Du bist dem Karl seine Nichte?", fragte er an Pia gewandt, und sie nickte.

„Von wo kommt's ihr denn her?"

„Aus München."

„Aus München", wiederholte er und kratzte sich an seinem stoppeligen Kinn. „Ja, da ist der Karl hingezogen, der alte Schlawiner. Aber kommt's doch erst mal rein." Er deutete auf einen Holztisch, der vor der Hütte stand. Zwei querliegende, massive Baumstämme dienten als Bank. „Ich bin der Hannes. Setzt's euch und erzählt's mir ein bisschen was vom Karl. Den hab ich ja schon seit Ewigkeiten nicht mehr gesehen."

Wir sahen uns an. Eigentlich hatte keiner Bock, aber es wäre unhöflich gewesen, einfach weiterzugehen, und ein paar Minuten konnten wir schon entbehren.

Wir stellten unsere Rucksäcke ab und nahmen widerwillig Platz. Der Bauer bot uns was zu trinken an, aber wir lehnten dankend ab.

„Aber Hunger habt's ihr bestimmt, oder?" Noch bevor wir etwas erwidern konnten, war er schon im Haus verschwunden.

Robert konnte sich nicht mehr länger beherrschen.

„Der Typ ist ja geil. Der sieht wirklich aus wie Papa Schlumpf. Und wie der redet."

Er zog die Mundwinkel nach unten und äffte den Bauern mit tiefer Stimme nach, wobei er die Melodie vom

Lied der Schlümpfe sang: „Sagt mal, von wo kommt ihr denn her?"

„Mensch Robert, reiß dich zusammen", fauchte ich ihn an, denn langsam ging er zu weit. Seine erste Bemerkung war ja noch witzig gewesen, aber sich in Hörweite direkt vor seiner Hütte über jemanden lustig zu machen, war einfach nur dreist.

„Jaja, schon gut."

Hannes kam mit einer Schüssel Äpfel zurück und stellte sie vor uns auf den Tisch.

„Bedient's euch, sind alle frisch."

Bis auf Robert griffen wir alle zu. Ich betrachtete den Apfel in meiner Hand, der sich so ganz anders anfühlte als die, die es bei uns daheim im Supermarkt gab. Die Schale war nicht von einer Wachsschicht umgeben, sondern wirkte natürlich und leicht schrumpelig. Ich biss hinein und stellte fest, dass er auch ganz anders schmeckte, nämlich richtig gut.

„Jetzt sagt's, wie geht's dem Karl denn so?", wollte Hannes wissen und nahm so dicht neben mir Platz, dass ich automatisch ein Stück wegrutschte. Ich kniff die Augen zusammen.

Warum setzte er sich nicht gleich bei mir auf den Schoß?

Ich nahm Schweißgeruch wahr und rümpfte die Nase. Der Bauer roch verschwitzt und irgendwie nach Kuhmist. In diesem Moment bereute ich, dass wir uns dazu überreden lassen hatten, ihm Gesellschaft zu leisten.

Pia berichtete von ihrem Onkel, und Hannes hörte ihr interessiert zu. Doch immer wieder drehte er den Kopf in meine Richtung und fixierte mich mit einem Blick, der mir die Nackenhaare kräuseln ließ.

Wollte der mich etwa anmachen?

Hilfesuchend sah ich zu den anderen, doch sie waren alle mit sich selbst beschäftigt. Während Pia sich mit Hannes unterhielt, kicherte Robert leise vor sich hin, und Florian aß hungrig seinen zweiten Apfel. Dominik sah ihm schweigend dabei zu.

„Und jetzt wollt's ihr auf die Rautenalm?", fragte Hannes, nachdem er genug von Pias Onkel Karl erfahren hatte.

„Ja", antwortete Pia. „Wir wollen dort eine Woche Urlaub machen."

„Ihr wisst's aber schon, dass der Weg dort rauf momentan nicht passierbar ist, oder?"

Was? Nicht passierbar? Wovon redete der?

Hannes deutete unsere fragenden Gesichter richtig. „Letzte Woche gab's einen Erdrutsch", erklärte er. „Hat einfach zu viel geregnet. Der Weg ist zugeschüttet, da gibt's kein Durchkommen mehr. Viel zu gefährlich."

Pia und ich starrten uns gefrustet an. Das konnte ja wohl nicht wahr sein. Sollte unser Urlaub etwa schon vorbei sein, ehe er überhaupt richtig begonnen hatte?

Es war Dominik, der schließlich die richtige Frage stellte: „Gibt es noch einen anderen Weg?"

Hannes nickte. „Ja, aber das ist ein ziemlicher Umweg. Ihr müsst's halt etwa drei Stunden länger einplanen."

Erneut drehte er seinen Kopf in meine Richtung und musterte mich von oben bis unten. Ich schlang die Arme um meinen Oberkörper, als könnte ich mich so vor seinen lüsternen Blicken schützen.

„Aber ihr seid's fit, wenn ihr zügig geht, dann schafft's ihr das locker vor Sonnenuntergang."

„Und wo genau müssen wir lang?", wollte Pia wissen.

„Habt's ihr eine Karte?"

„Ja, Lara hat sie."

Hannes lächelte mich an, und ich bemerkte seine vom Tabak gelb verfärbten Zähne.

Ich holte die Karte aus meinem Rucksack und hatte das Gefühl, dass Hannes jede meiner Bewegungen mit den Augen verfolgte. Als ich die Karte auf dem Tisch ausbreitete, rutschte er erneut ganz nah an mich heran.

„Hier sind wir", sagte er und deutete auf den Plan. Dabei streifte seine Hand wie zufällig die meine. Schnell zog ich sie zurück.

Das war doch grad pure Absicht, dachte ich. War das etwa so ein Perverser, von denen man immer in der Zeitung las? Hatte er uns vielleicht deshalb zu sich reingelockt, um sich an junge Mädchen ranzumachen zu können?

Ich fühlte mich gar nicht wohl und wollte dringend von hier weg.

„Dort ist der Erdrutsch passiert. Der Weg ist komplett versperrt, und zwar das ganze Stück hier."

„Und wo ist die andere Route?", fragte ich etwas drängelnd, denn ich wollte keine Zeit mehr verlieren.

„Ihr könnt's an der Gabelung abbiegen und dort langgehen, in Richtung Aufacker-Schlucht. An dieser Stelle hier gibt es eine Brücke. Das ist neben der verschütteten Strecke der einzige Weg weit und breit, der über die Schlucht führt. Und über die müsst's ihr drüber, wenn ihr zur Rautenalm wollt."

Er legte seinen dicken Zeigefinger auf einen Punkt auf der Karte, der eine gute Stunde Fußmarsch von hier entfernt lag.

„Der Weg ist zwar da zu Ende, weil er nur zum Aufacker-Wasserfall führt, aber wenn ihr quer durch den Wald lauft's, dann stoßt's ihr irgendwann wieder auf den normalen Wanderweg."

Ich beugte mich vor und studierte argwöhnisch die Karte.

„Das Gebiet in dieser Gegend ist ziemlich groß. Was ist, wenn wir uns verlaufen?"

„Soll ich euch begleiten?", fragte er und sah mich erwartungsfroh an. „Ich kenn den Wald wie meine Westentasche."

Um Gottes willen!, dachte ich erschrocken. Das fehlte mir gerade noch.

„Äh ... nee, danke. Das schaffen wir schon. Wie wäre es, wenn Sie uns den Weg einfach einzeichnen? Dann können wir uns daran orientieren."

Ich holte einen Kugelschreiber aus meinem Rucksack und hielt ihn Hannes entgegen. Er nahm ihn und malte eine krakelige Linie, die in einem leichten Halbkreis vom Wasserfall quer durch den Wald führte, bis sie den normalen Wanderweg kreuzte. Zusätzlich schrieb er uns als Orientierungshilfe für die einzelnen Teilstrecken dazu, wie lange wir jeweils in etwa brauchen würden.

„Danke. Damit kriegen wir das schon hin."

Eilig verstaute ich die Karte und den Kugelschreiber wieder, wobei ich mir eine geistige Notiz machte, den Stift bei der erstbesten Gelegenheit zu entsorgen.

Ich wollte mich gerade von der Bank erheben, als mir Florian einen Strich durch die Rechnung machte.

„Wie ist denn das Leben in den Bergen so?", erkundigte er sich.

„Ruhiger als in der Stadt", antwortete Hannes. „Auf dem Land ist's einfach schöner, und die Leute sind viel gemütlicher."

Florian setzte zu seiner nächsten Frage an, doch Robert kam ihm zuvor. Mit einem breiten Grinsen sang er die zweite Zeile des Schlumpfliedes: „Und sehen alle da so aus wie ihr? Ja, die seh'n so aus wie wir."

Ich glaubte, meinen Ohren nicht zu trauen, und wäre vor Scham am liebsten im Boden versunken. Robert hingegen konnte sich nun nicht mehr länger beherrschen und lachte laut los. Pia und Florian mussten ebenfalls grinsen, während Dominik regungslos danebensaß.

„Oh Mann, Alter, du gibst echt nen super Papa Schlumpf ab. Dein Outfit ist klasse!"

Hannes saß kerzengerade da, während ihm die Zornesröte ins Gesicht stieg. Seine Hände begannen zu zittern, und er ballte sie zu Fäusten.

„Nix für ungut, Mann", sagte Robert, nachdem er sich wieder beruhigt hatte. „Ist nur Spaß."

„Verschwindet." Der Bauer presste seine Lippen aufeinander, sodass seine Worte kaum zu hören waren.

„Was?"

„Verschwindet!" Hannes sprang von seinem Platz auf und schrie so laut, dass ich erschrocken zusammenzuckte. „Ihr undankbares Dreckspack! Was fällt euch ein, euch über mich lustig zu machen? Ihr haltet's euch wohl für was Besseres, oder? Schaut's, dass ihr weiterkommt, bevor ich mich vergesse. Aber ein bisschen plötzlich!"

Robert erhob sich nun ebenfalls und baute sich drohend vor dem Bauern auf. „Wie hast du uns gerade genannt?"

Die beiden standen sich gegenüber und belauerten sich wie zwei rivalisierende Tiger. Ihre Muskeln waren zum Zerreißen angespannt, und die aufgeheizte Stimmung, die auf einmal in der Luft hing, schien fast greifbar.

Doch bevor die Situation vollends eskalierte, packte Pia ihren Freund am Arm und zog ihn vom Tisch weg. Wir schnappten unsere Rucksäcke und eilten davon.

Als ich mich unterwegs umdrehte, sah ich, dass der Bauer noch immer tobte. Das letzte, das ich von ihm in der Ferne hörte, war: „Ihr verdammtes Pack! Euch sollte man eure Arroganz rausprügeln!"

6

„Scheiße, war der wütend", meinte Pia, als wir außer Sichtweite waren. „Der wär ja fast auf uns losgegangen."

„Was sollte der Scheiß?", fuhr ich Robert an.

„Was denn?" Er hob unschuldig die Hände. „War doch nur ein Witz. Woher soll ich denn ahnen, dass der gleich so austickt?"

„Das war ganz schön arschig."

„Es war nur ein Witz", wiederholte er und betonte jedes Wort einzeln. „Ein Spaa-haa-ß."

„War echt nicht ganz fair, uns über sein Aussehen lustig zu machen", gab Pia zerknirscht zu. „Der war doch ganz nett zu uns."

„Na ja, nett fand ich ihn nun auch nicht gerade", lenkte ich ein. „Hast du gemerkt, wie der mich die ganze Zeit angeglotzt hat?"

„Angeglotzt?" Sie hatte offenbar, ebenso wie die anderen, nichts davon mitbekommen.

„Ja, und er war irgendwie aufdringlich, ist mir total auf die Pelle gerückt. Und dann hat er mich auch noch ganz zufällig an der Hand berührt."

„Bist du sicher? Ich meine, kann das nicht nur ein Versehen gewesen sein?"

„Nein, das war es ganz sicher nicht." Bei dem Gedanken daran gruselte es mich immer noch ein bisschen.

„Ist doch egal", entgegnete Robert. „Hauptsache er hat uns den neuen Weg gezeigt. Stellt euch nur mal vor, wir wären die ursprüngliche Route gegangen und dann vor dem Geröllhaufen gestanden."

Ich seufzte und nickte. „Stimmt."

Wir gelangten zu der Weggabelung. Dort bogen wir nach links ab, genau wie Hannes es uns gesagt hatte, und fanden uns mitten im Wald wieder. Die Bäume ragten schier unendlich in die Höhe, und die ausladenden Äste schirmten die Sonne weitestgehend ab. Nur wenige Strahlen schafften es durch das dichte Blätterwerk, und es wurde merklich kühler. Ich begann leicht zu frösteln. Der ebene Boden wich einem Anstieg, und wir folgten dem Pfad für eine Stunde, bis wir in der Ferne ein Rauschen vernahmen. Der Wasserfall musste ganz in der Nähe sein.

Kurze Zeit später hatten wir die Schlucht erreicht, und das Rauschen schwoll zu einem lauten Tosen an, das unsere Gespräche übertönte.

Wir blieben vor einer schmalen Hängebrücke stehen, die quer über eine breite Schlucht verlief und wenig einladend aussah. Die Holzbretter wirkten alt und wenig vertrauenserweckend, und die Seile, die links und rechts von der Brücke als Geländer gespannt waren, machten auf mich nicht gerade den sichersten Eindruck.

Ich ging an den Rand der Schlucht und sah hinunter. Die Felsen fielen steil in die Tiefe. Der Fluss glich einem reißenden Strom. Wahrscheinlich hatten die starken Regenfälle der letzten Tage ihn so anschwellen lassen.

Das musste der Höllenfluss sein, schoss es mir durch den Kopf. In diesen Fluten war Helene zu Tode gekommen.

Ob es vielleicht sogar genau hier an dieser Stelle passiert war? Ich bekam eine Gänsehaut. Die Vorstellung daran und der Blick nach unten in die Tiefe ließen mich erschaudern. Wer in diese Schlucht stürzte, war mit Sicherheit sofort tot.

Skeptisch betrachtete ich die Brücke.

„Wir sollten besser einzeln rübergehen", schlug ich vor, denn ich bezweifelte ernsthaft, dass diese Holzkonstruktion uns alle gleichzeitig tragen würde. „Wer zuerst?"

Bis auf Florian sahen auf einmal alle zu Boden.

„Ich", antwortete mein Bruder und lief los, ehe ich ihn zu fassen kriegen konnte. Er betrat die Brücke, und mir stockte der Atem.

„Sei vorsichtig!", rief ich ihm hinterher, denn ich hatte Angst um ihn.

„Feigling!"

Neugierig warf er einen Blick in die Tiefe und lehnte sich dabei gegen die Seile. Ich konnte gar nicht hinschauen.

Doch das Tau hielt seinem Gewicht stand, genau wie die Brücke, während er hinüberging. Florian erreichte unbeschadet die andere Seite.

Ich atmete erleichtert aus.

„Alles sicher!" Der tosende Fluss verschluckte seine Worte fast, und er musste schreien, damit wir ihn überhaupt hören konnten.

„Jetzt du!" Robert schubste mich nach vorn.

Ich wagte mich auf die Brücke, und obwohl ich weniger wog als mein Bruder, war ich mir sicher, die Bretter würden unter mir nachgeben. Bei jedem Schritt knarzten sie verdächtig, und die Ritzen gaben den Blick auf die schwindelerregende Tiefe frei. Mit zitternden Händen klammerte ich mich an die als Haltetaue quergespannten Seile und tastete mich vorsichtig voran.

Nicht nach unten schauen, ermahnte ich mich selbst, bloß nicht nach unten schauen.

Seit ich klein war, hatte ich Höhenangst. Nicht einmal auf einem Balkon mochte ich stehen, und über diese Brücke zu gehen, kam einer echten Mutprobe gleich. Ich wusste, es wäre besser gewesen, meine Augen starr nach vorne zu richten, doch die Schlucht zog meinen Blick geradezu magisch an. Immer wieder schielte ich nach unten und bereute es sogleich. Angst kroch in mir hoch, und meine Beine wollten mir nicht mehr gehorchen.

In meinem Kopf spielten sich die schrecklichsten Szenarien ab. Dass das Brett unter mir nachgab oder das Seil riss. In Gedanken stürzte ich schreiend in die Tiefe und wurde von den Fluten fortgerissen. Meine Leiche würde, wenn überhaupt, weit abseits der Aufacker-Schlucht gefunden werden. Und der Höllenfluss hätte sein zweites Todesopfer gefunden.

Ganz ruhig, befahl ich mir. Einen Schritt nach dem anderen, dann konnte nichts passieren.

Ich zwang mich, an etwas anderes zu denken, und ging weiter. Meter für Meter kämpfte ich mich über die Hängebrücke, die für mein Gefühl viel zu stark hin und her schaukelte, und hielt dabei das Seil so fest umklammert, dass meine Knöchel weiß hervortraten.

Florian rief mir aufmunternd zu.

Ich war erleichtert, als ich schließlich die andere Seite erreichte und wieder festen Boden unter mir hatte. Meine innere Anspannung fiel mit einem Schlag ab.

Ich drehte mich um und sah, dass Pia ebenfalls Angst zu haben schien, denn genau wie ich schlich sie vorsichtig über die Brücke, während Robert auf der gegenüberliegenden Seite irgendwelche seltsamen Verrenkungen machte. Ich konnte ihn zwar nicht verstehen, war mir aber sicher, dass er sich über seine ängstliche Freundin lustig machte. Wahrscheinlich hatte er bei mir dasselbe getan.

Robert überquerte die Brücke betont lässig, und Dominik folgte ihm. Weder die instabil aussehenden Bretter noch der reißende Fluss machten ihm offenbar etwas aus.

Zumindest tat er so cool.

Nachdem alle unbeschadet die andere Seite der Schlucht erreicht hatten, atmeten wir erst mal durch. Dann folgten wir dem Weg noch ein Stück. Er endete an einer Felswand, in die Stufen hineingeschlagen waren. Auf einem kleinen Metallschild, das dort angebracht war, stand „Aufacker-Wasserfall" geschrieben.

Wir stellten unsere Rucksäcke auf dem Boden ab und erklommen die Steinstufen zu der mit einem Geländer versehenen Aussichtsplattform. Das Schauspiel, das sich uns dort oben bot, war beeindruckend.

„Wahnsinn", meinte Robert, und ich nickte.

Direkt vor uns fiel ein gigantischer Wasserfall in die Tiefe. Die Luft war feucht und dampfig, und es war so laut, dass man sein eigenes Wort kaum mehr verstand.

Gischt spritzte uns entgegen. Fasziniert beobachteten wir dieses Wunder der Natur.

Nach einer Weile drehte sich Dominik um und ging nach unten. Robert und Pia folgten ihm kurz darauf. Zusammen mit meinem Bruder verweilte ich noch ein paar Minuten, ehe auch Florian die Felswand wieder hinunterkletterte.

Ich warf einen letzten Blick auf den Wasserfall, dann stieg ich vorsichtig, mit dem Gesicht zur Felswand, die Stufen hinunter. Auf halber Höhe rutschte plötzlich mein Fuß auf dem feuchten Stein ab, und ich verlor den Halt. Ich schrie laut auf. Im letzten Moment bekam ich einen Felsvorsprung zu fassen und klammerte mich daran fest. Mein Herz schlug mir bis zum Hals. Ich atmete ein Mal tief durch, dann tastete ich mit meinem Fuß nach der nächsten Stufe. Nachdem ich wieder einen sicheren Tritt gefunden hatte, hangelte ich mich das letzte Stück nach unten.

„Mann, hast du mir grad einen Schrecken eingejagt", sagte Florian und griff nach meiner Hand.

„Nichts passiert", antwortete ich und lächelte. Doch innerlich pochte mein Herz noch immer.

„Wo sind die anderen?" Außer meinem Bruder war niemand zu sehen, und insgeheim war ich froh, dass keiner meinen Ausrutscher mitbekommen hatte.

„Schon vorgegangen."

Wir schulterten unsere Rucksäcke und erreichten bald darauf eine kleine Lichtung. Es tat gut, aus dem dunklen Wald in die warme Sonne zu treten, die auf das taubenetzte Gras schien. Das Licht brach sich in den Wassertropfen und verlieh der Wiese einen glitzernden Schleier. Der Wasserfall war nur noch als ein leises Rauschen im Hintergrund zu hören.

Pia, Robert und Dominik hatten es sich auf dem Boden gemütlich gemacht und warteten auf uns.

„Wir machen eine kleine Rast", meinte Pia, und Florian und ich ließen uns neben ihnen nieder. Ich hatte nichts dagegen, denn mein Magen knurrte lautstark. Ich zog eine Käsesemmel aus meinem Rucksack und biss herzhaft hinein.

Dominik aß ein belegtes Brot. Er saß dabei mit geschlossenen Augen da, streckte das Gesicht der Sonne entgegen und genoss die Wärme auf seiner Haut. Seine blonden Haare wirkten durch die Sonneneinstrahlung noch heller, und seine markanten Wangenknochen kamen dadurch stärker zur Geltung. Mein Blick wanderte an seinem durchtrainierten Oberkörper hinab.

Wie er wohl ohne T-Shirt aussieht?, fragte ich mich.

Im nächsten Moment schlug er seine Augen auf und sah mich direkt an.

Konnte er etwa Gedanken lesen? Hastig drehte ich meinen Kopf in die andere Richtung.

„Der Wasserfall war wirklich beeindruckend", sagte ich zu Pia, und sie nickte.

„Ja, die Gegend hat einiges zu bieten. Erstaunlich, dass sich so wenige Touristen hierher verirren."

Ob das an dem Mord an Helene lag? Vielleicht hatte die Frau aus dem Zug recht gehabt, und das Gebiet war tatsächlich verflucht. Und wir waren so unvorsichtig, unser Glück herauszufordern.

Ach Blödsinn, tadelte ich mich selbst. Das Ganze war ein Schauermärchen. Vergiss den Quatsch einfach.

Ich streckte die Füße aus und lehnte mich mit dem Rücken gegen meinen Rucksack.

„Warte nur, bis wir auf der Rautenalm sind", sagte Pia. „Es ist traumhaft schön."

„Warst du schon öfters dort?", wollte Florian wissen.

„Ja, ein paar Mal, vor allem in meiner Kindheit. Ich fand's immer super. Von da oben hat man eine fantastische Aussicht."

„Cool."

Robert erhob sich und streckte seiner Freundin die Hand entgegen.

„Komm mal mit."

„Wohin?"

„Das ist eine Überraschung."

Ich konnte mir schon denken, was für eine Überraschung Robert für sie parat hatte. Bestimmt wollte er ungestört mit ihr rummachen.

„Da holt ihr euch bloß Zecken am Hintern", sagte ich, weil ich es doof fand, dass sie sich absetzen wollten.

Pia lachte bloß, und händchenhaltend verschwanden sie im Dickicht des Waldes.

„Ich schau mich auch mal ein bisschen um." Florian sprang auf und lief los.

Und ehe ich mich versah, war ich mit Dominik allein.

Die perfekte Gelegenheit, um mich einmal in Ruhe mit ihm zu unterhalten und ihn näher kennenzulernen.

Ich sah zu ihm hinüber und erstarrte in der nächsten Sekunde.

Dominik saß kerzengerade da und fixierte mich mit einem stechenden Blick. In seiner Hand hielt er ein

großes Messer, dessen Klinge in der Sonne gefährlich
blitzte.

7

Ich hielt vor Schreck den Atem an.

Was hatte er vor?

Ängstlich sah ich mich um, doch von den anderen war weit und breit niemand zu sehen. Panik stieg in mir auf, als mir bewusst wurde, dass ich Dominik schutzlos ausgeliefert war. Nicht nur, dass ich ihm körperlich klar unterlegen war, jetzt war er auch noch bewaffnet.

Was hatte ich ihm bloß getan? War er noch immer sauer, weil ich gesagt hatte, ich wolle ihn nicht dabei haben?

Die Angst hatte mich so fest im Griff, dass ich zu keiner Regung mehr fähig war. Ich kam noch nicht einmal auf die Idee, um Hilfe zu rufen.

Wie versteinert und mit weit aufgerissenen Augen starrte ich Dominik an und rechnete jede Sekunde damit, dass er auf mich losgehen und mir das Messer in die Brust rammen würde.

Doch Dominik tat nichts dergleichen. Stattdessen griff er nach dem Ast, der neben ihm auf dem Boden lag, und begann wortlos zu schnitzen.

Ich benötigte einige Zeit, bis ich die Situation begriff. Unendliche Erleichterung machte sich in mir breit, und während ich Dominik dabei zusah, wie er seelenruhig schnitzte, musste ich beinahe lachen. Hatte ich gerade eben tatsächlich gedacht, dass er mich aufschlitzen würde?

Ich wunderte mich über meine eigene Schreckhaftigkeit, doch dann kam mir ein anderer Gedanke: Warum hatte er überhaupt ein solch großes Messer dabei?

Ich hatte auch eines mitgenommen, aber ein Taschenmesser. Wofür, zum Teufel, brauchte er so ein Riesenteil? Wir waren auf einer Wanderung unterwegs und nicht auf der Jagd!

Ich spürte, dass ich immer noch leicht zitterte, und versuchte, mich wieder zu beruhigen. Hoffentlich kamen Pia und Robert bald zurück.

Keine Ahnung, wie lange ich dasaß und Dominik nicht aus den Augen ließ.

Wo blieben die anderen nur? Hatten sich Pia und Robert womöglich ganz aus dem Staub gemacht, um doch noch ihren Urlaub allein zu verbringen?

Dominik saß weiterhin schweigsam da und bearbeitete den Ast. Ich überlegte, ob ich etwas sagen sollte, doch mir fiel, wie immer in solchen Situationen, nichts Passendes ein.

Irgendwann hörte ich ein Geräusch hinter mir und drehte mich um. Es war Florian, und in der Hand hielt er einen leicht gebogenen Stock. Ich glaube, ich war noch nie in meinem Leben so froh gewesen, meinen kleinen Bruder zu sehen.

„Hey, Lara", meinte er, „schau mal, ein Bogen!"

„Bogen? Ich sehe nur einen kahlen Ast."

„Wart's ab."

Er wühlte in seinem Rucksack, bis er etwas gefunden hatte. Ich musste zweimal hinschauen, denn Florian hatte doch glatt eine ganze Rolle Paketschnur eingepackt.

Er nahm Maß, zog sein Taschenmesser aus der Hose und schnitt die richtige Länge zurecht. Erst dann bemerkte er Dominiks Messer, und sein Blick wanderte zwischen dessen und seiner eigenen Klinge hin und her.

„Wow", sagte er. „Kann ich das mal sehen?"

Langsam hob Dominik den Kopf und musterte Florian eine Weile. Schließlich hielt er ihm die Waffe entgegen.

„Sei aber vorsichtig, ja? Das ist kein Spielzeug. Die Klinge ist rasiermesserscharf."

Florian nahm das Messer und wog es ehrfürchtig in seinen Händen.

„Krass. Wo hast du das her?"

Dominiks Antwort war kurz und bündig: „Geschenkt bekommen."

Florian gab es ihm zurück und wandte sich seinem Bogen zu.

„Nicht so. Soll ich dir dabei helfen?", fragte Dominik, und Florian nahm das Angebot begeistert an.

Ich war ein wenig irritiert und wusste nicht so recht, wie ich Dominiks Hilfsbereitschaft einschätzen sollte. Den ganzen Tag hatte er so abweisend gewirkt, und plötzlich bot er meinem Bruder von sich aus Hilfe beim Bau eines Bogens an?

Irgendwie scheint er zwei Gesichter zu haben, dachte ich, genau wie Mark und Timo. Allmählich begann ich mich zu fragen, ob eigentlich jeder Junge in meinem Umfeld so drauf war. Auf der einen Seite charmant und nett, auf der anderen undurchsichtig und gefährlich.

Ob das an mir liegt?, überlegte ich. War ich etwa unterbewusst anfällig für diese Sorte von Typen?

Ach Mark, seufzte ich und verzog das Gesicht. Ich konnte ihn einfach nicht vergessen, und in meiner Erinnerung kehrte ich zu dem Moment zurück, als ich ihn das erste Mal getroffen hatte.

Es war auf einer Party, und als ich ihn sah, wusste ich sofort, dass er derjenige war, auf den ich so lange sehnsüchtig gewartet hatte. Mark war bereits einundzwanzig, hatte sein Abi schon hinter sich und absolvierte eine Lehre als Fitnesstrainer, obwohl er mit seinem Aussehen ebenso gut als Model hätte arbeiten können. Sein athletischer Körper war wohldefiniert und seine feinen Gesichtszüge alles andere als feminin. Er hatte kurze schwarze Haare und das süßeste Lächeln, das man sich nur vorstellen konnte. Auf der Feier waren alle hübschen Mädchen aus der oberen Klasse gewesen, die sich an ihn ranzumachen versuchten, doch Mark hatte mich angesprochen. Mich!

Ich konnte mich noch genau daran erinnern, als er plötzlich vor mir stand und fragte, ob ich was zu trinken wollte. Er sah mich mit einem Blick an, der mich förmlich dahinschmelzen ließ. Meine Füße kamen mir auf einmal wie Wackelpudding vor, und ich hatte das Gefühl, als würde ich mich in den unergründlichen Tiefen seiner blau-grauen Augen verlieren.

Vor lauter Aufregung brachte ich damals kein einziges Wort heraus und starrte ihn stattdessen nur an. Total peinlich. Doch Mark überspielte das gekonnt.

„Hey, nichts sagen. Lass mich raten, was du gerne trinkst.“

Gespannt sah ich ihn an.

„Ich glaube, du stehst auf Caipis.“

„Woher weißt du das?“, fragte ich überrascht, denn es war tatsächlich mein Lieblingsgetränk.

„Das erkenne ich an deinem hübschen Gesicht.“ Er zwinkerte mir zu. „Warte hier auf mich, ja? Bin gleich wieder zurück.“

Er besorgte uns zwei Caipirinhas, und wir unterhielten uns den ganzen Abend lang, während alle Mädels neidisch zusahen. Am Ende fragte er mich nach meiner Handynummer, und die nächsten Tage telefonierten, simsten und chatteten wir in jeder freien Minute.

Mark war so ganz anders als die anderen Jungs. Er war einfühlsam, liebevoll und drängte mich zu absolut gar nichts. Die meisten Jungs in seinem Alter waren nur auf Sex aus, aber nicht Mark. Er war auf der Suche nach der wahren Liebe. Genau wie ich.

Den ersten Kuss werde ich nie vergessen. Ich zitterte vor Aufregung, und seine Lippen waren so warm und weich. Selbst heute spürte ich noch, wie sie meinen Hals erkundeten, an meinem Ohrläppchen knabberten und er mich mit einer Leidenschaft küsste, die mich alles um mich herum vergessen ließ. Mark war perfekt, einfach alles an ihm war perfekt. Und selbst mein allererstes Mal war perfekt gewesen, so wie ich es mir immer vorgestellt hatte: romantisch, liebevoll und wie der Himmel auf Erden.

Bis Mark sein wahres Gesicht zeigte.

Warum hatte er mir das nur angetan? Noch dazu nach dieser wunderschönen Nacht.

Der Schmerz in mir war so groß, dass er mich von innen her aufzufressen schien.

Ich rieb mir die pochenden Schläfen und zwang mich, an etwas anderes zu denken.

Florian und Dominik hatten in der Zwischenzeit den Bogen fertig gebaut. Mein Bruder verschwand erneut im Wald und kam kurz darauf mit einigen armlangen Stöcken wieder.

„Taugen die was als Pfeile?", fragte er und streckte sie Dominik entgegen.

„Könnte gehen", antwortete dieser, und beide begannen damit, jeweils ein Ende anzuspitzen und in die andere eine Kerbe einzuritzen.

„Jetzt bräuchten wir bloß noch ein paar Federn, um die nötige Stabilität herzustellen", sagte Dominik.

„Mist. Wo sollen wir die herbekommen?"

„Egal, wird auch so gehen. Los, probier ihn mal aus."

„Gleich", entgegnete Florian und ritzte in einen der Stöcke „Flo" hinein. Prüfend begutachtete er den Pfeil mit seinem Namen, nickte zufrieden und spannte ihn in den Bogen ein. Er zog die Sehne mit Daumen und Zeigefinger weit zurück, zielte schräg in den Himmel und ließ los. Der Pfeil schnellte in hohem Bogen davon und verschwand hinter den Wipfeln der Bäume.

„Wahnsinn! Hast du gesehen, wie weit der geflogen ist?"

Dominik lächelte. „Guter Schuss."

„Komm, lass uns den Pfeil suchen. Ich will wissen, wo er gelandet ist."

Sie liefen los, und ich blieb allein mit meinen Gedanken zurück.

Die Zeit verstrich, und Pia und Robert kamen noch vor den beiden anderen zurück. Pia schob unterwegs noch schnell ihr Top wieder in die Hose, und Robert rauchte eine Zigarette.

„Wo sind Dominik und Florian?", erkundigte sich Pia.

„Suchen nen Pfeil."

„Hä?"

„Ach, vergiss es. Nicht so wichtig."

Als sie endlich wieder aus dem Wald auftauchten, machte Florian ein langes Gesicht.

„Haben ihn leider nicht gefunden", murrte er und befestigte die restlichen Pfeile an der Außenseite seines Rucksacks. Robert sah ihm mit hochgezogenen Augenbrauen dabei zu.

„Kommt ihr auch endlich mal zurück? Können wir dann langsam weitergehen?", fragte er mit einem genervten Unterton in seiner Stimme.

Was soll diese Reaktion?, dachte ich. Robert konnte sich mal eben mit Pia ins Dickicht verziehen, aber wir hatten hier wohl alle schön brav auf ihn zu warten, oder was?

„Wo müssen wir denn jetzt lang?" Pia versuchte sich zu orientieren, doch rings herum war nur Wald. „Lara, schau doch mal auf der Karte nach, in welche Richtung es geht. Nicht dass wir uns verlaufen."

Ich öffnete das Seitenfach meines Rucksacks, wo ich den Plan verstaut hatte, und griff hinein.

Doch die Karte war nicht mehr da.

8

„Verdammt, wo ist die Karte?" Mit einem leichten Anflug von Panik sah ich die anderen an. „Sie ist weg."

„Wie, sie ist weg?", fragte Pia. „Du hast sie doch eingesteckt, oder?"

„Natürlich hab ich das. Aber jetzt ist sie nicht mehr da."

„Das kann doch gar nicht sein", sagte Florian. „Wahrscheinlich hast du nur im falschen Fach nachgeschaut."

„Nein, ganz sicher nicht. Der Kugelschreiber ist nämlich noch da."

Ich hielt den Stift in die Luft, mit dem Hannes die Route eingezeichnet hatte und den ich sobald wie möglich hatte entsorgen wollen.

„Ich hab ihn in dasselbe Fach getan wie die Karte."
Ratlos blickten mich die vier an.

„Schau trotzdem in den anderen Fächern nach", bat Dominik, und ich suchte meinen kompletten Rucksack nach der Karte ab. Doch sie war und blieb verschwunden.

„Hast du sie etwa bei dem Bauern liegengelassen?", fragte Pia.

„Ich bin doch nicht blöd! Glaubst du, ich steck den Kugelschreiber ein aber nicht die Karte?"

„Und wo soll sie dann bitte sein?"

„Woher soll ich das denn wissen?"

„Jetzt mal nur die Ruhe", ging Dominik dazwischen. „Sie muss dir unterwegs aus dem Rucksack gefallen sein."

„Wie soll das gehen, wenn der Reißverschluss zu war?"

„Sie kann sich doch nicht einfach in Luft aufgelöst haben." Robert kniff die Augen zusammen, und eine Furche bildete sich auf seiner Stirn.

Schweigen machte sich zwischen uns breit, und ich versuchte, mich noch einmal ganz genau an alles zu erinnern, seit wir von Hannes' Hütte aufgebrochen waren.

Ich war mir hundertprozentig sicher, dass ich die Karte eingesteckt hatte. Unterwegs hatte ich sie kein einziges Mal aus dem Rucksack geholt, und das Fach selbst war fest verschlossen gewesen.

Robert hatte recht, sie konnte sich nicht einfach in Luft aufgelöst haben. Es gab daher nur eine einzige Möglichkeit: Jemand hatte sie heimlich rausgenommmen.

„Wer von euch hat sie?", wandte ich mich direkt an die anderen, doch die sahen mich lediglich verwundert an.

„Hä?", meinte Pia. „Wieso soll jemand von uns sie genommen haben?"

„Keine Ahnung. Aber jetzt ist sie nicht mehr da. Also, wer hat sie aus meinem Rucksack geholt?"

Florian zuckte mit den Schultern. „Ich war's nicht."

„Was soll der Scheiß?", fuhr mich Robert an. „Wir waren die ganze Zeit über zusammen. Niemand hat sich an deinem Rucksack zu schaffen gemacht."

„Ach tatsächlich?" Ich zog die Brauen hoch. „Und was war am Wasserfall? Unsere Rucksäcke standen unbeaufsichtigt herum, als wir oben auf der Aufsichtsplattform waren. Ich war die Letzte, die von dort wieder runtergekommen ist, also muss einer von euch die Karte an sich genommen haben."

„So ein Quatsch", sagte Robert. „Warum sollten wir das tun?"

„Woher, zum Henker, soll ich denn das wissen? Ich weiß nur, dass der Plan nicht mehr da ist."

„Ich hab ihn nicht", meinte Robert, und die anderen verneinten ebenfalls.

Einer von ihnen log, da war ich mir absolut sicher. Nur wer? Und was hatte derjenige davon, wenn er die Karte verschwinden ließ?

Wer kann es nur gewesen sein?, überlegte ich. Wer war als Erster vom Wasserfall weggegangen?

Es war Dominik gewesen. Verstohlen schielte ich zu ihm hinüber, doch sein Gesichtsausdruck war nichtssagend.

Robert und Pia waren ihm kurz darauf gefolgt. Hatte sich vielleicht einer von den beiden an meinem Rucksack zu schaffen gemacht? Aber auch sie machten eine unschuldige Miene.

Und was war mit meinem Bruder? Ich erinnerte mich daran, dass er allein war, als ich die Steinstufen hinabstieg. Theoretisch hätte also auch er die Möglichkeit gehabt, die Karte an sich zu nehmen.

„Sollen wir jetzt vielleicht alle unsere Rucksäcke ausräumen?", raunzte mich Robert an, der meine Grübelei richtig deutete.

„Ganz genau!"

„Sag mal, hast du sie jetzt noch alle?"

Pia schnitt genervt eine Grimasse, dann öffnete sie wortlos sämtliche Taschen ihres Rucksacks, doch nirgendwo war ein Plan versteckt. Die anderen taten es ihr gleich, doch auch bei ihnen war Fehlanzeige.

Hatte ich tatsächlich erwartet, dass einer von ihnen erst die Karte stahl und danach so dumm war, sie einfach in seine Tasche zu stecken? Natürlich hatte der- oder diejenige sie schnellstmöglich entsorgt.

Aber warum? Diese Frage wollte mir nicht aus dem Kopf gehen.

„Ist euch eigentlich klar, dass wir ohne Karte aufgeschmissen sind?", meinte ich schließlich nach einer Weile. „Uns wird nichts anderes übrig bleiben, als ins Tal zurückzugehen und eine neue zu besorgen. Allerdings können wir uns dann auch gleich eine Unterkunft suchen, denn den Aufstieg werden wir vor Einbruch der Dunkelheit dann nicht mehr schaffen."

„Bitte?", protestierte Robert umgehend. „Ich latsch doch jetzt nicht mehr den ganzen Weg zurück und brech dann morgen erneut auf. Da geht uns ja ein ganzer Tag verloren."

„Und was schlägst du stattdessen vor?"

„Mir ist schon klar, dass ihr Frauen Probleme mit dem Kartenlesen habt", antwortete er. „Aber im Gegensatz zu euch ist bei mir alles ganz genau im Kopf abgespeichert."

Ich verkniff mir eine sarkastische Bemerkung, wenngleich sie mir förmlich auf der Zunge brannte.

„Hier geht's lang", sagte Robert und deutete an mir vorbei. „Nach einer halben Stunde müssen wir uns links halten, und zwar für zwanzig Minuten. Danach nochmal schräg links für eine Stunde, und die restlichen zehn Minuten geht's dann nach rechts. Und schon haben wir den normalen Weg wieder erreicht." Er tippte mit dem Zeigefinger an seine Stirn. „Siehst du, ist alles in meinem Gedächtnis."

Ich blieb skeptisch.

„Was meint ihr?", fragte Robert in die Runde.

„Na ja, ich weiß nicht", antwortete Pia, die schon immer Probleme mit der Orientierung gehabt hatte.

„Also so schwer kann es wirklich nicht sein", ergriff Florian für Robert Partei. „Sind ja nur zwei Stunden Fußmarsch quer durch den Wald, und sobald wir den normalen Weg erreicht haben, können wir uns gar nicht mehr verlaufen."

„Na bitte, selbst der Knirps gibt mir recht."

„Sag mal, geht's noch?" Entrüstet stemmte Florian die Fäuste in die Hüfte. „Noch so ein blöder Spruch und ich zeig dir, wer von uns beiden ein Knirps ist!"

„Immer locker bleiben, ja? Mach mal keinen Zwergenaufstand."

Ich ignorierte die beiden und drehte mich zu Dominik um.

„Was meinst du?", fragte ich ihn.

Seine Antwort war klar: „Versuchen wir's."

Robert wandte sich Pia zu.

„Okay", meinte sie. „Wenn ihr meint."

Triumphierend blickte Robert mich an.

„Na schön", seufzte ich. „Wir sind ja nicht in den Rocky Mountains."

„Also los, mir nach", sagte Robert, und wir folgten ihm in den dichten Wald, der mir plötzlich viel düsterer vorkam als vorhin. Ich hatte keine Ahnung, ob es an den

Baumwipfeln lag, die so zugewachsen waren, dass die Sonne kaum durchdrang, oder eher an meinem dumpfen Bauchgefühl.

Wenn das nur mal gutgeht, schoss es mir durch den Kopf.

9

Es war ein beschwerlicher Weg durch den Wald, der stetig dichter wurde. Der Aufstieg war steil und mühsam und der Untergrund rutschig. Zielstrebig ging Robert voran, und wir marschierten hinterher.

Die Zeit verstrich.

Nach zwei Stunden hatten wir den Weg, der zur Rautenalm führte, noch immer nicht erreicht, und ich begann mich allmählich zu fragen, ob es wirklich eine so gute Idee war, ausgerechnet Roberts Gedächtnis zu vertrauen. Immerhin hatte er schon zwei Bier intus. Doch ich lief weiter.

Sechzig Minuten später wurden Pia und Florian langsam unruhig, und nach einer weiteren halben Stunde konnte auch Robert nicht länger leugnen, dass wir uns hoffnungslos verlaufen hatten.

Wir hatten keinen blassen Schimmer, wo wir waren. Um uns herum waren nur Kiefern, Fichten und dunkle Tannen, und außer dem Zwitschern der Vögel und einem gelegentlichen Rascheln im Unterholz war nichts zu hören.

„Na toll", meinte ich. „Und jetzt?"

„Schieb's nicht auf mich", antwortete Robert. „Das war jedenfalls genau der Weg, den Papa Schlumpf uns beschrieben hat."

„Offenbar ja wohl nicht. Sonst stünden wir jetzt nicht irgendwo mitten in der Pampa."

„Was kann ich denn dafür, dass er uns den falschen Weg genannt hat?"

„Ich glaube eher, dein ach so toller Orientierungssinn hat nicht ganz funktioniert."

„Dann geh du doch voran, wenn du alles besser weißt."

Robert zündete sich eine Zigarette an, um sich wieder zu beruhigen.

„Mir reicht's, ihr Schlauköpfe", sagte Pia und zog ihr Handy aus der Hosentasche. „Ich ruf jetzt Google Maps auf."

„Gute Idee."

Ich beobachtete, wie sie ihr Smartphone anschaltete und wartete. Wortlos starrte sie auf das Display, dann hielt sie das Gerät in die Höhe.

„So ein Mist."

„Was ist los?"

„Kein Netz", murmelte sie.

„Was? Das gibt's doch gar nicht."

Ich versuchte es mit meinem Handy, doch genau wie bei Pia erschien anstelle des Mobilfunkbetreibers lediglich „Kein Netz" am linken oberen Rand.

„Shit", sagte ich.

Während Pia ihr Handy verzweifelt in verschiedene Richtungen hielt, mussten auch Florian und Robert feststellen, dass es hier keinen Empfang gab.

„Das kann ja wohl nicht wahr sein", schimpfte Robert. „Wir sind doch hier nicht am Arsch der Welt. Wieso gibt's hier kein Netz?"

„Brauchst du eigentlich eine Extraeinladung?", fragte Pia Dominik, der uns teilnahmslos bei unseren vergeblichen Versuchen zusah.

„Wofür?“

„Vielleicht probierst du es auch mal?“ Sie deutete mit einem übertriebenen Grinsen auf ihr Smartphone. „Dein Handy?“

„Hab’s nicht mitgenommen.“

„Was?“

„Ich hab mein Handy nicht mitgenommen“, wiederholte er.

Perplex starrten wir ihn an.

Dominik hatte kein Handy dabei? Wie war der denn drauf? Ich legte meines sogar nachts neben mich auf das Nachtkästchen, damit ich nach dem Aufwachen sofort Instagram checken konnte.

„Wieso hast du es nicht mitgenommen?“

„Was soll ich denn damit in den Bergen?“, entgegnete er.

Ich stieß einen tiefen Seufzer aus und schüttelte verständnislos den Kopf. Selbst wenn ich zum Mond unterwegs wäre, ich käme garantiert niemals auf die Idee, mein Handy daheim zu lassen.

Pia gab ihre Versuche, ein Netz zu finden, auf und steckte ihr Smartphone zurück in die Hosentasche.

„Und was jetzt?“, fragte sie.

„Zunächst mal ruhig bleiben“, antwortete Dominik.

„Ruhig bleiben?“ Sie blickte ihn bestürzt an. „Ist dir eigentlich klar, dass die Sonne in fünf Stunden untergehen wird? Wenn wir nicht bald diesen verdammten Weg finden, dann schaffen wir das nie und nimmer rechtzeitig bis zur Hütte. Dafür brauchen wir nämlich von da aus auch noch mal gute drei Stunden.“

„Ich weiß“, sagte er. „Aber wir müssen trotzdem einen kühlen Kopf bewahren.“

Ich stellte meinen Rucksack auf dem Boden ab. Es tat gut, das schwere Gewicht von meinem Rücken zu nehmen, und ich streckte mich. Mein T-Shirt war verschwitzt.

„Lasst uns eine kurze Pause einlegen", schlug ich vor. „Danach starten wir einen erneuten Anlauf. Irgendwo muss der Weg doch sein."

Erschöpft ließen wir uns nieder. Ich holte meine Wasserflasche aus dem Rucksack und trank durstig, bis sie leer war. Dann kam mir plötzlich ein beängstigender Gedanke.

„Wie viel Wasser habt ihr noch?", fragte ich.

„Nichts mehr", antwortete Pia. „Hab grad alles ausgetrunken."

„Ich hab auch kaum noch was", sagten Dominik und Florian.

„Wasser ist alle, aber Bier hab ich noch." Robert öffnete seinen Rucksack. „Und zwar genau noch zehn Dosen."

Ich verdrehte die Augen. „Na, dann ist ja alles in bester Ordnung. Wir lassen uns einfach volllaufen, und der Tag ist gerettet."

„Hast du ein Problem?"

„Ja, hab ich. Nämlich kein Wasser mehr."

Robert wollte etwas darauf erwidern, doch dann wurde auch ihm der Ernst der Lage bewusst.

„Ich stimme Lara zu", meinte Pia. „Wir sollten schleunigst zusehen, dass wir irgendwo Wasser finden."

„Und wo?"

„Keine Ahnung. Aber wir sind hier nicht in der Wüste. Irgendwo wird doch ein Bach oder so sein."

Ich bemerkte ihre Nervosität und versuchte, sie zu beschwichtigen.

„So schnell verdursten wir schon nicht. Aber lasst uns die Augen offenhalten und bei der erstbesten Gelegenheit unsere Flaschen auffüllen.“

„Und in welche Richtung sollen wir nun gehen?“, wollte Florian wissen.

Ich zuckte ahnungslos mit den Schultern.

„Laut der Karte müssen wir uns nordöstlich halten“, antwortete Robert und sah in den Himmel empor. „Die Sonne steht jetzt im Südwesten. Also geht's da lang.“ Er deutete nach links.

Ich presste die Lippen zusammen. Robert hatte uns schon einmal in die Irre geführt. Sollten wir ihm tatsächlich erneut folgen? Doch andererseits wusste ich genauso wenig, wo wir waren und wo wir hinmussten. Eigentlich konnte jede Richtung die richtige sein.

Als ob ich es geahnt hätte, dass wir uns verlaufen, dachte ich. Wären wir lieber ins Tal zurück. Doch dafür war es jetzt zu spät.

Wir ruhten uns für zwanzig Minuten aus, dann brachen wir erneut auf. Schweigend liefen wir hintereinander her, während wir immer tiefer in den Wald vordrangen. Es ging nur langsam voran, denn der Anstieg war steil, und unsere Rucksäcke schienen mit jedem Schritt schwerer zu werden. Stellenweise war der Boden so rutschig, dass wir höllisch aufpassen mussten, unser Gleichgewicht nicht zu verlieren. Kaum hatten wir einen Hügel erklommen, tauchte der nächste vor uns auf. Es war ein Auf und Ab, und die Ebenen dazwischen zogen sich zäh wie Kaugummi dahin.

Es dauerte nicht lange, bis wir alle fünf nach Wasser lechzten.

Aber so sehr wir auch suchten, außer einem abgestandenen Tümpel, der von Dutzenden Mücken umschwirrt wurde, fanden wir keine Frischwasserquelle.

Mein Mund fühlte sich ausgetrocknet an, und das Schlucken fiel mir zunehmend schwerer. Ich schwitzte, und mein Körper verlor dadurch noch mehr Flüssigkeit. Gleichzeitig begann mein Magen zu knurren, doch ich wagte nicht, eine Semmel zu essen. Meine Kehle kratzte ohnehin schon genug.

Irgendwann hielt ich es nicht länger aus.

„Hey, Robert“, sagte ich. „Bleib mal stehen.“

„Was denn? Brauchst du etwa schon wieder eine Pause?“

„Nein, aber dringend was zu trinken.“

Robert drehte sich zu mir um und setzte ein übertriebenes Grinsen auf. „Aber selbstverständlich. Was hätte die Dame denn gerne? Eine Flasche Adelholzener mit extra Sprudel oder lieber ein Bad Pyrmonter Quellwasser?“

Ich verdrehte die Augen. „Lass den Scheiß und gib mir lieber ein Bier.“

„Ach, auf einmal?“

„Ich will auch eines“, sagten Pia und Florian gleichzeitig.

„Ich halte das für keine gute Idee.“ Dominik sah uns der Reihe nach an. „Wir müssen einen klaren Kopf bewahren.“

„Ich verdurste gleich!“

„Bewahr du mal ruhig deinen klaren Kopf“, sagte Pia und schob sich an Dominik vorbei. „Ich will was zu trinken.“

Robert stellte seinen Rucksack ab, holte zwei Dosen Bier heraus und reichte sie Pia und mir. Hastig öffnete ich sie und trank. Mein Verstand sagte mir, dass ich nicht alles auf ex trinken sollte, schon gar nicht auf fast nüchternem Magen, doch meine Kehle gierte so sehr nach Flüssigkeit, dass ich die Warnung ignorierte.

Als die Dose leer war, hatte ich immer noch Durst. Ich schüttelte die Dose und versuchte vergeblich, den letzten Tropfen herauszuholen.

Mehr, schrie meine Kehle, doch es war nichts mehr übrig.

Der Alkohol stieg mir zu Kopf, und ein leichter Schwindel erfasste mich.

Robert und Pia hatten genauso schnell getrunken wie ich, und an ihren Gesichtsausdrücken konnte ich erkennen, dass sie ebenfalls noch durstig waren.

„Krieg ich endlich auch was?“, murrte Florian und streckte Robert die Hand entgegen.

„Vergiss es“, entgegnete dieser. „Alkohol ist nichts für kleine Kinder.“

„Ich bin kein Kind mehr! Und jetzt gib mir gefälligst ein Bier.“

Robert warf seine leere Dose achtlos vor Florians Füße. „Kannst ja den letzten Schluck hieraus trinken. Mehr verträgst du eh nicht.“

Florians Augen verengten sich zu winzigen Schlitzen. „Du verdammter …“

Bevor die Situation endgültig eskalierte, ging ich dazwischen. „Gib ihm was“, sagte ich mit solch scharfem

Unterton in meiner Stimme, dass Robert schließlich eine weitere Dose aus seinem Rucksack holte.

„Nur noch sechs übrig“, grummelte er.

Ich warf einen Blick zu Dominik, der schweigend und mit zusammengepressten Lippen dastand. Sein Brustkorb hob und senkte sich im schnellen Rhythmus. Der seltsame Ausdruck in seinen Augen jagte mir eine Heidenangst ein.

Was war nur los mit ihm? Er musste doch genauso durstig sein wie wir.

„Krieg ich noch eines?“, fragte Florian, nachdem er das Bier in einem Zug ausgetrunken hatte. „Ich …“

Robert warf ihm einen Blick zu, der ihn augenblicklich verstummen ließ.

„Lasst uns weitergehen“, sagte ich, trat die Dose flach und steckte sie in das Seitenfach meines Rucksacks. Florian tat es mir gleich, wobei er beim ersten Mal daneben trat und kicherte. Er war keinen Alkohol gewöhnt.

Wir setzten unseren Weg fort. Es dauerte nicht lange, bis meine Kehle erneut wie Feuer brannte. Als hätte ich nichts getrunken.

Wenig später spielte ich mit dem Gedanken, Robert nach einem weiteren Bier zu fragen, doch ich verwarf die Idee sogleich wieder. Es waren nur noch sechs Dosen übrig, und die sollten wir uns gut einteilen.

Die Stimmung war mittlerweile am absoluten Tiefpunkt angekommen, denn allmählich lief uns die Zeit davon. Unsere Kräfte schwanden mit jedem Meter, den wir zurücklegten, und die Muskeln schmerzten. Wir hatten eine Wanderung von vier Stunden eingeplant, aber sicher keinen Tagesmarsch. Ich war erschöpft und wollte mich nur noch ausruhen. Mich ausstrecken, erholen und ein bisschen schlafen.

Ich zog mein Handy aus der Tasche und versuchte abermals, ein Netz zu finden. Es blieb jedoch bei dem Versuch.

„Wir werden den Weg nie finden." Pia ließ frustriert die Schultern hängen. „Wir sind jetzt seit Stunden unterwegs, wir hätten den Weg längst erreichen müssen. Es wird bald dunkel!"

Robert legte seinen Arm um ihre Schultern und zog sie zu sich heran. „Keine Angst, Süße, wir finden hier schon wieder raus. Ich versprech's dir."

„Pia hat recht", sagte ich. „Wir hätten den Weg längst erreichen müssen. Laut Hannes ist es ein Fußmarsch von zwei Stunden. Was ist, wenn wir daran vorbeigelaufen sind?"

„Dann gehen wir doch zurück", schlug Florian vor. „Also nicht dieselbe Strecke, sondern schräg in diese Richtung. Den Hügel runter und dann dort drüben wieder rauf."

Wir diskutierten kurz, dann entschieden wir, es zu versuchen. Im Grunde genommen hatten wir auch gar keine andere Wahl.

Wir liefen weiter, doch Stunden später irrten wir noch immer durch den dichten Wald, ohne den Weg entdeckt zu haben. Verzweiflung machte sich zwischen uns breit, und ich spürte die aufkeimende Angst in meinem Inneren. Wir hatten den Wald vollkommen unterschätzt und uns total verlaufen. Um uns herum war nichts außer Bäumen und Sträuchern. Mit jedem Schritt, den wir zurücklegten, sank unsere Hoffnung, hier wieder herauszufinden, noch weiter. Es war ein grauenvolles Gefühl, nicht zu wissen, wo man war, müde, hungrig, durstig und fernab jeder Zivilisation. Ohne Aussicht auf Hilfe.

Kurz darauf setzte die Dämmerung ein.

10

Als es langsam dunkel wurde, war ich fast froh darüber. Meine Füße schmerzten so sehr, dass ich keinen Schritt mehr weiter gehen konnte und wollte. Ich wollte mich nur noch ausruhen.

„Es hat keinen Zweck“, krächzte ich, denn meine Kehle war staubtrocken. „Wir werden wohl oder übel im Freien übernachten müssen.“

„Was?“ Pia riss erschrocken die Augen auf. „Mitten im Wald?“

„Siehst du hier vielleicht irgendwo ein Hotel?“ Ich atmete ein Mal tief durch, um mich wieder zu beruhigen. Wir waren mittlerweile alle nervlich ziemlich angeschlagen. „Entschuldige, ich wollte dich nicht anblaffen. Ich bin nur einfach müde und k. o.“ Ich rieb mir die Augen.

„Dort drüben sieht es gut aus“, sagte Dominik. „Zumindest ist es etwas geschützt.“

Ich nickte, und wir begaben uns zu einer kleinen Ebene zwischen zwei Hügeln. Völlig entkräftet ließ ich mich nieder.

„Wir sollten uns beeilen“, meinte Dominik. „In einer Viertelstunde wird es stockfinster sein. Bis dahin müssen wir ein Lagerfeuer haben, oder wir sitzen im Dunkeln.“

Seufzend erhob ich mich wieder. Es wäre ja auch zu schön gewesen.

Eilig sammelten wir in der Umgebung trockene Äste und Zweige.

„Hier ist Wasser", hörte ich plötzlich Florians aufgeregte Stimme. Er hatte sich ein wenig von uns entfernt und zeigte auf eine Felswand.

Ich lief zu ihm. Und tatsächlich, zwischen zwei Büschen lief ein dünnes Rinnsal über den moosbewachsenen Felsen und sammelte sich am Boden zu einer kleinen Pfütze.

Ich lachte vor Erleichterung laut auf.

Wir holten unsere Wasserflaschen und ließen so viel einlaufen, dass wir damit den gröbsten Durst löschen konnten. Anschließend füllten wir alle Flaschen bis zum Rand auf.

„O Gott, tat das gut", seufzte Pia und schürzte ihre Lippen.

Wir gingen zu unserem Rastplatz zurück. Florian schleppte mehrere größere Steine an und formte mit ihnen einen Kreis. In die Mitte schichtete er einen Turm aus dünnen Zweigen und Reisig.

„Gib mir mal eine von deinen Tussi-Zeitschriften, die du heute Morgen am Kiosk gekauft hast", bat er Pia.

„Sag mal, geht's noch? Das sind doch keine ..."

„Gib sie mir einfach", unterbrach er sie.

„Was willst du denn damit?"

„Ich brauch was zum Anzünden."

„Wenn's sein muss. Aber nicht den Teil mit den Schminktipps." Sie riss ein paar Seiten aus dem Magazin und reichte sie Florian, der sie zerknüllte und unter die aufgetürmten Zweige stopfte. Robert trank erst ein Bier leer und zündete sich anschließend in aller Ruhe eine Zigarette an, ehe er das Feuerzeug unter das Papier hielt, das sofort zu brennen begann. Die Flammen griffen auf die Zweige über, und wir legten einige Äste nach. Kurz darauf loderte ein schönes Lagerfeuer.

„Gerade noch rechtzeitig", stellte ich fest und sah mit einem mulmigen Gefühl dabei zu, wie die Sonne hinter dem Hügel verschwand und die Nacht über uns hereinbrach. Im Wald wurde es totenstill. Die Vögel waren verstummt, und nur das leise Knistern des Feuers war noch zu hören.

Es war unheimlich.

Wir breiteten unsere Schlafsäcke auf dem Waldboden aus, damit wir wenigstens eine weiche Sitzunterlage hatten.

Na, das kann heute Nacht heiter werden, sagte ich in Gedanken zu mir selbst. Da es auf der Rautenalm Betten gab, hatten wir nur unsere Schlafsäcke eingepackt, jedoch keine Isomatten. Mir tat jetzt schon jeder einzelne Muskel weh und dann auf dem harten Boden schlafen? Ich wagte gar nicht daran zu denken, wie ich mich morgen erst fühlen würde.

Missmutig verzog ich das Gesicht.

Die Jungs tauschten ihre verschwitzten T-Shirts gegen frische, aber ich traute mich nicht, mich vor aller Augen umzuziehen, deswegen zog ich nur ein Sweatshirt über. Als Dominik sich umzog, konnte ich mir einen Blick auf seinen muskelgestählten Körper nicht verkneifen.

Wahnsinn, dachte ich. Wie konnte man nur so geil aussehen?

Dominik drehte sich zu mir um, und schnell wandte ich meinen Blick wieder von ihm ab.

In der Zwischenzeit war das Feuer zu einer schönen Glut runtergebrannt, und ich holte fünf Dosen Ravioli aus meinem Rucksack. Nur mit Mühe bekam ich sie mithilfe des Dosenöffners an meinem Taschenmesser auf. Ich stellte sie in die Glut, und wir warteten, bis das Essen warm war. Hungrig machten wir uns darüber her. Robert, Pia und ich ließen uns dazu ein Bier schmecken, wobei ich mir eine Dose mit meiner Freundin teilte, während Florian und Dominik bei Wasser blieben.

Nachdem wir die Ravioli fertig gegessen hatten, fischte Pia eine Packung Gummibärchen aus ihrem Rucksack und reichte sie herum. Robert öffnete für sich die nächste Bierdose.

Wie viele hatte er eigentlich schon getrunken? Und hatte mir Pia nicht mal erzählt, dass er nicht viel Alkohol vertrug und aggressiv wurde, wenn er betrunken war?

Wir legten ein paar Äste nach, und für eine Weile saßen wir schweigend im flackernden Schein des Feuers und versuchten, nicht an die bevorstehende Nacht zu denken. Normalerweise hätte ich das alles als ganz abenteuerlich empfunden. Ich meine, bei einem Lagerfeuer mitten im Wald zu sitzen, hatte schon was. Zumindest wenn man sich nicht hilflos verirrt hatte.

Wie schön es doch wäre, wenn Mark jetzt hier wäre, dachte ich und blickte verträumt in die Flammen. Es wäre so romantisch, in seinen Armen zu liegen, mit nichts als dem Sternenhimmel und den Baumwipfeln über uns. Doch stattdessen hatte er mir einen Stich ins Herz versetzt und mit mir Schluss gemacht.

„Du bist mir zu unerfahren", hatte er mir gefühlskalt nach unserer ersten Nacht verkündet. „Ich brauche jemanden, der im Bett mehr drauf hat."

Seine Worte taten so weh. Was hatte er denn von mir erwartet? Ich war doch noch Jungfrau gewesen und hatte es ihm gegenüber auch nie verheimlicht. Ganz im Gegenteil, ich war glücklich, dass er der erste Mann war, mit dem ich schlief.

„Denkst du schon wieder an Mark?", fragte plötzlich eine Stimme neben mir, und ich sah erschrocken auf. Pia hatte sich neben mich gesetzt und sah mich besorgt an. Dominik und Florian waren in ein Gespräch vertieft, und Robert war nirgends zu sehen.

„Wo ist denn Robert?"

„Beim Pinkeln", antwortete Pia. „Aber lenk nicht ab. Hast du gerade an Mark gedacht?"

Ich zuckte mit den Schultern. „Was soll ich tun? Er will mir einfach nicht aus dem Kopf gehen."

„Vergiss ihn endlich, Lara. Er ist ein Arschloch."

„Aber am Anfang war er so nett."

„Nein, er hat sich nur verstellt. Er hat ein ganz mieses Spiel mit dir getrieben. Also vergiss ihn einfach. Denk lieber an die Abreibung, die ich ihm verpasst habe. Ich hoffe, das war ihm eine Lehre, denn wer sich mit dir anlegt, bekommt es auch mit mir zu tun."

Trotz des Schmerzes in mir musste ich lächeln, als ich daran zurückdachte.

„Wie schaffst du das immer?", fragte ich sie.

„Was?"

„Über deinen Ex hinwegzukommen."

Im Gegensatz zu mir hatte Pia schon mit vierzehn angefangen, Jungs zu daten und mit fünfzehn erste sexuelle Erfahrungen gesammelt. Robert war bereits der Dritte, mit dem sie schlief, und offenbar war es für sie nie ein großes Problem, über ihre Verflossenen hinwegzukommen. Ich hatte bei ihr noch nie langanhaltenden Liebeskummer erlebt.

„Warum sollte ich den Idioten denn nachtrauern? Du weißt doch selbst, wie meine Ex drauf waren. Sie sind es nicht wert, dass ich auch nur einen Gedanken an sie verschwende. Du musst nach vorne schauen, Lara. Lass Mark endlich los. Es gibt Jungs, die wirklich tausendmal besser sind als er und nur auf dich warten. Klingt vielleicht abgedroschen, aber die Zeit heilt alle Wunden, und ehe du dich versiehst, bist du in jemand Neuen verknallt."

Ihre Worte waren nett gemeint, doch ich bezweifelte, dass ich mich so schnell wieder verlieben würde.

„Trotzdem", sagte ich. „Timo hat dich doch genauso verletzt wie Mark mich. Wie bist du so schnell darüber hinweggekommen?"

„O Gott, Timo, ja. Erinner mich bloß nicht mehr an den! Die Begegnung mit ihm heute Morgen am Bahnsteig hat mir schon gereicht." Sie schüttelte sich. „Was der mit mir abgezogen hat, war wirklich nicht mehr feierlich."

„Allerdings", stimmte ich ihr zu, auch wenn ich bis heute nicht begreifen konnte, wie ausgerechnet der Surfertyp Timo, der mir von Anfang an sympathisch gewesen war, ihr so etwas hatte antun können.

„War ja dann fast schon lustig, als ich mit ihm Schluss gemacht habe", lachte Pia. „Wie er da plötzlich angekrochen kam, ganz reumütig und zerknirscht." Sie machte einen betretenen Gesichtsausdruck und äffte Timo mit verstellter Stimme nach. „Ich weiß, dass ich Scheiße gebaut hab, Pia. Aber du musst mir glauben, das war nur ein einmaliger Ausrutscher. Bitte verzeih mir." Sie schnaubte verächtlich auf. „Was für ein Idiot! Hat der tatsächlich geglaubt, dass ich auf so ein Gesülze reinfalle?"

Ich zuckte nur mit den Schultern.

„Ich liebe dich, Pia. Bitte gib uns noch eine Chance. Wir gehören einfach zusammen."

Dieses Mal mussten wir beide lachen.

„Aber sicher doch." Sie verzog die Mundwinkel. „Oh Mann, Timo war echt ein absoluter Griff ins Klo. Allerdings hatte die ganze Sache auch was Positives. Ohne ihn wäre ich wohl nicht mit Robbie zusammengekommen."

Da ist was Wahres dran, dachte ich. Nachdem mit Timo Schluss war, hatte sich Robert intensiv um Pia bemüht, und keine Woche später waren die beiden ein Paar.

„Timo war ein Idiot und total unreif", sagte Pia. „Robbie ist da ganz anders. Timo ist mir vollkommen egal, genau wie Mark dir egal sein sollte. Er hat dich verletzt, lass nicht zu, dass er das auch noch die nächsten Wochen macht, indem du ihm nachtrauerst."

„Ja schon, aber …"

„Lara, er wollte dich nur ins Bett kriegen. Mehr nicht."

Ich biss mir auf die Lippe, und meine Augen füllten sich mit Tränen.

Pia hatte ja recht, aber genau das war es, was so schmerzte. Ich hatte mit meinem ersten Mal extra so lange gewartet, damit es etwas Besonderes würde. Doch stattdessen war es zu einem Albtraum geworden.

„Miss dem Sex nicht so viel Bedeutung bei, Lara. Du bist jung, hab deinen Spaß und amüsier dich.“

Sie lächelte mir aufmunternd zu, und ich atmete tief und fest durch.

„Ich werd's versuchen.“

Pia neigte den Kopf.

„Okay, okay“, lachte ich und hob abwehrend die Hände. „Ich tu's.“

„Das ist schon eher meine Lara.“

Im nächsten Moment trat Robert aus der Dunkelheit des Waldes und kehrte ans Lagerfeuer zurück. Mir fiel auf, dass er torkelte.

Er war sturzbetrunken.

11

Ächzend ließ Robert sich auf seinen Schlafsack fallen und griff nach der nächsten Bierdose.

„Meinst du nicht, dass du langsam genug hast?", fragte Dominik.

„Hey, wenn du nichts trinken willst, okay, aber schreib mir nicht vor, wie viel ich trinken darf. Verstanden?"

Dominik machte eine beschwichtigende Geste. „Schon gut."

Robert trank demonstrativ einen Schluck und zündete sich eine Zigarette an.

„Bisschen fad hier, oder?", lallte er. „Wer hat Lust auf Musik?"

Bevor irgendjemand etwas sagen konnte, hatte Robert auch schon sein Handy aus der Hosentasche gezogen und schaltete es an.

„Krass, ist das etwa das neue iPhone?", fragte Florian.

„Klar, was denn sonst?", nuschelte Robert mit der Kippe zwischen den Lippen.

„Stark. Kann ich mal sehen?"

Er sprang auf und streckte die Hand nach dem Smartphone aus, doch Robert schubste ihn unsanft von sich.

„Nimm gefälligst die Griffel von meinem Handy! Hast du sie noch alle?"

Florian taumelte rückwärts und ruderte mit den Armen, bis er sein Gleichgewicht wiedergefunden hatte.

„Hey, was soll das? Ich wollte es mir doch nur mal anschauen."

„Das ist kein Spielzeug für Kinder. Also verzieh dich, Knirps."

„Jetzt reicht's aber. Hör auf mich so zu nennen, sonst ..."

„Sonst was?" Robert erhob sich und baute sich drohend vor Florian auf. Verächtlich blickte er auf ihn herab. „Verpetzt du mich sonst bei deiner Mami?"

Das war zu viel für meinen Bruder. Wutentbrannt stürmte er auf Robert zu, doch der packte ihn an den Armen und warf ihn mit einer gekonnten Judotechnik zu Boden. Obwohl er betrunken war, funktionierten seine Reflexe immer noch erstaunlich schnell; so schnell, dass wir nur mit offenen Mündern dabei zusehen konnten.

Florian fiel hart auf den Rücken, und seine Brille rutschte ihm vom Gesicht. Verdattert blieb er liegen.

„Hör sofort auf!", schrie ich, und Robert zuckte leicht zusammen. Ich eilte zu meinem Bruder und half ihm wieder auf die Beine.

„Meine Brille", sagte er panisch. „Wo ist meine Brille? Ich sehe nichts mehr."

Hektisch suchte ich den Boden ab.

„Hier ist sie." Ich hob sie auf und reichte sie ihm. Florian rieb die Gläser an seiner Jeans sauber, dann setzte er sie wieder auf.

„Das wirst du noch bereuen", sagte er an Robert gewandt, doch der lachte nur laut und schnippte seine Zigarette ins Feuer.

Florians Fäuste ballten sich, und seine Augen sprühten vor Zorn.

„Na los doch, Knirps. Greif mich an, wenn du dich traust."

Ich bekam meinen Bruder gerade noch am Pulli zu fassen, als der sich erneut auf Robert stürzen wollte, und zog ihn zurück.

„Lass mich los. Dem zeig ich's."

Ja, genau, dachte ich. Weil du auch nur den Hauch einer Chance gegen ihn hast.

„Lass gut sein, Flo", versuchte ich ihn zu beschwichtigen. „Er ist betrunken. Du darfst das nicht ernst nehmen, was er sagt."

Doch Florian war nicht mehr zu beruhigen.

„Ich wollte mir doch nur das iPhone ansehen. Er hat kein Recht, mich so zu beleidigen."

„Oh", meinte Robert. „Fängt da etwa jemand an zu heulen?"

„Mann, jetzt reiß dich endlich mal zusammen", fuhr ich ihn an.

„Reg dich ab, Lara."

„Ich glaube eher, du regst dich jetzt mal ab."

„Willst du mir etwa Vorschriften machen? Du hörst dich schon an wie meine Mutter."

Er beugte sich zu mir vor und schwankte dabei so stark, dass ich Angst hatte, er würde jeden Moment auf mich drauf fallen. Ich roch seine Fahne und rümpfte angewidert die Nase.

„Oh Mann, du stinkst. Du bist total betrunken."

„Ja und? Wen interessiert's? Du hast mir nichts zu sagen, verstehst du? Gar nichts." Er breitete seine Arme aus. „Niemand von euch hat mir was zu sagen."

„Hör endlich auf zu trinken", ermahnte ich ihn.

„Willst du es mir verbieten?"

Provokativ streckte er mir sein Bier entgegen, ehe er es in einem Zug austrank und die Dose achtlos nach hinten über seine Schulter warf.

Ich spürte, wie es in mir zu brodeln begann. Roberts Benehmen war nicht mehr akzeptabel. Von Pia wusste ich, dass er aggressiv wurde, sobald er betrunken war, aber ich hätte nicht gedacht, dass er auf einen von uns losgehen würde. Ich warf einen Blick zu Dominik, in der Hoffnung, dass er mir zu Hilfe kommen würde, doch der machte keinerlei Anstalten, sich einzumischen.

Ganz ruhig, Lara, sagte ich zur mir selbst und zählte innerlich bis fünf. Keiner von den beiden es wert, dass du dich über ihn aufregst.

Robert grinste mich übertrieben an, dann griff er in seinen Rucksack und holte die letzte Bierdose raus. Bevor ich etwas sagen konnte, schlang Pia ihre Arme um ihn und zog ihn an sich.

„Wenn du jetzt noch mehr trinkst, dann können wir nachher aber nicht mehr kuscheln", säuselte sie mit verführerischer Stimme und hauchte ihm einen Kuss auf die Wange. „Willst du das wirklich?"

Ich konnte Pia deutlich ansehen, dass sie mit der ganzen Situation ziemlich unglücklich war, aber genauso wenig wie ich konnte sie Robert dazu zwingen, nichts mehr zu trinken. Stattdessen versuchte sie es mit ihrem Charme.

„Na komm schon, Robbie. Gib mir das Bier, oder willst du mich nachher etwa nicht mehr?"

Sie zog eine Schnute und sah ihn mit leicht geneigtem Kopf und einem treuherzigen Rehblick an.

Ich war ziemlich verwundert, als er daraufhin tatsächlich die Bierdose zu Boden fallen ließ und Pia leidenschaftlich küsste. Erstaunlich, wie sie ihn um den Finger wickeln kann, dachte ich.

Florian murmelte derweil irgendein Schimpfwort neben mir, dann stapfte er immer noch sichtlich wütend zu seinem Schlafsack zurück.

„Danke für deine Hilfe", raunzte ich Dominik an.

„Was denn? Hätte ich ihn etwa noch mehr provozieren sollen?"

Ich rollte mit den Augen.

Mein Bruder saß regungslos da, die Arme um seine Knie geschlungen, und starrte ins Lagerfeuer. Selbst von hier aus konnte ich sehen, dass er schwer atmete. Irgendwie tat er mir in diesem Moment leid. Ich fragte mich, wie oft er wohl seinen Ärger runterschlucken musste, weil er mit seiner Brille nie wirklich eine Chance hatte, sich gegen andere zu wehren.

Dominik klopfte ihm beruhigend auf die Schulter.

Der Abend ist gelaufen, dachte ich und wollte mich nur noch hinlegen. Vor allem hatte ich keine Lust, mich weiterhin mit dem betrunkenen Robert auseinanderzusetzen.

„Ich hau mich aufs Ohr", sagte ich und gähnte.

„Könnte uns allen nicht schaden", pflichtete mir Pia bei. „Nicht wahr, Robbie?"

Robert nickte brav.

Meine Güte, der ist ja plötzlich lammfromm, wunderte ich mich.

Während ich meinen Schlafsack etwas abseits des Feuers zurechtlegte, kramte Pia hektisch in ihrem Rucksack.

„Verdammte Scheiße!", fluchte sie, und ich drehte mich zu ihr um.

„Was ist los?"

„Ich hab die Pille zu Hause vergessen."

„Was?" Robert, der sich bereits in seinen Schlafsack verkrochen hatte, fuhr senkrecht in die Höhe und starrte sie fassungslos an. „Du hast was?"

„Ich hab die Pille zu Hause vergessen", wiederholte sie kleinlaut.

„Spinnst du? Willst du etwa schwanger werden?"

„Jetzt mal nur die Ruhe, Robert", ging ich dazwischen, denn sein Gesichtsausdruck gefiel mir ganz und gar nicht.

„Halt dich da raus, Lara", schnauzte er mich an und wandte sich wieder Pia zu. „Und wie stellst du dir das jetzt vor?"

Sie zuckte mit den Achseln. „Weiß nicht. Ich hab sie ja nicht absichtlich vergessen. Gestern hab ich sie mir sogar extra noch im Bad rausgelegt. Da muss ich sie dann liegengelassen haben."

„Und deshalb soll ich jetzt eine ganze Woche lang auf Sex verzichten?"

Hä? Das war Roberts einzige Sorge? Hatte er sie noch alle?

Dominik und Florian blickten beschämt zu Boden. Ihnen war Roberts Verhalten offenbar genauso peinlich wie mir.

„Tut mir leid", entschuldigte sich Pia.

„Es tut dir leid?", äffte er sie nach. „Glaubst du etwa, ich verbring nur zum Spaß eine ganze Woche mit dir und diesen Clownsnasen hier auf dieser beschissenen Hütte? Ohne Sex?"

Pia stutzte, und ihre Augen füllten sich mit Tränen.

„Ja, flenn nur, du Heulsuse."

„Hör endlich auf, Robbie." Pias Stimme war tränenerstickt.

„Ach, halt doch dein verdammtes Maul!"

Was danach passierte, ging so schnell, dass ich es kaum realisieren konnte. Robert holte aus und verpasste Pia eine schallende Ohrfeige. Die Wucht des Schlages traf sie so hart, dass sie mit vor Schreck weit aufgerissenen Augen nach hinten umkippte.

Entsetzt schrie ich auf.

Robert holte erneut aus, doch im nächsten Moment stand plötzlich Dominik neben ihm und bekam seinen Arm gerade noch zu fassen.

„Geh mir aus dem Weg", brüllte Robert.

Dominik stieß ihn weg. „Es reicht jetzt."

Für einen kurzen Augenblick schien Robert tatsächlich wieder zur Besinnung zu kommen, doch dann ballte er die Fäuste, und seine Augen verengten sich zu winzigen Schlitzen.

Beschwichtigend streckte Dominik die Arme aus.

„Jetzt hör schon auf, Rob. Wir sind alle müde und erschöpft. Also lass uns einfach schlafen gehen, okay?"

Doch Robert dachte nicht daran. Mit einem Wutgeheul ging er auf Dominik los und riss ihn brutal zu Boden. Wie von Sinnen prügelte er auf ihn ein, und Dominik konnte seine Schläge kaum abwehren. Ich konnte nicht sagen, wie viele Treffer er einstecken musste, bis er es endlich schaffte, Roberts Arme zu umklammern. Ineinander verkeilt rollten sie über den Waldboden, während ich zu Pia stürmte und sie von den beiden wegzog. Pia zitterte am ganzen Körper und hielt sich mit der Hand ihre Wange. Sie war vor Schreck völlig gelähmt.

Hilflos musste ich zusehen, wie die beiden Jungs aufeinander eindroschen, und ich war entsetzt, mit welcher Brutalität sie dabei vorgingen.

Robert rang Dominik auf den Rücken und setzte sich auf ihn. Erbarmungslos bearbeitete er ihn mit den Fäusten und traf ihn an der Lippe, die sofort aufplatzte und zu bluten begann.

Dominik bäumte sich auf, was Robert für einen kurzen Moment aus dem Gleichgewicht brachte. Er zog ihn von sich runter, und Robert fiel mit dem Gesicht voran zu Boden. Blitzschnell war Dominik über ihm, belastete ihn mit seinen Knien und drehte ihm den Arm auf den Rücken. Robert schrie schmerzerfüllt auf.

Dominik hielt Roberts Arm mit der einen Hand fest umklammert, während er mit der anderen Roberts Kopf nach unten drückte.

„Gib auf, oder ich brech dir den Arm!"

Robert wehrte sich nach Leibeskräften, doch so sehr er auch kämpfte, er konnte sich nicht befreien.

„Schon gut", japste er schließlich. „Ich geb auf. Lass mich los."

Dominik zögerte noch einen Moment, dann ließ er von ihm ab und machte einen Schritt rückwärts. Mit dem Handrücken wischte er sich das Blut von der Lippe.

Robert richtete sich auf und rieb seinen schmerzenden Arm. Seine Augen funkelten zornig, und ich hatte den Eindruck, als wollte er erneut auf Dominik losgehen.

Doch er tat es nicht.

„Wir sprechen uns noch", keuchte er stattdessen. „Das wirst du noch bereuen. Ich mach dich fertig. Ich schwör dir, ich mach dich fertig!"

Dominik ließ sich nicht provozieren.

„Schlaf erst mal deinen Rausch aus, okay?"

Robert griff nach seinem Schlafsack und stapfte wütend davon.

„Wo willst du hin?", rief ihm Dominik hinterher.

„Das geht dich einen Scheißdreck an!"

„Jetzt mach keinen Blödsinn. Bleib hier."

„Du kannst mich mal."

Mit diesen Worten verschluckte ihn die Dunkelheit.

12

Pia lag schluchzend in meinen Armen, und ich konnte sie kaum beruhigen. Der Schock, dass Robert sie gerade geschlagen hatte, saß tief. Tränen rannen ihr über die geschwollene Wange, und sie zitterte am ganzen Körper.

Wie konnte Robert nur so ausrasten? Er würde morgen verdammt viel zu erklären haben. Und wehe, er käme mit der Ausrede: „Tut mir leid, aber ich war betrunken.“

Florian saß schweigend und mit zusammengepressten Lippen neben mir. Ich drehte meinen Kopf, als ich ein Geräusch vernahm. Dominik trat aus der Dunkelheit.

„Und?“, fragte ich ihn.

„Er hat sich dort drüben hingelegt“, antwortete er und deutete mit dem Daumen über seine Schulter. „Schläft tief und fest.“

Ich nahm es wortlos zur Kenntnis. Insgeheim war ich sogar froh darüber, dass Robert sich verzogen hatte. Ich hätte ihn heute Nacht nicht mehr in meiner Nähe ertragen.

„Wie geht's ihr?“, erkundigte sich Dominik und setzte sich auf seinen Schlafsack.

Ich verzog als Antwort nur das Gesicht, und er nickte betreten.

„Was macht deine Lippe?“

„Nicht der Rede wert", winkte er ab, doch der Ausdruck in seinen Augen sagte etwas anderes. Seine Lippe war dick, und an einer Stelle war noch immer Blut zu sehen. Kratzer zierten seine Schläfe und die Stirn. Er hatte im Kampf mit Robert einiges einstecken müssen.

Ich weiß nicht, wie lange wir so dasaßen. Keiner sprach ein Wort, nur Pia weinte leise, und ich strich ihr sanft über den Rücken, während meine Wut auf Robert wuchs. Der konnte morgen was erleben!

Es dauerte lange, bis Pias Schluchzen weniger wurde. Sie war erschöpft und hob müde ihren Kopf. Ich erschrak, als ich in ihre roten, verquollenen Augen sah.

„Tut es sehr weh?", fragte ich und betrachtete ihre Wange.

„Geht schon." Sie schniefte und legte die Hand auf ihre Brust. „Hier drin ist es viel schlimmer."

„Das glaub ich dir."

„Mich hat noch nie jemand geschlagen." Ihre Stimme war kaum mehr als ein Flüstern.

„Es tut mir so leid."

Sie wischte sich mit ihrem Ärmel die Tränen aus dem Gesicht.

„Das hätte ich Robbie nicht zugetraut."

„Ich auch nicht."

Eigentlich hatte ich Robert ganz gern gemocht, zumal er sich damals auf der Party so gut um Pia gekümmert hatte. Nie im Leben hätte ich damit gerechnet, dass er in betrunkenem Zustand seine eigene Freundin schlagen würde. Es war ein unverzeihlicher Fehler, der durch nichts mehr wiedergutzumachen war.

„Ich will mit diesem Mistkerl nichts mehr zu tun haben. Es ist aus und vorbei zwischen uns. Mit dem bin ich fertig." Pia wirkte noch immer sichtlich geschockt, doch allmählich wich ihre Fassungslosigkeit einer unbändigen Wut.

Sie vergrub ihr Gesicht in den Händen. „Warum hab ich mit den Kerlen nur immer so viel Pech? Zuerst Timo und jetzt auch noch Robbie."

Ich schnitt eine gequälte Grimasse. „Tja, willkommen im Klub."

„Hältst du mich für dumm?"

„Bitte? Wieso sollst du dumm sein?"

„Weil Jungs mich so respektlos behandeln."

„So was darfst du gar nicht denken. Hast du verstanden? Es ist nicht deine Schuld, dass Robert dich geschlagen hat, sondern ganz allein seine."

„Und was ist mit Timo? Der hat mit einer anderen geschlafen, obwohl wir zusammen waren. Warum hat er das getan?"

„Wenn ich das wüsste. Wahrscheinlich, weil er ein totaler Vollidiot ist. Erinnere dich nur daran, wie er anschließend reumütig angekrochen kam. Hat er wirklich geglaubt, seinen Fehltritt mit einer einfachen Entschuldigung aus der Welt schaffen zu können?"

„Offensichtlich ja."

„Timo war in Wahrheit ziemlich selbstgefällig, auch wenn er nach außen hin anders gewirkt hat. Und offenbar ist Robert von derselben Sorte. Okay, beide sehen verdammt gut aus, aber das ist nur Fassade. Innen drin sind sie ganz anders. Sie haben zwei Gesichter."

„Genau wie Mark."

„Ja", seufzte ich. „Genau wie Mark."

„Ob alle gutaussehenden Jungs so mies drauf sind?"

Ich verzog die Mundwinkel. „Keine Ahnung. Ich hoffe nicht."

Pia tastete nach ihrer Backe und zuckte schmerzerfüllt zusammen.

„Aber eines sag ich dir." Sie sah mich an, und in ihrem Blick lag etwas Undefinierbares, das mir einen kalten Schauer über den Rücken jagte. „Die Ohrfeige wird mir dieser Mistkerl noch büßen. Das hat er nicht umsonst getan. Niemand schlägt mich und kommt ungestraft davon."

Einen Moment lang hing ihre Drohung über uns, ohne dass jemand etwas darauf erwiderte. Florian stocherte gedankenverloren mit einem Stock im Lagerfeuer herum, und Dominik sah zu uns herüber. Er wirkte ruhig und besonnen, wenngleich seine Augen wachsam waren.

„Ruh dich erst mal aus und schlaf eine Nacht darüber. Morgen sieht alles bestimmt ganz anders aus."

„Ach ja?" In ihrer Stimme schwang zunehmend Verärgerung mit. „Und wie stellst du dir das vor? Soll ich etwa eine ganze Woche lang mit diesem Schläger auf der Hütte verbringen und so tun, als wäre nichts passiert?"

Daran hatte ich noch gar nicht gedacht.

Na toll, fluchte ich innerlich, als mir die Konsequenz daraus klar wurde. Das war's dann wohl. Robert hatte uns allen den Urlaub versaut. Klasse!

Ich blickte zu meinem Bruder und Dominik, die ebenfalls alles andere als erbaut schienen. Die Enttäuschung stand Florian förmlich ins Gesicht geschrieben. Mir erging es nicht viel anders.

Ich holte tief Luft, ehe ich schließlich das Unvermeidliche aussprach: „Wir brechen den Urlaub ab und fahren morgen wieder zurück."

„Danke", flüsterte Pia und drückte meine Hand, während Florian den Mund öffnete, um zu protestieren. Doch dann überlegte er es sich anders.

„Wird wohl das Beste sein", murmelte er.

„Ich will nur noch so schnell wie möglich hier raus", sagte Pia tonlos. „Und weg von Robbie."

„Keine Angst, wir finden schon einen Weg zurück."

Ich warf ihr ein aufmunterndes Lächeln zu, obwohl mir ganz und gar nicht danach war. Meine Wut wuchs ins Unermessliche. Ich hatte mich so sehr auf den Urlaub gefreut – und nun das. Am liebsten wäre ich jetzt auf der Stelle zu Robert gegangen und hätte ihm meinen ganzen Zorn ins Gesicht geschrien.

„Wir sollten uns schlafen legen", sagte ich stattdessen und bemühte mich, ruhig zu klingen. „Wir haben einen anstrengenden Tag hinter uns, und morgen wird es wahrscheinlich nicht viel besser werden."

Wortlos erhob Florian sich und schlüpfte mit einem grimmigen Gesichtsausdruck in seinen Schlafsack, den er bis zum Kinn hochzog. Dominik machte dasselbe.

„Ich glaube nicht, dass ich jetzt schon einschlafen kann", meinte Pia und legte ihren Schlafsack neben meinen. „Ich bin immer noch viel zu aufgewühlt."

„Versuch nicht mehr daran zu denken."

„Das sagst du so einfach."

„Ich weiß", antwortete ich, obwohl ich eigentlich keine Ahnung hatte. Ich hatte mit meinem Ex-Freund auch nicht unbedingt das große Los gezogen, aber immerhin hatte Mark mich nicht geschlagen. Insofern wusste ich tatsächlich nicht, was in Pia gerade vorging. Ich fragte mich, wie ich mich wohl fühlen würde, wenn Mark mir in jener Nacht eine Ohrfeige verpasst hätte. Es wäre unverzeihlich gewesen, mehr noch als das, was er ohnehin mit mir abgezogen hatte.

Was wäre eigentlich passiert, wenn Dominik nicht dazwischengegangen wäre?, kam mir plötzlich ein Gedanke. Wenn er Robert nicht davon abgehalten hätte, weiter auf Pia einzuschlagen? Mein Gott, dachte ich, als mir die volle Tragweite meiner Überlegung bewusst wurde. Robert hätte Pia wahrscheinlich verprügelt, und wer weiß, ob er danach nicht auch noch auf Florian oder mich losgegangen wäre.

In diesem Augenblick war ich heilfroh, dass Pia damals vergessen hatte, Robert mitzuteilen, dass Florian uns auf die Hütte begleitete. Nur deshalb hatte Robert Dominik mitgebracht, was sich jetzt als glückliche Fügung herausstellte. Dominik hatte uns gerade alle vor Schlimmeren bewahrt, wofür ich ihm sehr dankbar war.

Mit einem unguten Gefühl verkroch ich mich in meinen Schlafsack und knüllte das obere Ende als provisorisches Kopfkissen zusammen. Der Waldboden war hart, und ein Stein bohrte sich unangenehm in meinen Rücken. Doch ich war so erschöpft, dass ich mich nicht mehr von der Stelle bewegen konnte. Der Marsch durch den Wald war kräftezehrend gewesen, und die Aufregung hatte sein Übriges getan. Ich wollte nur noch schlafen und wenigstens für ein paar Stunden alles vergessen.

Das Feuer war in der Zwischenzeit niedergebrannt und die Glut lediglich noch als schwacher roter Fleck in der Dunkelheit zu sehen. Pia schlief bereits. Ich konnte ihren ruhigen, gleichmäßigen Atem hören. Ansonsten war es um uns herum vollkommen still.

Und unheimlich.

Ich lag noch lange Zeit wach, denn ich hatte Angst, einzuschlafen. Robert war betrunken und hatte gerade eine Abreibung kassiert. Wer sagte eigentlich, dass er nicht im Schutz der Dunkelheit zu uns zurückkehrte und sich für die erlittene Schmach rächte?

13

Ich schlief schlecht in dieser Nacht. Albträume quälten mich, und ich wälzte mich von einer Seite auf die andere. Irgendwann schreckte ich auf.

Im ersten Moment wusste ich nicht, wo ich war, und tastete automatisch nach dem Schalter meiner Nachttischlampe. Erst nach einigen Sekunden realisierte ich, dass ich nicht zu Hause in meinem Bett lag, sondern irgendwo mitten im dunklen Wald. Ich atmete einige Male tief und fest durch.

Die Erinnerung an den gestrigen Tag kehrte nur langsam zurück. Noch immer kam es mir unwirklich vor, was geschehen war. Wir hatten uns hoffnungslos verlaufen, Robert war betrunken ausgerastet, und unser Urlaub war, kaum dass er begonnen hatte, schon wieder zu Ende. Mein Albtraum, der vor drei Wochen mit Mark seinen Anfang genommen hatte, schien einfach nicht aufhören zu wollen. Ich hatte den Tapetenwechsel so dringend gebraucht, um endlich vergessen zu können. Und nun war alles anders gekommen.

Ich stieß einen Seufzer aus und lauschte in die Nacht. Es war so totenstill, dass es geradezu beängstigend war. Für eine Weile saß ich regungslos da, obwohl mir vor Müdigkeit fast die Augen zufielen. Mein Körper schmerzte, und ich konnte mir nicht vorstellen, morgen weiterzugehen, schon gar nicht mit dem schweren Rucksack auf den Schultern.

Schließlich legte ich mich wieder hin und kroch tief in meinen Schlafsack. Gerade als ich erneut in einen Traum abdriftete, hörte ich dieses unheimliche Geräusch.

Mit einem Schlag war ich hellwach.

Helenes Wehklagen, fuhr es mir durch den Kopf, und ich spürte, wie sich alles in mir verkrampfte. Ängstlich lauschte ich den dumpfen Tönen, die gespenstisch im Wald widerhallten und sich in regelmäßigen Abständen wiederholten.

Was ist das nur?, wunderte ich mich.

Die seltsamen Laute klangen immer näher. Irgendetwas war in der unmittelbaren Umgebung.

Oder besser gesagt über uns.

Dann erkannte ich auf einmal die Töne und musste fast loslachen. Es war ein Uhu, der durch die Nacht rief.

Ich Idiot, tadelte ich mich selbst. Jetzt hältst du schon einen Vogel für die tote Helene.

Ich schüttelte den Kopf über meine lebhafte Fantasie, dann rollte ich mich zur Seite, um weiterzuschlafen. Doch kaum hatte ich erneut die Augen zugemacht, vernahm ich ein weiteres Geräusch. Und dieses Mal war es definitiv kein Vogel.

Äste knackten.

Jemand schlich durchs Unterholz. Und er kam genau auf mich zu.

14

Ich fuhr senkrecht in die Höhe. Angestrengt starrte ich in die Dunkelheit und versuchte vergeblich, irgendetwas zu erkennen. Die Glut des Lagerfeuers war längst erloschen, und nur die Silhouette des Mondes zeichnete sich schemenhaft am Nachthimmel ab. Doch das fahle Licht drang kaum durch die dichten Baumwipfel bis zum Boden hindurch, und so konnte ich höchstens zwei Meter weit sehen. Alles weiter Entfernte war hinter einer schwarzen Wand verborgen.

Ich konnte die Schritte nun klar und deutlich hören. Irgendjemand kam direkt auf mich zu. Aber so sehr ich mir auch den Hals verrenkte, ich konnte in der Finsternis niemanden ausmachen. Fieberhaft überlegte ich, was ich tun sollte. Vielleicht die anderen wecken?

Ein Zweig knackte so laut, dass ich erschrocken zusammenfuhr. Ich begann zu zittern.

War das Robert? Wurde meine Befürchtung wahr, und er kehrte zurück, um sich an uns zu rächen?

Ich sah mich nach irgendetwas um, mit dem ich mich verteidigen konnte, irgendeinen Stock oder ein Stein, doch es lag nichts Brauchbares in meiner Nähe. Stattdessen ballte ich die Fäuste. Sollte es tatsächlich Robert sein, so würde ich einfach losschreien, bis Dominik aufwachte und mir zu Hilfe eilte. Doch was war, wenn Robert Dominik bereits im Schlaf überrascht und bewusstlos geschlagen hatte?

Die Schritte kamen näher. Es war nicht zu überhören, dass sich jemand sehr vorsichtig durchs Unterholz bewegte. Offenbar wollte er nicht gehört werden. Und uns nicht aufwecken.

Erneut knackte es, und ich ballte die Fäuste so fest, dass die Sehnen an meinen Unterarmen hervortraten. Angespannt verharrte ich in meiner Position und wagte kaum mehr zu atmen.

Wer immer hier durch die Gegend schlich, er hatte bestimmt nichts Gutes im Sinn. Und eigentlich konnte es nur Robert sein.

Ich muss die anderen wecken, entschied ich.

Gerade, als ich laut losschreien wollte, schälte sich ein Körper aus der Dunkelheit.

Es war Pia. Erleichtert atmete ich auf.

Schnell und leise verkroch sie sich in ihren Schlafsack.

Was hatte sie um diese Uhrzeit im Wald zu suchen?

„Wo warst du?", flüsterte ich in ihre Richtung, und nun war es Pia, die zusammenzuckte.

„Musst du mich so erschrecken?", fragte sie.

„Das musst du gerade sagen. Schleichst hier umher."

„Ich bin nicht geschlichen."

„Und? Wo warst du jetzt?"

„Na, wo wohl? Beim Pinkeln. Oder hätte ich das neben dir machen sollen?" Sie klang gereizt.

„Nein, natürlich nicht. Ich hatte nur gerade Angst, dass ..." Ich ließ den Satz unvollendet.

„Was? Dass Robert durch die Gegend schleicht?"

Ich verzog die Mundwinkel, was Pia aufgrund der Dunkelheit nicht sehen konnte.

„Keine Sorge", beruhigte sie mich. „Robert wird niemanden mehr schlagen. Weder mich noch einen von euch."

Hoffentlich, dachte ich.

„Schlaf weiter", sagte Pia und drehte mir den Rücken zu.

Ich ließ mich nicht zweimal bitten, denn ich konnte vor lauter Müdigkeit kaum mehr die Augen offenhalten. Erneut hörte ich die dumpfen Laute des Uhus, dieses Mal jedoch in weiter Ferne. Irgendwo im Unterholz raschelte es, aber ich nahm es nicht mehr richtig wahr.

Während ich langsam ins Reich der Träume abdriftete, kam mir ein beängstigender Gedanke: Was, wenn Pia eben nicht die Wahrheit gesagt hatte?

Doch was sonst sollte sie mitten in der Nacht im Wald getan haben?

15

Es dämmerte bereits, als ich am nächsten Morgen aufwachte. Zu dieser frühen Stunde war es frisch, und ich fröstelte. Der Wald um uns herum erwachte zum Leben. Die Luft war erfüllt von Vogelgezwitscher, und von allen Seiten raschelte es im Unterholz. Ein nebliger Dunst hing zwischen den Bäumen, das Gras war von Tau benetzt.

Ich hatte zwar die Augen auf, blieb jedoch bewegungslos liegen. Besonders gut hatte ich nicht geschlafen, und mein Körper fühlte sich vollkommen steif an. Ich konnte jeden einzelnen Muskel spüren. In diesem Moment wusste ich, was ich zu Hause an meinem Bett hatte, und sehnte mich nach der weichen Matratze.

Mein Gesicht war kalt, und ich zog den warmen Schlafsack über meine Schultern. Am liebsten wäre ich liegengeblieben, doch allmählich wich meine Schlaftrunkenheit der Realität. Ich stieß einen tiefen Seufzer aus und streckte mich, um meine Müdigkeit zu vertreiben.

Pia schlief noch tief und fest, genau wie Dominik, während Florian bereits auf den Beinen war. Er saß auf seinem Schlafsack und aß genüsslich ein Brot.

„Guten Morgen", begrüßte er mich fröhlich. Von seinem Frust des Vorabends war ihm nichts mehr anzumerken.

„Morgen“, murmelte ich. „Wie lange bist du denn schon wach?“

„Seit einer halben Stunde“, antwortete Florian, der im Gegensatz zu mir immer früh aufstand. Eine Angewohnheit, die ich bis heute nicht begreifen konnte.

Ich verschwand kurz in den Büschen, dann kramte ich in meinem Rucksack nach einer Semmel. Wie viel hätte ich in diesem Augenblick für eine Tasse Kaffee gegeben!

Dominik wachte ein paar Minuten später auf. Die Schwellung an seiner Lippe war verschwunden, doch die Kratzer waren noch deutlich sichtbar. Er warf uns lediglich ein schwaches Nicken zu, und ich konnte es ihm nicht verübeln. Wahrscheinlich war er genauso ein Morgenmuffel wie ich.

Wir waren kaum mit dem Frühstück fertig, als Pia neben mir gähnte.

„Hey, wie geht's dir?“, fragte ich sie. Ihr Gesicht sah wieder vollkommen normal aus, wenn man von den leicht geröteten Augen absah.

„Bin wieder die Alte“, antwortete sie und zwang sich zu einem Lächeln. „Du hattest recht, Lara, der Schlaf hat wirklich gutgetan. Robert kann mich mal kreuzweise. Er ist es nicht wert, dass ich mich auch nur eine Sekunde über ihn aufrege.“

Pias Reaktion überraschte mich nicht, denn ihre Trennungen spielten sich eigentlich alle immer gleich ab. Zuerst war sie in Tränen aufgelöst, doch bereits am nächsten Tag schien sie sich mit der neuen Situation abgefunden und ihren Ex abgehakt zu haben. Zumindest äußerlich betrachtet, denn wie es in ihr aussah, konnte ich natürlich nicht sagen. Daher machte ich mir auch keine Sorgen, ob sie über Robert hinwegkommen würde.

Apropos Robert, dachte ich und machte eine grimmige Grimasse.

„Hat schon jemand nach Robert gesehen?", fragte ich und blickte in die Richtung, in die er gestern Abend verschwunden war. In der Ferne konnte ich seinen Schlafsack zwischen den Bäumen erkennen.

„Bestimmt nicht", antwortete Pia verächtlich. „Und wenn es nach mir ginge, dann kann er da auch bleiben."

Ich musste zugeben, dass ich ebenfalls nichts dagegen einzuwenden hätte, aber trotzdem konnten wir ihn nicht einfach zurücklassen. Wir würden ihn zumindest noch so lange ertragen müssen, bis wir einen Weg aus dem Wald gefunden hatten. Danach konnte er selbst zusehen, wie er nach Hause kam.

„Soll ich nach ihm sehen?", bot Dominik an.

„Wär nett", antwortete ich und war froh, dass ich es nicht tun musste.

Dominik aß den letzten Bissen seines Brots, trank einen Schluck Wasser und erhob sich. Wir sahen ihm nach, wie er zu Robert hinüberging.

„Der kann jetzt gleich was erleben", meinte Pia mit einem drohenden Unterton in ihrer Stimme.

„Allerdings." Ich beobachtete, wie sich Dominik auf den Boden kniete. Wahrscheinlich hatte Robert seinen Rausch noch gar nicht ausgeschlafen.

„Und wehe, er entschuldigt sich nicht bei mir", fuhr Pia fort. „Dann ..."

Sie wurde jäh von Dominik unterbrochen, als er schrie: „Lara, komm mal schnell her!"

Irgendetwas an seinem Tonfall machte mir Angst, und ich runzelte irritiert die Stirn.

Was hatte er denn?

Ich sah zu Pia und Florian, die lediglich mit den Achseln zuckten.

Mit einem Bauchgrummeln überquerte ich unseren Rastplatz und ging zu Dominik. Er kniete noch immer am Boden. Als ich mich ihm näherte, drehte er seinen Kopf in meine Richtung. Sein Gesichtsausdruck war todernst.

„Was ist denn los?", wollte ich wissen, doch Dominik antwortete nicht, sondern machte mit seinem Kopf nur eine Bewegung in Roberts Richtung.

Ich sah zu Robert, der scheinbar friedlich schlief. Doch dann fiel mir die klaffende Wunde an seiner Schläfe auf.

Was, zum Teufel ...?

Angewidert wich ich einen Schritt zurück, und erst jetzt bemerkte ich den blutbefleckten Stein, der neben ihm auf der Erde lag. Entsetzt riss ich die Augen auf.

„Du liebe Güte." Meine Stimme war nur noch ein Flüstern. „Was ...?"

Fassungslos starrte ich abwechselnd zu Robert und Dominik, während mir tausend Gedanken gleichzeitig durch den Kopf schossen.

Dominiks nächste Worte dröhnten so laut in meinem Schädel, dass ich das Gefühl hatte, er würde gleich platzen.

„Er ist tot."

16

Das konnte nicht sein. Unmöglich.

Fassungslos schlug ich die Hände vorm Gesicht zusammen, und mein Atem beschleunigte sich. Meine Schläfen begannen zu pochen, und ich konnte keinen klaren Gedanken mehr fassen. Es waren nur diese drei Worte, die in meinem Kopf widerhallten und die ich nicht begreifen konnte: *Er ist tot.*

Wie in Trance starrte ich auf Robert. Meine Beine fühlten sich auf einmal wie Wackelpudding an, und ich hatte das Gefühl, ich würde jeden Moment umkippen.

Ich hatte noch nie in meinem Leben eine Leiche gesehen. Ich war völlig geschockt.

„Was ist denn?", rief Pia.

„Sie sollte vielleicht nicht hierherkommen …", sagte Dominik und sah mich auffordernd an, doch ich war unfähig, mich zu rühren.

Erst als ein schriller Schrei neben mir ertönte, kam ich wieder zu mir. Pia war zu uns gestoßen, und sie war kalkweiß im Gesicht. In ihren Augen stand blankes Entsetzen geschrieben.

„Was ist los?", fragte Florian, der, neugierig geworden, nun ebenfalls zu uns herüberkam.

„Bleib zurück", sagte ich und stellte mich ihm in den Weg.

„Ach komm schon, ich will sehen, was da los ist."

Er versuchte, sich an mir vorbeizudrängen, doch ich hielt ihn fest. „Lass es bleiben."

„Behandle mich nicht immer wie ein kleines Kind", fauchte er mich an und riss sich los. Ehe ich mich versah, war er an mir vorbei. Er erblickte die Leiche, und seine Gesichtszüge entgleisten ihm.

„Mein Gott", entfuhr es ihm.

Ungläubig standen wir um Robert herum und versuchten, das alles zu begreifen. Keiner war in der Lage, etwas zu sagen.

Wie konnte das nur passieren? Gestern war mit ihm doch noch alles in Ordnung gewesen.

Ich konnte es mir nicht erklären. Und irgendwie wollte ich es gar nicht wissen, denn ich war mit der ganzen Situation vollkommen überfordert.

Dominik drehte sich zu uns um. Unsere Blicke trafen sich, und für einen kurzen Moment glaubte ich, ein Aufflackern in seinen Augen zu erkennen. Oder hatte ich mich getäuscht?

„Ist er …?", stammelte Pia, die noch immer sichtlich aus der Fassung war. „Ist er tot?"

Wortlos nickte Dominik.

„Aber …"

Sie fuhr sich durch ihre Haare, und ich bemerkte, dass ihre Hände leicht zitterten.

„Scheiße", murmelte Florian und trat schutzsuchend hinter mich. Genau wie ich hatte er noch nie einen Toten im echten Leben gesehen, und offenbar war ihm der Anblick zu viel.

Ich fühlte mit ihm, denn es erging mir nicht anders. Am liebsten wäre ich davongerannt und hätte mich irgendwo verkrochen. Doch meine Füße waren auf einmal schwer wie Blei.

Pia stand wie versteinert neben mir. „Ich versteh das nicht“, stammelte sie. „Ist er in der Dunkelheit gestolpert und mit dem Kopf auf den Stein gefallen?“

„Und legt sich anschließend in seinen Schlafsack und zieht den Reißverschluss bis oben zu?“ Dominik zog skeptisch die Augenbrauen hoch. „Schau dir mal die Wunde an seiner Schläfe an. Damit hätte er sich garantiert nicht mehr bewegt. Wahrscheinlich war er sofort tot.“

„Aber wenn er nicht gestolpert ist, dann ...“

Sie ließ den Satz unvollendet im Raum stehen und blickte uns der Reihe nach an. Doch niemand erwiderte etwas darauf. Es war auch gar nicht nötig – wir wussten auch so, was es zu bedeuten hatte.

Pia presste die Hände auf den Mund, um nicht laut loszuschreien, und ich hörte, wie Florian hinter mir schwer atmete. Auch Dominik holte hörbar Luft.

Das Pochen in meinen Schläfen wurde langsam unerträglich, und ich konnte das Blut in meinen Ohren rauschen hören. Irgendwie war das alles so unwirklich. Als ob ich in einem Albtraum gefangen war.

Wann wachte ich endlich auf?

„Scheiße“, wiederholte Florian, und ich legte ihm beruhigend meine Hand auf die Schulter.

„Wer hat das getan?“, fragte er und sah mich mit großen, ängstlichen Augen an. „Hier ist doch niemand außer uns.“

„Ich weiß es nicht“, antwortete ich ausweichend. Ich wollte nicht, dass er merkte, wie nervös ich in Wirklichkeit war. Denn genau diese Frage spukte mir ebenfalls seit ein paar Sekunden im Kopf herum.

Wer hatte das getan?

Florian hatte absolut recht damit, dass hier niemand außer uns war. Wir waren allein in diesem gottverdammten Wald. Allein mit einer Leiche.

Es muss jemand von uns gewesen sein, realisierte ich und spürte, wie sich alles in mir verkrampfte.

Konnte das wirklich sein? War wirklich einer von uns in der Lage, einen Menschen zu töten?

Ich konnte es nicht glauben. Oder vielleicht wollte ich es auch nur nicht. Eines war jedoch nicht zu leugnen: Jeder von uns hatte gestern Streit mit Robert gehabt.

Ich sah zu meinem Bruder, der wie ein Häufchen Elend dastand. Robert hatte ihn beleidigt, gedemütigt und provoziert. War es am Ende vielleicht der berühmte Tropfen gewesen, der das Fass schließlich zum Überlaufen gebracht hatte? Wollte Florian nicht länger das Opfer sein und hatte sich auf brutale Art und Weise gerächt?

Bei dem Gedanken daran wurde mir speiübel. Nein, das konnte nicht sein. Florian war mein Bruder. Nie und nimmer würde er so etwas tun. Doch konnte ich mir da wirklich sicher sein?

Wenn dann schon eher Dominik. Zwar hatte er uns gestern alle vor Schlimmeren bewahrt, aber die Brutalität, mit der er und Robert aufeinander losgegangen waren, schockierte mich auch jetzt noch. Dominik hatte etliche Treffer einstecken müssen. Hatte er sich dafür revanchiert? Ich kam ins Grübeln. Dominik war nach wie vor undurchschaubar, aber er hatte den

Kampf gegen Robert gewonnen. Das musste doch ausreichend Genugtuung für ihn gewesen sein.

Und dann war da natürlich noch Pia. Mir schien, sie war von uns allen diejenige, die am meisten auf Robert wütend war. Immerhin hatte er sie gestern geohrfeigt, und er hätte sie weiter geschlagen, wenn Dominik nicht dazwischengegangen wäre. Hatte sie es womöglich endgültig sattgehabt, von den Jungs so schlecht behandelt zu werden? Zuerst von Timo und jetzt von Robert?

Nein, unmöglich. Pia war meine beste Freundin.

Ich erinnerte mich daran, wie ich mich gefühlt hatte, nachdem Mark mit mir Schluss gemacht hatte. Einerseits war ich todtraurig gewesen, andererseits ziemlich sauer, was er mit mir abgezogen hatte. Und wer konnte schon sagen, wie wütend Pia in ihrem Inneren wirklich war. Und ob ihre Wut letztendlich nicht doch die Überhand gewonnen hatte. Zumindest war sie gestern so aufgebracht gewesen, dass sie geschworen hatte, Robert würde diese Ohrfeige noch büßen.

Mir war so schlecht, dass ich mich fast übergeben musste. Nur mit Mühe konnte ich den aufkommenden Brechreiz unterdrücken.

Es kann keiner von uns gewesen sein, dachte ich. Ich hätte es doch gemerkt, wenn jemand in der Nacht aufgestanden und zu Robert geschlichen wäre. Ja, genau, ich hätte es sicher bemerkt. Dieser Gedanke beruhigte mich wieder etwas.

Erneut sah ich zu Roberts Leiche. Obwohl sie mir eine Gänsehaut verursachte, konnte ich meinen Blick nicht davon abwenden. Abgesehen von der Wunde an seinem Kopf wirkte Robert so friedlich. Doch die grausame Wahrheit war, dass er tot war. Er würde nie wieder die Augen öffnen. Nie wieder jemanden anpöbeln. Nie wieder jemanden schlagen.

Im nächsten Moment zuckte ich innerlich zusammen, als ich mich plötzlich an etwas erinnerte. Pia war heute Nacht unterwegs gewesen! Sie hatte behauptet, beim Pinkeln gewesen zu sein, aber war das tatsächlich die Wahrheit gewesen?

Und noch etwas fiel mir ein. Sie hatte sich furchtbar erschrocken, als ich sie darauf angesprochen hatte. Hatte sie vielleicht nicht damit gerechnet, dass ich wach war?

Sie musste bestimmt nur pinkeln, beschwichtigte ich mich selbst. Ganz sicher.

Doch irgendetwas in meinem Unterbewusstsein ließ mir keine Ruhe. Ich dachte an letzte Nacht zurück und versuchte, mich an alle Einzelheiten zu erinnern. Was hatte Pia noch mal gesagt?

Keine Sorge, Robert wird niemanden mehr schlagen. Weder mich noch einen von euch.

Ja, das war der genaue Wortlaut gewesen. Ich hatte mich zuerst noch darüber gewundert, doch ich war so müde gewesen, dass ich nicht weiter nachgedacht hatte. Aus jetziger Sicht konnte man ihre Aussage jedoch auch anders sehen.

Ich musste schlucken und warf einen verstohlenen Blick zu Pia, die immer noch kreidebleich im Gesicht war.

Sie steht eindeutig unter Schock, stellte ich fest. Oder war das etwa alles nur Show?

„Wie lange glaubst du, dass er schon tot ist?", fragte ich an Dominik gewandt. Meine Kehle fühlte sich trocken an, und meine Stimme klang heiser.

„Sein Körper ist schon deutlich abgekühlt", antwortete er. „Er muss bereits seit Stunden tot sein."

Seit Stunden, wiederholte ich im Geiste und strich mir fahrig durchs Haar. Dann war es vielleicht doch nicht Pia, sondern Dominik, überlegte ich. Er hatte doch gestern noch nach Robert geschaut, nachdem dieser sich verzogen hatte. Es war kurz nach ihrem Kampf gewesen, und Dominik war mit ihm allein gewesen. War er möglicherweise noch so unter Adrenalin gestanden, dass er spontan nach dem Stein gegriffen und Robert damit erschlagen hatte?

Ich holte tief Luft, um wieder einen klaren Kopf zu bekommen. Wenn einer von ihnen tatsächlich ein Mörder war, dann durfte ich jetzt auf keinen Fall in Panik geraten. Ich musste ruhig bleiben, auch wenn ich am liebsten aus purer Verzweiflung laut geschrien hätte.

„Was machen wir jetzt?", fragte Florian.

„Wir müssen Hilfe holen", antwortete ich.

„Und wie?" Pias Stimme überschlug sich fast. „Wir sitzen in diesem scheiß Wald fest, und Netzempfang gibt's auch keinen."

„Wir müssen einen Weg hier raus finden", sagte Dominik. „Wir müssen zurück ins Tal und die Polizei informieren."

„Und wo bitte geht's ins Tal?" Pia war noch immer kalkweiß im Gesicht. „Wir haben keinen blassen Schimmer, wo wir sind."

Dominik blieb gelassen. „Wir haben nur zwei Möglichkeiten. Entweder wir bleiben hier und warten darauf, dass jemand nach uns sucht. Allerdings hat niemand einen Grund, uns zu suchen, denn keiner weiß, dass wir uns verlaufen haben. Oder wir machen uns auf den Weg und gehen einfach so lange weiter, bis wir wieder beim Wasserfall sind."

„Dominik hat recht", sagte ich. „Wir müssen weitergehen."

„Und was ist mit Robert? Sollen wir ihn etwa hierlassen?"

„Willst du ihn vielleicht mitnehmen?"

Florian wich aufgrund der Schärfe in Pias Stimme einen Schritt zurück.

„Wir können nichts für ihn tun." Mir war klar, dass die Nerven bei jedem zum Zerreißen angespannt waren, doch einen Streit konnten wir jetzt überhaupt nicht gebrauchen. „Zuerst müssen wir Hilfe holen, dann kümmern wir uns um ihn."

Dominik nickte. „Wir sollten so schnell wie möglich aufbrechen."

Ich öffnete Roberts Rucksack und holte ein Handtuch raus, das ich über seinen Kopf legte. Tiefes Mitgefühl für ihn überkam mich. Auch wenn er gestern einen unverzeihlichen Fehler begangen und Pia geschlagen hatte, das hatte er wahrlich nicht verdient. Egal, wie wütend sein Mörder auf ihn gewesen sein mochte.

Ich ging zu unserem Rastplatz zurück, doch auf halbem Weg blieb ich abrupt stehen.

Robert hatte gestern nicht nur mit uns Streit gehabt, erinnerte ich mich.

Ich wirbelte herum. Pia und Dominik waren mir hinterhergegangen, Florian stand noch immer bei der Leiche.

„Wartet mal“, rief ich den anderen zu, und Florian fuhr zusammen. „Was ist, wenn uns doch jemand heimlich gefolgt ist?“

„Wer denn?“, erwiderte Pia. „Siehst du hier vielleicht jemanden?“

„Jemand, der auf Robert ziemlich sauer war. Weil Robert ihn beleidigt hat.“

Die drei sahen mich fragend an.

„Wer?“

Meine Antwort war kurz und bündig: „Hannes.“

17

„Hannes?“, wiederholte Pia perplex. „Der Bauer?“

„Ja“, antwortete ich.

„Das kann doch gar nicht sein.“

„Und warum nicht?“

„Weil …“ Sie stockte.

„Lara könnte recht haben“, sagte Florian, der sich endlich von Robert losgelöst hatte und zu uns aufschloss. „Hannes war wirklich stinkwütend auf Robert. Er hat sogar dann noch geflucht, als wir schon längst wieder von ihm weg waren.“

„Außerdem war er es, der uns diesen Irrweg durch den Wald empfohlen hat.“

„Du meinst aus Rache?“

Ich zuckte mit den Schultern. „Schon möglich, oder?“

Dominik blieb skeptisch. „Das glaub ich jetzt ehrlich gesagt nicht. Schließlich hat er uns die alternative Route genannt, bevor Robert sich über ihn lustig gemacht hat.“

„Falsch“, entgegnete ich, und alle drei sahen mich irritiert an. „Robert hat den ersten Witz über ihn gerissen, als wir auf dessen Hütte zugegangen sind. Er hat ihn Papa Schlumpf genannt. Erinnert ihr euch? Und wir haben alle gelacht. Jetzt stellt euch mal vor, dass Hannes uns zu dem Zeitpunkt bereits gehört hat.“

„Verdammt", meinte Florian. „Er könnte uns tatsächlich gehört haben. Oder gesehen, wie wir gelacht haben."

„Mann, das war doch nur ein harmloser Witz." Pia schüttelte entschieden den Kopf. „Ich kann mir beim besten Willen nicht vorstellen, dass er uns deswegen eins auswischen will und uns irgendwo in den Wald schickt."

„Mir sah er allerdings nicht danach aus, dass er das Ganze nur für einen harmlosen Witz gehalten hat. So wie der uns angeschrien hat. Und außerdem, wer sagt, dass der richtige Weg wirklich durch einen Erdrutsch versperrt ist?"

Pia und Florian tauschten einen alarmierten Blick aus, während Dominik den Kopf neigte und darüber nachdachte. Für einen Moment lang war es still, nur die Vögel über uns in den Bäumen waren zu hören.

„Eigentlich niemand", brach Dominik nach einer Weile das Schweigen.

„Glaubst du wirklich, der Typ ist so krank im Hirn, dass er uns zuerst auf einen völligen Irrweg schickt und dann mitten in der Nacht Robbie umbringt?"

„Er war total aufdringlich zu mir, wenn ich dich daran erinnern darf", erwiderte ich. „So viel dazu."

Florian richtete sich kerzengerade auf. „Und wenn er noch in der Nähe ist? Ich meine, wir haben alle über ihn gelacht. Was ist, wenn Robert nur der Anfang war?"

Daran hatte ich noch gar nicht gedacht.

Panisch drehte ich mich um die eigene Achse und suchte mit meinem Blick das Unterholz ab. Hielt Hannes sich vielleicht hinter einem der Bäume versteckt? Hatte er etwa die Karte geklaut, damit wir uns verlaufen würden? Lag er irgendwo hinter einem Busch auf der Lauer und amüsierte sich königlich über uns? Über unsere Furcht?

Bei diesem Gedanken jagte mir ein kalter Schauer über den Rücken. Der Bauer war mir bei unserer ersten Begegnung schon unheimlich gewesen, aber die Vorstellung, dass er uns jetzt durch den Wald verfolgte, machte mir richtig Angst.

Florian hatte einen wunden Punkt getroffen. Was, wenn Robert erst der Anfang gewesen ist? Wenn einer von uns das nächstes Ziel sein sollte? Der Mörder musste irgendwo in der Nähe sein. Doch ich konnte ihn nirgends entdecken.

Auf einmal nahm ich eine Bewegung zwischen den Bäumen wahr und erstarrte. Ich kniff die Augen zusammen und versuchte vergeblich, etwas auszumachen. Hinter mir raschelte es, und ich wirbelte herum.

„Wir sollten schleunigst von hier verschwinden", flüsterte Dominik, der ebenso beunruhigt schien wie ich.

„Ja. Machen wir, dass wir von hier wegkommen."

Eilig packten wir unsere Rucksäcke zusammen und füllten unsere Wasserflaschen auf.

„Hoffentlich reicht das Wasser", meinte ich.

„Wir werden unterwegs schon was finden", sagte Florian. Ich sah, dass er seinen Bogen fest mit der rechten Hand umklammert hielt.

„Hoffen wir's." Ich drehte mich zu Dominik um und bemerkte, wie er sich heimlich sein Messer, das in einer Plastikscheide steckte, am Rücken in den Hosenbund schob und sein T-Shirt darüber zog.

Ich fragte mich, ob das eine reine Vorsichtsmaß-
nahme von ihm für den Fall war, dass Hannes uns tatsächlich auflauern sollte, oder ob er etwas anderes damit vorhatte. Mir war bei einer derart gefährlichen
Waffe überhaupt nicht wohl, egal wer sie bei sich trug.

Du musst wachsam sein, Lara, sagte ich zu mir selbst.
Lass weder Dominik noch deine Umgebung aus den
Augen.

„Alle fertig?", fragte ich, und die anderen bejahten.

„Und wo sollen wir jetzt lang?"

„Ähm ... gute Frage."

„Lasst es uns in dieser Richtung versuchen", schlug
Dominik vor und deutete nach links. „Nach Osten."

„Woher weißt du, dass dort Osten ist?", wunderte sich
Pia.

„Die Sonne", antwortete er. „Die Sonne geht im Osten
auf."

„Ach so." Verlegen lächelte sie.

Dominik ging voran, und wir folgten ihm.

Wir kamen deutlich langsamer voran als gestern.
Zum einen waren wir immer noch erschöpft von dem
langen Marsch, und zum anderen waren wir wesentlich vorsichtiger. Schweigend gingen wir hintereinander her, doch unsere Blicke suchten ständig den Wald
ab. Bei jedem noch so kleinen Geräusch zuckten wir zusammen.

Die Sonne schob sich derweil unaufhaltsam in den
blauen, wolkenlosen Himmel empor. Es sah nach einem weiteren schönen Tag aus, doch unten auf dem Boden des Waldes wirkte es wesentlich düsterer als gestern. Die Baumwipfel schirmten die wärmenden

Sonnenstrahlen ab, und ich fröstelte. Ich konnte nicht sagen, ob vor Angst oder aufgrund der Temperatur.

Meine Beine waren müde, und das Gewicht des Rucksacks lastete schwer auf meinen Schultern. Doch ich biss die Zähne zusammen und lief weiter. Wir hatten auch gar keine andere Wahl.

Ich versuchte so gut es ging, Robert aus meinem Kopf zu verdrängen und nicht mehr an das grausige Bild zu denken, das sich uns heute Morgen geboten hatte. Doch immer wieder tauchte er vor meinem geistigen Auge auf.

Denk an was Schönes, ermahnte ich mich selbst und konzentrierte mich auf mein Praktikum, das ich in zwei Wochen im Tierheim machen würde. Ob der süße Tierarzt vom letzten Jahr noch da war? Allerdings musste ich zugeben, dass ich momentan überhaupt nicht in Flirtstimmung war. Mark machte mir nach wie vor zu schaffen, und durch Roberts Tod hatte sich meine Laune auch nicht gerade verbessert.

Ein paar Stunden später irrten wir noch immer durch den Wald. Unser Wasser hatten wir längst ausgetrunken, und meine Kehle brannte wie Feuer.

Das konnte alles einfach nicht wahr sein. Ich schwor mir, dass ich meinen nächsten Urlaub an irgendeinem See oder am Meer verbringen würde, Hauptsache weit weg von einem Wald.

Wir hatten gerade einen Hügel überquert, als Florian so abrupt vor mir stehenblieb, dass ich gegen ihn stieß.

„Seid mal leise“, sagte er und hielt sich die Hand hinter sein Ohr.

„Hast du was gehört?“, fragte ich und sah mich hektisch um. „Hannes?“

„Pst.“ Er lauschte konzentriert. „Hört ihr das?“

Ich schüttelte den Kopf, genau wie die anderen.

„Das ist ein Rauschen“, sagte er, und ein Lächeln umspielte seine Lippen. „Der Wasserfall! Er muss ganz in der Nähe sein.“

Augenblicklich machte sich Hoffnung in mir breit. Florian mochte schlecht sehen, aber sein Gehör war ausgezeichnet.

„Wo?“, fragte ich. „In welcher Richtung?“

„Ich glaube, es kommt von dort drüben.“

Aufgeregt lief er voran, und wenig später konnte ich das Rauschen ebenfalls hören.

Mein Gott, dachte ich erleichtert, das ist tatsächlich der Wasserfall. Jetzt würde alles gut werden.

Wir beschleunigten unser Tempo, je näher wir dem Geräusch kamen, und das letzte Stück rannten wir. Mit einem Schlag war die Müdigkeit vergessen, und wir wollten nur noch raus aus diesem Wald. Wir erreichten eine Lichtung, und ich erkannte sie als die, wo wir gestern als Erstes Rast gemacht hatten. Wir hatten es geschafft.

Ich konnte unser Glück kaum fassen und überquerte die Wiese. Das Tosen wurde lauter, und kurz darauf hatten wir den Wasserfall erreicht. Wir liefen an den Steinstufen vorbei, die zu der Aussichtsplattform hoch führten, und gelangten zur Schlucht. Froh darüber, dem Dickicht des Waldes entkommen zu sein, blieben wir stehen.

„Ich fass es nicht“, japste Pia, und wir fielen uns vor Freude in die Arme.

„Bis ins Tal sind es allerdings noch gute eineinhalb Stunden“, meinte Dominik. „Wir sollten vorher unsere

Wasserflaschen auffüllen. Ich bin nämlich langsam am Verdursten."

„Gute Idee", stimmte ich ihm zu.

Wir liefen den Weg zurück zur Aussichtsplattform und suchten die Felswand ab, bis wir Wasser fanden, das dort den Stein runterlief. Gierig tranken wir aus unseren hohlen Händen und hielten unsere Wasserflaschen darunter. Anschließend kehrten wir zur Schlucht zurück.

Die Hängebrücke wirkte noch genauso wenig einladend wie gestern, und mir schauderte bei dem Gedanken daran, sie erneut überqueren zu müssen.

„Geh du zuerst, Lara", sagte Pia und schob mich vor.

„Warum?"

„Weil du die Mutigere von uns beiden bist."

Mit einem mulmigen Gefühl im Bauch betrat ich die Brücke.

18

Mein Blick wanderte automatisch nach unten, und durch die Ritzen der Bretter konnte ich den reißenden Höllenfluss sehen. Sofort wurde mir schwindelig.

Mit zitternden Händen griff ich nach den Seilen, die links und rechts als Geländer gespannt waren. Es gab keine Alternative, ich musste da rüber. Es war der einzige Weg ins Tal. Die einzige Möglichkeit, Hilfe zu holen.

Die Brücke schaukelte unter meinen Schritten leicht hin und her, und die Bretter knarzten verdächtig. Mein Magen begann zu rebellieren, und meine Knie wurden weich.

Reiß dich gefälligst zusammen!

Ich richtete meinen Blick starr geradeaus und ging langsam weiter. Es war ganz schön weit. Ich hatte noch keine sieben Meter zurückgelegt, und die andere Seite wirkte ewig fern.

Ich schaff das, ermutigte ich mich und war fest entschlossen, meine Höhenangst zu überwinden.

Die Seile, an denen ich mich festklammerte, wackelten. Irgendwie hatte ich sie straffer gespannt in Erinnerung.

Als ob sie locker wären, dachte ich und vernahm im nächsten Moment ein Schnalzen.

Was war das?

Plötzlich gaben die Seile nach, und entsetzt realisierte ich, dass sie gerissen waren. Ein heftiger Ruck ging durch die Brücke. Ich taumelte und ließ die Seile los, die sofort in die Tiefe fielen. Wie wild ruderte ich mit den Armen, um mein Gleichgewicht nicht zu verlieren.

„Pass auf, Lara!", rief Florian hinter mir, und Pia stieß einen schrillen Schrei aus.

Die Brücke schaukelte immer heftiger und riss mir fast den Boden unter den Füßen weg. Mein Oberkörper neigte sich zur Seite.

„Halt dich fest!", brüllte Florian. „Halt dich irgendwo fest!"

Im letzten Augenblick ließ ich mich auf die Knie fallen und verhinderte so, dass ich abstürzte. Ich bekam mit den Händen jeweils die Außenkante der Brücke zu fassen und klammerte mich so fest daran, dass meine Knöchel weiß hervortraten. Auf allen vieren verharrte ich regungslos und versuchte, mein Gleichgewicht zu halten, während die Brücke hin und her schwang.

Pia schrie noch immer.

Es dauerte ein paar Sekunden, dann hatte sich die Hängebrücke wieder stabilisiert.

O Gott, was war passiert?

Es war alles so schnell gegangen. Ich zitterte am ganzen Körper. Warum waren die Seile gerissen?

Ich sah durch die Ritzen zwischen den Brettern hindurch nach unten in die reißenden Fluten. Um ein Haar wäre ich dort hinuntergestürzt. Der Gedanke daran raubte mir fast den Verstand.

Vorsichtig drehte ich meinen Kopf und warf einen Blick nach hinten. Pia und Florian standen vollkommen geschockt da und starrten mich an. Dominik ließ seinen Rucksack fallen und lief auf die Brücke. Doch kaum hatte er sie betreten, begann sie unter seinem Gewicht erneut zu wackeln.

„Bleib zurück“, schrie ich, und Dominik machte sofort wieder einen Schritt rückwärts.

Mit angehaltenem Atem wartete ich, bis das Schaukeln nachließ.

„Versuch, dich umzudrehen“, rief Dominik.

„Spinnst du?“ Die Tiefe lähmte mich.

„Schau nicht nach unten, und dreh dich langsam um.“

Ich wollte mich bewegen, doch meine Muskeln gehorchten mir nicht mehr. Wie angewurzelt verharrte ich in meiner Position.

„Lara“, schrie mein Bruder. „Du musst dich umdrehen. Bitte, du musst dich umdrehen.“

Für einen kurzen Moment schloss ich die Augen und versuchte, mich zu beruhigen. Das Tosen des Flusses dominierte meine Sinne und hallte unendlich laut in meinem Kopf wider. Mir wurde klar, dass ich auf mich allein gestellt war. Und dass ich nicht ewig hierbleiben konnte.

Ich nahm meinen ganzen Mut zusammen und atmete mehrere Male tief und fest durch. Dann löste ich meine linke Hand vom Holz und wartete, was passierte. Doch die Brücke blieb ruhig. Ich ließ mit rechts ebenfalls los und stützte mich mit beiden Händen auf den Brettern ab. Sie zitterten dabei so stark, dass ich kaum festen Halt fand.

Ganz langsam, Zentimeter für Zentimeter, begann ich, mich auf allen vieren um die eigene Achse zu drehen. Es ging wie in Zeitlupe, und ich verspürte eine solche Angst wie noch nie zuvor in meinem Leben. Als ich mich quer zur Brücke befand, konnte ich direkt über die Kante nach unten sehen. Ich musste mich fast übergeben.

Bitte, bitte jetzt nicht wackeln, flehte ich innerlich, denn ich wusste, dass der kleinste Ruck meinen Tod bedeuten würde. Die Brücke war schmal, und es gab nichts mehr, woran ich mich festklammern konnte.

Überall um mich herum hörte ich ein Knacken und Knarzen. Ich wagte kaum mehr, zu atmen.

Schwerfällig bewegte ich mich weiter. Es war mühsam, und ich hatte das Gefühl, der Rucksack auf meinem Rücken wog eine Tonne. Ich betete, dass die Riemen hielten und er nicht verrutschte und mich in die Tiefe riss. Es wäre mein sicherer Tod.

Ich robbte weiter, und nach einer gefühlten Ewigkeit hatte ich mich schließlich um die eigene Achse gedreht. Mit beiden Händen ergriff ich wieder jeweils die Außenseite der Brücke.

„Gut gemacht", rief Dominik. „Und jetzt kriech langsam weiter. Ganz langsam und keine Hektik, okay?"

Ich nickte kaum merklich und musste schwer schlucken. Das war einfacher gesagt als getan.

Hinter mir knackte es erneut.

Ich zitterte mittlerweile so sehr, dass ich nur noch mit Mühe mein Gleichgewicht halten konnte. Doch tapfer kämpfte ich mich voran.

Nur noch etwa vier Meter bis zum rettenden Steilhang.

Wieder hörte ich dieses Knacken, und dieses Mal war es so laut, dass ich erschrocken innehielt. Ein seltsames Gefühl machte sich in mir breit.

Misstrauisch warf ich einen Blick über meine Schulter zurück. Die knarzenden Geräusche wurden lauter, und die ganze Konstruktion der Brücke begann zu zittern.

Irgendetwas stimmte hier ganz und gar nicht.

Und im nächsten Moment musste ich hilflos und starr vor Schreck mit ansehen, wie die Brücke in der Mitte auseinanderbrach.

19

O Scheiße, war alles, was mir in diesem Moment durch den Kopf ging.

Ich hatte nur den Bruchteil einer Sekunde, um eine Entscheidung zu treffen. Eine Entscheidung, die über mein Leben oder meinen Tod bestimmte. Das Seltsame daran war, dass mir diese Zehntel- oder sogar Hundertstelsekunde ewig lang vorkam. Es schien, als hätte jemand die Zeit angehalten, damit ich im Geiste verschiedene Möglichkeiten durchgehen konnte.

Das rettende Plateau war immer noch zu weit entfernt, ich würde es niemals bis dahin schaffen. Darauf zu hoffen, dass ich den Sturz in den Höllenfluss überleben würde, konnte ich vergessen. Blieb nur noch eine Alternative. Ich musste den Aufprall der Brückenhälfte an der Felswand überstehen. Blitzschnell löste ich meinen Griff um die Außenseiten der Brücke, und meine Hände krallten sich in der Ritze zwischen zwei Brettern fest.

Dann ging alles rasend schnell. Die Brückenhälfte, auf der ich mich befand, sauste halbkreisförmig nach unten und raste auf die Wand der Schlucht zu. Ich sah den Felsen auf mich zukommen und schickte ein Stoßgebet zum Himmel.

Ich hatte mal gehört, dass sich – mit dem Tod vor Augen – das gesamte Leben noch einmal im Schnelldurchlauf vor einem abspulte. Doch nichts dergleichen geschah. Alles, woran ich dachte, war: Bitte lass mich das überleben!

Die Brückenhälfte prallte mit voller Wucht gegen die Felswand. Der Aufprall war so hart, dass ich fast rückwärts weggeschleudert wurde. Verzweifelt klammerte ich mich an das Brett. Meine Beine verloren den Halt, und ich wurde nach unten gerissen.

Ich schrie laut auf, als ich abrutschte.

Wenn ich losließ, war ich tot!

Mit aller Kraft krallte ich mich an das Holz, und mein Sturz wurde jäh abgebremst. Ein Ruck ging durch die Brückenhälfte, als sie zurückfederte und erneut gegen die Schlucht prallte, wenngleich wesentlich leichter. Die Brücke hing nun wie eine Leiter an der Steinwand; und ich an meinen ausgestreckten Armen am Abgrund.

Ich hatte Glück, dass die Schlucht keine glatte Wand, sondern zerklüftet war. Die Vertiefung in dem Felsen, auf deren Höhe ich mich befand, hatte mir vermutlich das Leben gerettet. Wären meine Finger gegen den Stein geknallt, so hätte ich mir mit Sicherheit sämtliche Knochen gebrochen.

Den Aufprall hatte ich zwar überstanden, aber die Gefahr war noch lange nicht vorüber. Ich konnte schon mein eigenes Gewicht kaum halten, doch mit dem vollgepackten, schweren Rucksack auf dem Rücken war es nur eine Frage der Zeit, bis ich abstürzen würde. Von der rettenden Kante über mir trennten mich vier Meter. Eine Distanz, die von meiner momentanen Lage aus betrachtet unüberwindbar schien.

Ich spürte, wie die Kraft in meinen Fingern bereits nachließ. Die Fingerspitzen krümmten sich. Schweiß perlte mir von der Stirn, während meine Beine verzweifelt nach Halt suchten. Ich konnte mich kaum bewegen, denn jede Regung zog mich nur noch stärker nach unten.

Entsetzt bemerkte ich, dass meine Finger einen Millimeter verrutschten. Sie schmerzten so sehr, dass ich mich nur noch mit großer Mühe festhalten konnte. Aber wie lange noch?

Mein Blick fiel nach unten in die Tiefe, und in diesem Moment wusste ich, warum der reißende Strom der Höllenfluss genannt wurde. Er wirkte auf mich wie der Schlund zur Hölle, der sich gierig nach mir streckte und nur darauf wartete, dass ich in die Fluten stürzte. Ein schwarzer Abgrund.

Ich hatte Angst, schreckliche Angst, und zitterte am ganzen Körper. Mir war klar, dass ich mich in höchster Lebensgefahr befand. Der Schock saß tief, und ich konnte kaum mehr klar denken. Die Furcht dominierte alles. Sie lähmte mich und ließ mich wie erstarrt verharren. Doch ich war noch nicht bereit, zu sterben. Nicht heute, nicht hier.

Die Muskeln in meinen Händen und Armen wurden schwächer. Ich versuchte, mich mit einem Klimmzug nach oben zu ziehen, aber ich hatte keine Kraft mehr. Erneut rutschten meine Finger beinahe ab.

Panisch tastete ich mit meinen Füßen nach einer Stütze.

Über mir hörte ich Pia, Dominik und Florian wie am Spieß brüllen. Ich konnte kein Wort verstehen, denn ihre Schreie vermengten sich zu einem unverständlichen Gebrüll, das von dem lauten Tosen des Flusses übertönt wurde. Ich nahm nichts mehr um mich herum wahr. Wie durch einen Tunnelblick waren meine Augen starr auf die Felswand und meine Hände gerichtet. Meine gesamte Konzentration lag auf meinen Fingern, an denen mein Leben wie an einem seidenen Faden hing.

Ich spürte, wie sich allmählich ein Krampf in meine Finger schlich. Lange würde ich den Griff nicht mehr halten können, doch meine Füße fanden keine Stütze und der Rucksack wurde immer schwerer.

Der Tunnelblick verengte sich weiter, und meine Ohren blendeten nun jegliches Geräusch aus. Mit einem Mal wurde es um mich herum totenstill.

Meine Finger öffneten sich langsam und rutschten noch mehr ab.

Ich hatte nur noch eine einzige Chance.

Unter größter Anstrengung zog ich meine Knie an und suchte erneut nach einem Halt.

Und dann, gerade als mich die Kraft vollends verlassen wollte, ertasteten meine Füße die Kante eines Bretts. Ich stützte mich darauf ab und richtete mich auf, um meine Arme zu entlasten. Sofort entkrampfte sich meine Muskulatur, und ich konnte den Griff mit meinen Händen erneuern. Ich presste mich mit dem Bauch dicht an den Brückenboden. Mein Atem ging nur noch stoßweise, und mein Brustkorb hob und senkte sich im schnellen Wechsel. Das Herz schlug mir bis zum Hals.

Für einen Moment verweilte ich regungslos, um mich wieder zu beruhigen.

Zumindest vorerst hatte ich einen einigermaßen festen Stand, und mit einem Schlag war ich wieder Herr über meine Sinne. Die unheimliche Stille wich einem Wirrwarr an Geräuschen. Unter mir rauschte der

Höllenfluss, über mir schrien sich die anderen drei die Seele aus dem Leib.

Ich blickte nach oben.

„Halt dich fest!", rief mein Bruder, dem der Schock deutlich ins Gesicht geschrieben stand.

Pia fuhr sich unentwegt durch ihre Haare und kreischte wie verrückt.

Dominik hingegen hatte sich flach auf den Boden gelegt und streckte mir die Hand entgegen. Doch er war einfach zu weit weg. Ich hatte keine Chance, seinen Arm zu erreichen.

Dominik schien kurz zu überlegen, dann schwang er sich rücklings über die Schlucht und stieg auf die oberste Stufe der Brückenleiter. Im nächsten Moment knackte es laut, als das Brett unter ihm nachgab. Augenblicklich begab er sich wieder auf den rettenden Boden, während das Brett zersplitterte und herunterfiel. Instinktiv zog ich meinen Kopf ein, dennoch trafen mich mehrere Bruchstücke, und ich schrie schmerzerfüllt auf.

Schaudernd sah ich nach unten und beobachtete, wie das Holz in den reißenden Fluten verschwand.

Oh mein Gott!

Ich wagte nicht, mich zu bewegen. Noch immer zitterte ich wie Espenlaub, und meine Finger schmerzten wie verrückt. Meine Lage schien hoffnungslos.

„Lass ihn fallen."

„Was?"

Ich hob meinen Kopf. Dominik kniete am Rand der Schlucht und rief zu mir hinunter: „Dein Rucksack. Du musst ihn losmachen, sonst zieht er dich runter."

„Hast du sie noch alle?" Nie im Leben würde ich meinen Griff lösen, um den Rucksack abzuschnallen.

„Ich weiß nicht, wie lange die Brücke noch hält. Aber mit dem Rucksack wirst du nicht hier raufklettern können."

Da hatte er allerdings recht.

„Ich schaff das nicht."

„Doch, du schaffst das."

„Ich hab Angst."

„Okay, ganz ruhig, Lara", sagte er und machte eine beschwichtigende Geste. „Keine Panik. Halt dich mit einer Hand fest und öffne mit der anderen den Verschluss. Aber ganz langsam."

Ich nickte.

„Du schaffst das", ermutigte mich nun ebenfalls Florian.

„Gut, ich versuch's."

Ich kontrollierte noch einmal, dass ich mit meinen Füßen fest stand, dann lockerte ich vorsichtig den Griff mit meiner linken Hand. Als ich sicher war, dass ich mich mit der Rechten halten konnte, tastete ich nach dem Verschluss auf Bauchhöhe. Meine Finger zitterten so stark, dass ich ihn kaum aufbekam. Erst nach dem zweiten Versuch gelang es mir, ihn zu öffnen.

„Gut so", sagte Dominik. „Und nun den Gurt über deiner Brust."

Meine Finger suchten den anderen Verschluss, und ich benötigte dieses Mal sogar drei Anläufe. Kaum war die Schnalle offen, rutschte der Rucksack ein Stück von meinem Rücken weg und zog mich mit.

Hastig griff ich wieder mit beiden Händen nach dem Brett.

Das war der einfache Teil, dachte ich.

„Und jetzt zieh ganz vorsichtig deine Arme aus den Schulterriemen. Aber pass auf, dass du durch die Gewichtsverlagerung nicht runterfällst."

Erneut ließ ich mit links los und zog den Schulterriemen etwas zur Seite. Anschließend schlüpfte ich mit dem Arm hindurch. Der Rucksack fiel augenblicklich zur anderen Seite, und der Ruck riss mich fast von der Brücke. Ich klammerte mich der linken Hand fest und ließ mit rechts los. Der Rucksack hing nun mit seinem gesamten Gewicht an meiner rechten Schulter. Ich konnte mich kaum mehr halten. Schnell streckte ich meinen Arm nach unten, und der Rucksack rutschte von der Schulter. Ich sah ihm nach, wie er in die Tiefe fiel und von den Fluten davongerissen wurde.

Erleichtert atmete ich auf. Es kam mir so vor, als hätte gerade jemand eine Tonnenlast von mir genommen.

„Das machst du gut", rief Dominik. „Und jetzt kletter nach oben. Aber langsam."

„Okay."

Ich tastete nach dem Brett über mir. Vorsichtig prüfte ich zunächst mit meinen Füßen, ob ich einen sicheren Halt fand, erst dann zog ich mich hoch. Anschließend erklomm ich die nächste Stufe. Die rettende Steinkante war nur noch etwa zweieinhalb Meter entfernt.

Ich schaff das, sagte ich mir bei jedem Zug. Ich schaff das.

Doch das nächste Brett versetzte mir einen herben Dämpfer. Ein tiefer Riss verlief quer durch das Holz. Es würde meinem Gewicht nicht standhalten.

Ich fluchte laut.

Plötzlich gab es einen Ruck, und ich hielt erschrocken inne. In Todesangst klammerte ich mich an das Brett. Mein T-Shirt war mittlerweile vollkommen nassgeschwitzt und klebte auf meiner Haut.

„Was war das?“, fragte ich mit zitternder Stimme.

„Du musst sofort von der Brücke, Lara!“, schrie Dominik.

„Ja wie denn?“

Ich starrte ihn mit großen Augen an.

„Scheiße, das Seil reißt!“, hörte ich meinen Bruder rufen.

„Die Brücke hält nicht mehr.“

„Sie wird abstürzen!“

Die drei schrien wild durcheinander und gestikulierten hektisch.

Ich hob meinen Kopf. Das übernächste Brett war außerhalb meiner Reichweite.

„Beeil dich!“

„Das Seil reißt! Verdammt, es reißt!“

„Zieh dich hoch, Lara. Du hast keine Zeit mehr.“

Dominik lag wieder auf dem Bauch und streckte mir den Arm entgegen. Doch ich konnte ihn nicht erreichen.

Ich geriet in Panik. Erneut tauchte ich in diesen Tunnelblick ein, der alles um mich herum ausblendete.

Ich sah zur Seite und entdeckte einen Felsvorsprung direkt neben der Brücke.

Es war meine einzige Chance.

Hastig griff ich danach und drückte mich mit den Beinen genau in dem Moment von dem Brett ab, als es über mir laut schnalzte. In der nächsten Sekunde riss das Tau, mit der die Brücke am Steilhang befestigt war, und die Brücke rauschte nur Millimeter an mir vorbei in die Schlucht. Ich konnte den Luftzug an meiner Wange spüren.

Unwillkürlich hielt ich den Atem an. Mein Herz pochte so laut, dass ich das Gefühl hatte, es wäre noch in einem Kilometer Entfernung zu hören. Mit dem Gesicht dicht an die Felswand gepresst verharrte ich, bis ich den Aufschlag im Wasser hörte.

„Oh mein Gott", schrie mein Bruder, doch ich glaubte, Erleichterung in seiner Stimme zu hören.

Meine Finger krallten sich in den scharfkantigen Stein, und stellenweise begann die Hand zu bluten. Doch ich nahm den Schmerz gar nicht wahr. Immerhin hing mein Leben davon ab.

Ich suchte den nächsten Felsvorsprung und zog mich daran hoch.

„Haltet meine Beine fest", sagte Dominik zu den anderen. Er lag noch immer auf dem Bauch und lugte über den Rand der Schlucht.

Stück für Stück hangelte ich mich an dem schroffen Felsen nach oben. Meine Finger taten mittlerweile so weh, dass ich sie kaum mehr spürte, und meine Muskulatur ließ merklich nach. Jeder Zug kostete mich unendlich viel Kraft. Doch mein Überlebenswille war stärker, und so kämpfte ich mich weiter hinauf.

Ich hatte die rettende Kante fast erreicht.

Im nächsten Moment bekam Dominik meine Handgelenke zu fassen und umklammerte sie wie ein Schraubstock. Er drückte so fest zu, dass es mir das Blut abschnürte. Mit aller Kraft zog er mich nach oben, und Florian packte mich am Gürtel. Gemeinsam zerrten sie mich über die Kante, und ich hatte wieder festen Boden unter mir.

Ich hatte es geschafft!

Die Anspannung fiel mit einem Schlag von mir ab, und ich rollte mich auf den Rücken. Völlig entkräftet und immer noch am ganzen Körper zitternd blieb ich liegen. Um mich herum begann sich alles zu drehen. Die Stimmen der anderen drangen nur noch aus schier unendlicher Ferne zu mir hindurch.

Ich wusste, dass ich gerade eben um Haaresbreite dem sicheren Tod entkommen war.

20

Ich reagierte nicht.

„Lara? Lara, sag doch was." Die Stimme meines Bruders wurde lauter, und irgendjemand berührte mich an der Schulter.

Ich schlug die Augen auf. Florian, Pia und Dominik waren über mich gebeugt, und ich blickte in ihre besorgten Gesichter.

„Geht's dir gut, Lara?" Pia war kreidebleich.

Ich nickte und richtete mich auf. Sogleich fiel mir Florian um den Hals.

„Ich bin so froh, dass du lebst. Ich dachte, du stürzt ab. Ich dachte, ich sehe dich nie wieder."

Trotz meiner Anspannung musste ich lächeln und drückte meinen Bruder an mich, der genauso zitterte wie ich. Um ehrlich zu sein, konnte ich es selbst kaum fassen, dass ich dem Abgrund so haarscharf entkommen war. Mein Herz pochte noch immer.

Vorsichtig löste ich mich aus Florians Umarmung, und in der nächsten Sekunde schlang Pia ihre Arme um mich.

„Jag mir nie wieder so einen Schrecken ein", sagte sie mit Tränen in den Augen. „Hörst du? Nie wieder."

Ich sah zu Dominik, der mit einem ernsten Gesichtsausdruck vor mir stand.

„Danke", sagte ich.

„Das war verdammt knapp."

„Ich weiß."

Er ging zum Abhang hinüber und blickte nach unten.

Ich holte tief Luft und wischte mir den Schweiß von der Stirn. Mein T-Shirt war klatschnass.

„Wie konnte das passieren?", fragte ich. „Wie, zum Teufel, konnte die Brücke einfach so auseinanderbrechen?"

„Keine Ahnung." Florian wich nicht von meiner Seite.

Dominik, der uns den Rücken zuwandte, ging in die Hocke.

„Die Seile zum Festhalten sind beide gleichzeitig gerissen", sagte ich und dachte mit Schaudern an diese Schrecksekunde zurück. „Wie kann das sein?"

„Weil sie angeschnitten waren", antwortete Dominik tonlos.

„Was?" Pia starrte ihn entgeistert an.

„Die Seile wurden angeschnitten", wiederholte Dominik und drehte seinen Kopf in unsere Richtung. In der Hand hielt er das Ende des Taus, das mehrfach um einen dicken Metallring in der Felswand gewickelt war. Die Stange, über die auf Bauchhöhe das Seil als Geländer geführt worden war, steckte noch immer nah am Abgrund senkrecht im Boden.

Ich kniff die Augen zusammen und kroch auf allen vieren zu ihm hinüber, dicht gefolgt von Pia und Florian. Mein Blick fiel in die Tiefe, und sofort verkrampfte sich alles in mir. Mein Rucksack war vermutlich längst von den Fluten hinfort gerissen worden.

Dominik deutete auf das ausgefranste Seilende.

„Hier, auf dieser Hälfte sind die Fasern unterschiedlich lang. Sie sind eindeutig gerissen. Aber auf der anderen Seite sind sie alle auf derselben Höhe durchtrennt worden. Ein glatter, sauberer Schnitt."

Ich riss ihm das Seil aus der Hand und betrachtete es schweigend. Dominik hatte recht, das Seil war zur Hälfte durchgeschnitten worden. Ich spürte, wie meine Kehle trocken wurde, und musste schwer schlucken.

„Jemand wollte Lara töten?", fragte Pia fassungslos.

„Lara oder einen von uns." Dominik verzog die Mundwinkel. „Lara hatte nur das Pech, dass sie die Brücke als Erste betreten hat."

Pech ist ja wohl noch harmlos ausgedrückt, dachte ich. Immerhin hatte es mir fast das Leben gekostet.

Dann kam mir ein weiterer Gedanke, und in meinem Kopf begann es zu dröhnen. Ich hatte die Brücke nicht freiwillig als Erste betreten. Pia hatte mich vorgeschoben.

Geh du zuerst, Lara.

Warum?

Weil du die Mutigere von uns beiden bist.

Hatte sie das absichtlich getan? Um dafür zu sorgen, dass ich zusammen mit der Brücke in die Tiefe und in den sicheren Tod stürzte?

Dominik nahm die zweite, parallele Befestigung in Augenschein und stellte fest, dass auch dieses Seil mutwillig beschädigt worden war. „Wahrscheinlich hat derjenige auch noch das Seil in der Mitte der Brücke angeschnitten. Das lässt sich allerdings nicht mehr nachprüfen."

„O Gott, ich glaub mir wird schlecht", stammelte ich. Zuerst Robert, der erschlagen wurde, und jetzt ich, die ich beinahe zu Tode gestürzt wäre. Ich schürzte meine Lippen, die vollkommen ausgetrocknet waren.

Jemand hatte es auf uns abgesehen, daran bestand nun kein Zweifel mehr. Irgendjemand wollte uns töten. Aber wer? Und warum? War es tatsächlich Hannes, der sich dafür rächen wollte, dass wir uns über ihn lustig gemacht hatten? Oder trug einer von uns – Pia, Florian oder Dominik – ein dunkles Geheimnis in sich?

Warum hatte Pia mich an der Brücke vorgeschoben?

Ich dachte an den Moment zurück, als wir oben auf der Aussichtsplattform des Wasserfalls gestanden waren. Alle waren vor mir wieder runtergeklettert. Hatte womöglich einer von ihnen nicht nur die Karte aus meinem Rucksack geklaut, sondern auch noch die Brücke in diese Todesfalle umgebaut?

Eines stand jedenfalls fest: Zeit genug, das Tau anzuschneiden, hatte jeder von ihnen gehabt.

Nein, dachte ich, das konnte nicht sein. Unmöglich. Florian war mein Bruder und Pia meine beste Freundin. Warum sollten sie mich töten wollen? Doch was war mit dem undurchsichtigen Dominik? Wie gefährlich er sein konnte, hatten wir alle bei seinem Kampf mit Robert gesehen. Hatte er vielleicht deshalb dieses Kampfmesser mitgenommen? Um die Brücke so zu beschädigen, dass sie einstürzte, sobald einer von uns sie betrat? Sobald ich sie betrat?

Ich vergrub das Gesicht in meinen Händen. Das ergab doch alles keinen Sinn. Dominik wollte mir helfen und hatte mich hochgezogen. Das hätte er doch nicht getan, wenn er mich töten wollte. Oder musste er seine Tarnung aufrechterhalten, indem er mir half, weil sein ursprünglicher Plan schiefgegangen war? Irgendwie konnte und wollte ich mir das nicht vorstellen.

Welchen Grund sollte er überhaupt haben, uns umzubringen?

„Hier“, sagte Florian und hielt mir seine Wasserflasche entgegen. „Trink was.“

„Danke“, antwortete ich und leerte mit zitternden Fingern die halbe Flasche in einem Zug.

„Besser?“

Ich nickte.

„Und was sollen wir nun tun?“, fragte Pia. „Ohne die Brücke sitzen wir hier fest. Wie sollen wir auf die andere Seite kommen?“

„Keine Ahnung.“ Doch dann kam mir ein Gedanke. Ich holte mein Handy aus der Hosentasche, der einzige Gegenstand, der mir von meiner gesamten Ausrüstung noch geblieben war.

„Vielleicht haben wir ja hier wieder Empfang“, meinte ich und schaltete es an. Die anderen traten dicht an mich heran und blickten mir über die Schulter. Gespannt beobachteten wir das Display und das Wort „Netzsuche“ im linken oberen Eck. Die Sekunden verstrichen, ohne dass der Name des Mobilfunkbetreibers erschien. Ich stand auf und hielt das Handy in die Luft. Erfolglos.

„Scheiße, das gibt’s doch gar nicht“, fluchte ich. „Wir sind doch hier nicht in irgendeiner gottverlassenen Wildnis. Oberammergau ist lediglich eineinhalb Stunden entfernt.“

„Wir brauchen bloß in einem Funkloch zu stecken“, wandte Dominik ein. „Dann können wir noch so nah an der Zivilisation sein, werden aber trotzdem kein Netz finden.“

„Na toll“, meinte Pia. „Und jetzt?“

Ein wenig ratlos sahen wir uns an.

„Wir warten", entschied ich schließlich. „Irgendwann wird doch mal ein Wanderer oder Einheimischer hier vorbeischauen, oder?"

In den Gesichtern der anderen konnte ich deutlich ablesen, dass sie nur allzu gerne daran geglaubt hätten. Doch was hatte Pia über diese Gegend gesagt? Die Hütte lag mitten im Wald, weit abseits der üblichen Touristengebiete. Und wenn ich an die Brücke zurückdachte, dann wunderte es mich nicht, dass kaum einer hierherkam. Wer ging schon – mal abgesehen von uns – freiwillig da rüber, wenn es einen alternativen Weg gab? Einen sicheren Weg, der nicht über eine Schlucht führte, in deren Schlund der Höllenfluss lauerte und der mit mir vorhin fast sein zweites Todesopfer gefordert hätte. Andererseits war uns allen klar, dass die Alternative nur darin bestand, erneut durch den Wald zu irren. Und so verharrten wir am Rand der Schlucht und warteten hoffnungsvoll darauf, dass irgendjemand auf der anderen Seite auftauchte.

Wir versuchten noch einige Male, ein Netz zu finden, doch die Handys blieben stumm. Pia holte ein abgepacktes Brot und Käse aus ihrem Rucksack, und hungrig machten wir uns darüber her.

Einige Stunden später warteten wir immer noch. Doch niemand kam.

Der Nachmittag brach an, und ich lag auf dem Boden. Sorgenvoll blickte ich in den Himmel empor, der in den letzten Stunden merklich zugezogen war. Am Horizont türmten sich dunkle Wolken, und die Sonne drang kaum noch bis zur Erde hindurch. Es sah stark nach einem Gewitter aus, und ich wusste, dass ein Unwetter in den Bergen schneller aufziehen konnte, als einem lieb war.

„Wenn es zu regnen anfangen sollte, dann sind wir der Nässe schutzlos ausgeliefert", sagte Dominik, und ich fragte mich, ob er meine Gedanken lesen konnte. Er ließ sich neben mir nieder, und Florian und Pia unterbrachen ihr Gespräch.

„Ich weiß. Aber was sollen wir sonst tun?"

Schweigen machte sich zwischen uns breit.

„Wir könnten es noch mal versuchen", meinte Dominik nach einer Weile.

„Den Weg zur Hütte finden?"

„Ja."

„Was?" Pia richtete sich kerzengerade auf. „Sagt mal habt ihr sie noch alle? Noch mal durch den Wald? Keine Chance!"

„Wenn wir hierbleiben und ein Gewitter losbricht", sagte Dominik, „dann werden wir nass bis auf die Knochen."

„Vergiss es." Demonstrativ verschränkte sie die Arme vor der Brust. „Ich gehe da nicht mehr zurück. Ich bleibe hier und warte so lange, bis da drüben jemand auftaucht."

„Wir warten bereits seit Stunden. Es ist jetzt Nachmittag, und ich glaube kaum, dass heute noch jemand vorbeikommt. Wenn wir nass werden und es nachts abkühlt, dann holen wir uns den Tod."

„Aber vielleicht regnet es ja auch gar nicht", meinte Florian. „Wir übernachten einfach hier, und morgen lassen sich bestimmt ein paar Wanderer blicken."

„Vielleicht. Vielleicht aber auch nicht."

„Und wenn doch?"

Dominik strich sich die Haare aus dem Gesicht. „Ihr habt doch gehört, was Hannes gesagt hat. Das Wetter soll nicht schön bleiben."

„Ich geh nicht in den Wald zurück", kreischte Pia. „Noch eine Nacht verbring ich da garantiert nicht. Habt ihr etwa schon vergessen, was gestern passiert ist? Jemand hat Robbie im Schlaf erschlagen."

Ihr Gesichtsausdruck wurde immer ängstlicher. Ich hatte das Gefühl, sie stand kurz davor, in Panik auszubrechen.

Dominik senkte den Kopf.

„Mann, hier läuft ein Irrer frei in der Gegend rum." Pia war vollkommen aufgebracht. „Mit der eingestürzten Brücke ist er zusammen mit uns von der Außenwelt abgeschnitten. Wenn wir in den Wald zurückkehren, dann laufen wir ihm doch geradewegs in die Arme."

„Das stimmt." Florian nickte ängstlich. „Wir haben absolut keinen Peil, wo es lang geht. Hannes hingegen kennt sich hier bestens aus."

„Schon allein deshalb sollten wir die Hütte suchen", sagte Dominik. „Dort wären wir vor ihm sicher."

Wären wir das wirklich?, fragte ich mich, die ich dem Gespräch bisher schweigend gelauscht hatte. Oder säßen wir dann erst recht in der Falle, wenn sich doch einer von uns als Roberts Mörder herausstellen sollte?

Pia schüttelte entschieden den Kopf. „Auf keinen Fall. Ich mach da nicht mit. Mich bringen keine zehn Pferde mehr in den Wald. Ich bleibe hier, bis Hilfe kommt."

„Pia, es wird keine Hilfe kommen. Wir sind ganz auf uns allein gestellt."

Sie sah Dominik mit großen Augen an. „Nein, es kommt bestimmt bald jemand."

„Tut mir leid, aber das glaube ich nicht.“

„Warum willst du unbedingt zu dieser scheiß Hütte?“, schrie sie. „Hier sind wir wenigstens in der Nähe der Zivilisation. Die Hütte hingegen steht in der absoluten Wildnis.“

„Ich weiß. Aber zum einen wären wir dort sicher und im Trockenen. Und zum anderen hoffe ich, eine Karte von der Umgebung zu finden.“

„Und dann? Die Brücke ist eingestürzt und der normale Weg verschüttet.“

„Es gibt bestimmt noch einen weiteren Weg ins Dorf. Zum Beispiel auf der anderen Seite des Berges hinab.“

Ich presste die Lippen zusammen. Noch immer schwieg ich, denn in Gedanken suchte ich verzweifelt nach einem Ausweg. Doch so wie es aussah, hatten wir tatsächlich nur zwei Möglichkeiten. Entweder blieben wir hier bei der Schlucht und warteten so lange, bis jemand vorbeikam. Allerdings hätten wir ein großes Problem, wenn sich niemand blicken ließe. Und falls uns ein Gewitter überraschte, stünden wir hier ohne jeglichen Schutz da. Oder wir versuchten erneut, den Weg zur Hütte zu finden. Auch auf die Gefahr hin, dass uns Hannes irgendwo auflauerte. Oder einer von uns auf eine günstige Gelegenheit wartete.

„Wir sollten einen zweiten Versuch starten“, sagte ich schließlich.

„Spinnst du?“ Pia sah mich entsetzt an.

„Dominik hat recht. Hier holen wir uns den Tod, wenn ein Gewitter losbricht. Und bei Regen kommt garantiert niemand hier vorbei.“

„Ohne Karte finden wir doch nie im Leben den Weg.“

Beruhigend legte ich ihr meine Hand auf die Schulter. „Ich fürchte, wir haben gar keine andere Wahl.“

„Vielleicht waren wir gestern ja gar nicht so weit von dem Weg zur Hütte entfernt“, meinte Dominik. „Möglicherweise haben wir ihn nur ganz knapp verpasst.“

Pia gab nicht nach. „Mag sein, aber dennoch haben wir uns verlaufen. Und das Gleiche wird erneut passieren.“

Ich warf einen Blick auf die Uhr auf meinem Handy. Allmählich lief uns die Zeit davon. Selbst wenn wir den Weg dieses Mal auf Anhieb finden sollten, so bräuchten wir trotzdem noch gute drei Stunden bis zur Hütte. Es würde verdammt knapp werden, wenn wir es noch vor Sonnenuntergang schaffen wollten.

„Wir müssen eine Entscheidung treffen“, sagte ich. „Stimmen wir doch einfach ab.“

„Also ich bin dafür, dass wir hierbleiben“, meinte Pia. „Dominik?“

„Wir sollten versuchen, die Hütte zu finden.“

„Der Meinung bin ich auch. Florian?“

Mein Bruder sah unschlüssig von einem zum anderen. „Ich weiß nicht recht.“

„Jetzt sag schon.“

„Okay. Wenn du zur Hütte gehst, dann komme ich auch mit.“

„Nein“, protestierte Pia umgehend.

„Komm schon, Pia. Wir müssen es zumindest versuchen. Und schlimmer als jetzt kann es ja schon gar nicht mehr werden, oder?“

Ich dachte an Robert, der irgendwo tot im Wald lag, und dass mich vorhin beinahe dasselbe Schicksal ereilt hätte. Pia stieß einen tiefen Seufzer aus. „Na schön. Ich bin dabei."

Ich klopfte ihr aufmunternd auf den Rücken und ergänzte zähneknirschend: „Zumindest können wir uns jetzt beim Tragen des Rucksacks abwechseln, nachdem meiner weg ist."

„Ja, ganz toll." Sie warf mir einen missbilligenden Blick zu und erhob sich.

Wir schulterten unser Gepäck und gingen zum Wasserfall, wo wir noch ein Mal ausgiebig tranken und unsere Flaschen bis zum Rand auffüllten. Nach dem Verlust meines Rucksacks waren nur noch drei Flaschen für vier Personen übriggeblieben. Wenn ich daran dachte, wie durstig wir gestern nach dem Fußmarsch gewesen waren, fühlte sich meine Kehle bereits jetzt staubtrocken an.

Wir ließen den Wasserfall hinter uns und gelangten zu der Lichtung mit der Wiese.

„Es muss auf alle Fälle in diese Richtung gehen", meinte Dominik und zeigte geradeaus.

„Na, dann mal los", sagte ich, und mit dem Mut der Verzweiflung setzten wir unseren Weg ins Ungewisse fort.

21

Erneut drangen wir tief in den Wald vor, während über uns immer mehr Wolken am Himmel zusammenzogen. Es kühlte merklich ab, und ich begann leicht zu frösteln. Am liebsten hätte ich meine Windjacke angezogen, doch meine gesamte Kleidung war von den Fluten des Höllenflusses fortgerissen worden.

So richtig konnte ich auch jetzt noch nicht begreifen, was alles in den letzten vierundzwanzig Stunden passiert war. Robert lag irgendwo tot im Wald, und ich konnte noch nicht einmal sagen, wo genau wir ihn zurückgelassen hatten. Ich fragte mich, ob seine Leiche wohl jemals gefunden werden würde. Die Vorstellung, dass er womöglich für ewig versteckt zwischen den Bäumen liegen würde, war für mich nur schwer zu ertragen. Sollte er dasselbe Schicksal wie Helene vor 150 Jahren erleiden und sein Tod ungesühnt bleiben? Ich wagte gar nicht, daran zu denken.

Wie wohl Pia, Florian und Dominik innerlich mit Roberts gewaltsamen Tod umgingen? Hatten sie dieselben Gedanken wie ich, oder waren sie insgeheim vielleicht sogar froh, ihn für immer los zu sein?

Wahrscheinlich war jedoch, dass niemand von uns bis jetzt wirklich die Gelegenheit gehabt hatte, sich näher mit dem Geschehen auseinanderzusetzen. Mit der Situation vollkommen überfordert waren wir aus dem Wald geflohen, in panischer Angst vor unserem Verfolger, der irgendwo da draußen auf uns lauerte. Doch noch größer als die Furcht vor Hannes wog für mich die Möglichkeit, dass einer aus unserer Gruppe Roberts Mörder sein könnte.

Den Brückeneinsturz und mein unfassbares Glück bei der Rettung versuchte ich nach wie vor konsequent auszublenden. Denn sobald ich daran dachte, spürte ich, wie meine Muskeln sich verkrampften und ich zu zittern begann. Ich war mir sicher, dass die Erinnerung mit voller Wucht einsetzen würde, sobald wir in Sicherheit waren. Doch im Moment waren wir davon noch meilenweit entfernt.

Zu fünft waren wir gestern Früh aufgebrochen, voller Vorfreude auf ein paar schöne Tage in der Einsamkeit der Berge. Jetzt waren wir nur noch zu viert, und unser Urlaub hatte sich zu einem wahren Höllentrip entwickelt.

Ich grübelte, wie wohl alles gekommen wäre, wenn Mark damals nicht mit mir Schluss gemacht hätte. Anstatt durch den Wald zu hetzen, würde ich jetzt wahrscheinlich in seinen Armen liegen, irgendwo an einem See oder vielleicht sogar in Italien am Meer, so wie Timo. Nur wir beide, glücklich vereint. Und Robert wäre noch am Leben.

Es war schon seltsam, wie brutal einen Entscheidungen in der Vergangenheit wieder einholen konnten. Ob das das Prinzip der Chaos-Theorie war? Der Schmetterlingseffekt, der besagte, dass selbst kleinste Veränderungen im langfristigen Verlauf zu einer völlig anderen Entwicklung führen konnten?

Oder betrachtete man Pia und Timo: Hätte er sie nicht betrogen, hätte sie ihm nicht den Laufpass gegeben, sondern wäre jetzt gemeinsam mit ihm auf dem Weg zur Hütte unterwegs. Und zwar mit ihm allein, ohne mich, Florian und Dominik. Pias Eltern hatten Timo von Anfang an gemocht. Ich war mir fast sicher, dass sie bei ihm kein Problem damit gehabt hätten, wenn er eine Woche mit ihrer Tochter auf einer einsamen Berghütte verbracht hätte.

Doch letztendlich waren das nur Mutmaßungen. Die Entscheidungen, die wir in der Vergangenheit getroffen hatten, waren unwiderruflich vorbei. Mark würde nicht zu mir zurückkommen, genauso wenig wie Pia und Timo wieder zusammenkämen. Und auch Robert konnte von Pia keine zweite Chance mehr erhalten.

Ich riss mich von meinen Gedanken los und konzentrierte mich wieder auf die reale Umgebung.

Pia und ich wechselten uns mit dem Tragen ihres Rucksacks ab, und es tat gut, zwischendurch das Gewicht von den Schultern nehmen zu können. In regelmäßigen Abständen hielten wir kurz an und beratschlagten, in welche Richtung wir weitergehen sollten. Wir hatten den Weg mit den Zeiten, die Hannes auf der Karte notiert hatte, nur noch äußerst vage im Kopf, und so war es mehr oder weniger reines Raten.

Nach drei Stunden Fußmarsch wussten wir, dass wir falsch geraten und uns erneut hoffnungslos verlaufen hatten.

Eine Felswand versperrte uns den Weg, und frustriert blieben wir davor stehen. Ein kleines Bächlein, kaum mehr als eine Handbreit, lief direkt vor dem Gestein am Boden entlang.

„Ich hab's doch gleich gesagt", schimpfte Pia. „Ich hab euch gewarnt, aber ihr wolltet ja nicht auf mich hören."

Florian nickte zustimmend.

„Reg dich ab, Pia", erwiderte ich. „Einen Versuch war es wert."

„Ach ja? Siehst du hier vielleicht irgendwo einen Unterschlupf? Wenn es zu regnen anfängt, dann werden wir hier genauso nass, wie wir es bei der Schlucht geworden wären. Nur dass wir dort zumindest gewusst hätten, wo wir überhaupt sind und eine Chance auf Entdeckung gehabt hätten."

Dominik legte den Kopf in den Nacken und sah nach oben in den Himmel. „Noch hält es. Vielleicht haben wir ja Glück, und das Unwetter zieht vorbei."

Verächtlich lachte Pia auf. „Aber sicher. Bei unserem Glück würde es mich nicht wundern, wenn es auch noch zu schneien anfinge."

„Es ist sieben Uhr", sagte Dominik und ignorierte ihren Sarkasmus. „Ich schlage vor, wir bleiben heute Nacht hier."

„Hallo? Hörst du mir eigentlich zu?"

„Was denn?"

„Wir brauchen was zum Unterstellen. Die Sonne geht erst in zwei Stunden unter. Bis dahin können wir auch noch weitersuchen."

„Ja, aber selbst wenn wir den Weg doch noch finden sollten, bis zur Hütte werden wir es vor Einbruch der Dunkelheit nicht mehr schaffen. Und hier haben wir wenigstens Wasser." Er deutete auf den Fels hinter sich.

„Wenn es regnet, werden wir so viel Wasser haben, dass dieses Rinnsal hier geradezu lächerlich ist."

„Jetzt komm mal wieder runter, Pia", ging ich dazwischen.

„Ist doch wahr", murrte sie. „Ich hab gleich gesagt, dass wir beim Wasserfall bleiben sollten. Oder etwa nicht?"

„Hast du. Aber das hätte uns auch nicht weitergeholfen."

„Wir wären näher an der Zivilisation gewesen."

„Nützt uns allerdings nicht viel, wenn keiner vorbeikommt."

„Und was ist mit dem Irren, der hier rumläuft? Soll er heute Nacht etwa den nächsten von uns töten?"

„Wenn wir zusammenbleiben, wird uns schon nichts passieren", entgegnete Dominik.

Pia zog die Augenbrauen hoch. „Ach ja?"

„Wir sind immerhin zu viert. Ich glaube kaum, dass Hannes es wagen wird, sich mit uns allen gleichzeitig anzulegen. Robert hat sich gestern abseits von uns schlafen gelegt, er war daher ein leichtes Ziel für ihn."

Pia fuhr sich nervös durch die Haare, und ich legte ihr meinen Arm um die Schultern.

„Dominik hat recht. Wenn wir zusammenbleiben, sind wir in Sicherheit."

Ich hoffte, dass ich überzeugend klang, denn innerlich hatte ich mindestens genauso viel Angst vor der bevorstehenden Nacht wie Pia. Aber nicht nur wegen Hannes.

„Glaubt ihr wirklich, dass er noch hinter uns her ist?", fragte Florian. „Vielleicht ist er ja auch schon längst abgehauen."

„Und wohin?", erwiderte Pia. „Über die Brücke konnte er nicht, und der andere Weg ins Tal ist versperrt."

„Behauptet Hannes."

„Mag sein, aber gehen wir mal davon aus, dass er in diesem Punkt die Wahrheit gesagt hat. Dann ist er genau wie wir von der Außenwelt abgeschnitten.“

„Wenn er überhaupt hinter uns her war“, meinte ich.

„Natürlich war er das. Wer soll denn sonst Robbie getötet haben?“

Ich schwieg und zuckte als Antwort nur mit den Schultern.

„Moment, Moment.“ Florian runzelte die Stirn. „Was willst du damit ausdrücken?“

„Gar nichts. Ich sage lediglich, dass es nicht unbedingt Hannes gewesen sein muss.“

Entsetzt starrten mich die anderen an.

„Du verdächtigst einen von uns?“, sprach Pia schließlich aus, was alle in diesem Augenblick dachten.

Ich hob abwehrend die Hände. „Das hab ich nicht behauptet. Es kann auch jemand ganz anderer gewesen sein.“

„Sag mal, spinnst du jetzt total?“ Pia schüttelte fassungslos den Kopf. „Meinst du vielleicht, ich hab Robbie getötet, weil er mich geschlagen hat?“

„Nein, natürlich nicht.“

„Doch, das tust du.“

Zugegebenermaßen hatte sie damit nicht ganz unrecht. Die Möglichkeit, dass einer von den dreien Roberts Mörder sein könnte, lag mir noch immer schwer im Magen. Andererseits war nichts bewiesen. Es konnte genauso gut Hannes oder sonst jemand sein. Jemand, den wir überhaupt nicht kannten und der uns nur zufällig als Beute auserkoren hatte. Ich atmete ein Mal tief durch, ehe ich sagte: „Ich verdächtige dich nicht.“

„Ach so." Sie neigte den Kopf. „Dann vielleicht Florian? Robbie hat ihn gestern Abend ja ziemlich niedergemacht. Oder Dominik? Immerhin hat er sich mit ihm geprügelt."

Dominik und Florian sahen bestürzt drein.

„Jetzt hör schon auf Pia." Doch im Grunde genommen waren es genau die Befürchtungen, die ich seit heute Morgen hegte.

„Und wer sagt eigentlich, dass du es nicht warst?", fuhr sie fort, und ich bemerkte, dass Dominik und Florian mich aufmerksam beobachteten.

„Weil ich es nicht gewesen bin." Ich wusste, dass das bescheuert klang, doch eine überzeugendere Antwort fiel mir auf die Schnelle nicht ein.

„Ja, und ich war es auch nicht."

„Ich ebenfalls nicht", stimmte Florian ihr zu, und auch Dominik verneinte vehement.

„Mann, Leute." Irgendwie hatte ich das Gefühl, auf verlorenem Posten zu kämpfen. „Jetzt kriegt euch mal wieder ein. Ich verdächtige keinen von euch. Ich wollte nur sagen, dass es nicht unbedingt Hannes gewesen sein muss."

„Entschuldige mal, du hast doch Hannes überhaupt erst ins Spiel gebracht."

Ich seufzte laut. „Ja, und aus meiner Sicht ist er auch immer noch am verdächtigsten. Wir haben ihn beleidigt, er war stinksauer auf uns, vor allem auf Robert. Hannes kennt die Gegend wie seine Westentasche, und ich würde ihm den Mord auch sofort zutrauen."

„Eigentlich war er ja hauptsächlich auf Robert wütend", meinte Dominik, und ich hatte das Gefühl, dass er das Gespräch absichtlich in eine andere Richtung lenkte. Weg von den gegenseitigen Verdächtigungen, die im Raum standen. „Er hat sich an ihm gerächt und ist vielleicht schon längst über alle Berge. Zumindest haben wir heute den ganzen Tag nichts und niemanden gesehen oder gehört."

„Das stimmt allerdings", gab Florian ihm recht.

„Und warum hat er dann die Brücke manipuliert?", entgegnete ich.

„Keine Ahnung. Vielleicht, um uns eines auszuwischen? Damit wir noch länger in dem Wald bleiben müssen? Und er ist über die andere Seite des Berges entkommen."

„Gut möglich." Müde rieb ich mir die Augen. Ich war erschöpft. „Lasst uns hierbleiben, wo wir Wasser haben. Hoffen wir, dass das Wetter hält, und morgen können wir dann weiter nach dem Weg suchen."

Pia warf mir einen bösen Blick zu, dann setzte sie sich auf ihren Rucksack und stützte grimmig ihren Kopf in die Hände.

„Ich hol Holz für das Lagerfeuer", sagte Florian und marschierte ohne ein weiteres Wort los.

„Ich helfe dir dabei", rief ich ihm nach. Bevor ich ihm folgen konnte, sah mich Dominik an, und ein leichtes Lächeln huschte über seine Lippen. Ich wusste nicht, ob es aufmunternd gemeint war oder triumphierend, dass er uns zum zweiten Mal in den Wald gelockt hatte.

22

Die Stimmung war immer noch angespannt, als wir das Lagerfeuer entzündeten. Pia grollte vor sich hin, während sich Dominik erneut völlig in sich zurückgezogen hatte. Seit unserer Diskussion hatte er kein weiteres Wort mehr verloren. Florian saß an der Feuerstelle und schnitzte drei neue Pfeile. Den Bogen hatte er griffbereit neben sich liegen.

Ich holte vier Dosen Linseneintopf aus Pias Rucksack und öffnete sie mit Hilfe meines Taschenmessers. Als ich den Inhalt erblickte, fragte ich mich ernsthaft, ob diese Pampe überhaupt genießbar war. Allerdings hatte ich Hunger und hätte vermutlich noch ganz andere Sachen gegessen. Ich stellte die Dosen in die Glut und verbrachte die nächsten Minuten schweigend.

Irgendwann fing es zu tröpfeln an, und Pia wurde fast hysterisch. Ich muss gestehen, dass ich in diesem Moment selbst kurz davor war, die Nerven zu verlieren. Völlig durchnässt die Nacht unter freiem Himmel verbringen zu müssen war nicht unbedingt das, was ich nach der heutigen Aufregung jetzt auch noch brauchte.

Doch wir hatten Glück, und das Tröpfeln war so schnell wieder vorbei, wie es gekommen war. In der Ferne hörten wir Donnergrollen. Das Gewitter war an uns vorbeigezogen. Erleichtert atmete ich auf.

Das sind die Berge, dachte ich. Ein Unwetter konnte fast aus heiterem Himmel über einen hereinbrechen, doch genauso rasch konnte es auch wieder abdrehen.

Wir vertilgten den Linseneintopf, der zu meinem Erstaunen recht brauchbar schmeckte, auch wenn ich nach meiner Portion noch Hunger hatte. Oder schmeckte einfach alles gut, wenn einem der Magen knurrte? Pia hatte mir mein Misstrauen offenbar verziehen, denn sie gab mir eines ihrer Sweatshirts, als die Dunkelheit einsetzte und ich zu frieren begann.

Wir saßen um das Lagerfeuer herum, das leise vor sich hin knisterte. Florian warf regelmäßig Zweige nach. Der Wald um uns herum wirkte noch bedrohlicher als gestern, und die Schatten der Bäume tänzelten im flackernden Schein des Feuers. Doch solange das Feuer brannte, saßen wir zumindest nicht im Dunkeln. Die Wärme, die von den Flammen ausging, war wohlig und angenehm.

Ich schlang meine Arme um die Beine und starrte in den wolkenverhangenen Nachthimmel.

„Woran denkst du?", fragte Pia.

„Hm?" Ich drehte meinen Kopf in ihre Richtung. „Ach, an nichts Bestimmtes. Ich freu mich nur darauf, wenn ich wieder daheim bin."

„Das kannst du laut sagen. Am meisten vermisse ich mein warmes Bett."

„Oh ja", sagte ich und stieß theatralisch einen Seufzer aus. „Mich jetzt in mein Bett zu kuscheln und nebenbei noch ein bisschen Musik zu hören, das wär's."

Verträumt sahen wir uns an und mussten beide grinsen.

„Also ich vermisse meine Playstation", sagte Florian.

„Was ist mit dir, Dominik?“, wollte ich wissen.

Er zuckte mit den Schultern. „Keine Ahnung.“

„Wie keine Ahnung?“, meinte Pia. „Irgendwas musst du doch auch vermissen.“

Dominik presste die Lippen zusammen. Erst nach einer Weile antwortete er: „Es ist nichts, was im Moment von Bedeutung wäre. Daher keine Ahnung.“

Pia hakte weiter nach, aber er ließ sich nicht näher dazu aus.

Ich legte meine Stirn in Falten. Was meinte er mit seinen Worten? Sie klangen so sonderbar, fast schon wehmütig, doch gleichzeitig machten sie mir Angst. Was hatte Dominik nur zu verbergen? Welches Geheimnis schleppte er mit sich herum? Hatte es etwas mit Roberts Tod zu tun, oder taten sich in seinem Inneren noch ganz andere Abgründe auf?

Ich dachte an den Brückeneinsturz zurück und daran, dass Dominik verzweifelt versucht hatte, mir zu helfen. Konnte es wirklich sein, dass er nur so getan hatte, um den Verdacht von sich zu lenken?

Nein, dachte ich, seine Reaktion heute Mittag kann unmöglich gespielt gewesen sein. Aber warum war er dann immer so schweigsam? Warum hielt er jeden auf Distanz und ließ niemanden an sich ran?

Irgendwie wurde ich aus ihm nicht richtig schlau, und manchmal kam es mir so vor, als schlummerten in ihm zwei Seelen; eine mit einer guten und eine mit einer dunklen Seite. Die Frage war nur, welche von beiden überwog.

„Stimmt es, dass du aus Norddeutschland kommst?“, startete ich einen weiteren Versuch, ihn in ein Gespräch zu verwickeln.

Zu meinem Erstaunen antwortete er recht offen: „Ja, aus Bremerhaven.“

„Aus Bremerhaven?“, wiederholte ich und erinnerte mich, dass die Menschen aus dem Norden den Ruf hatten, recht kühl und zurückhaltend zu sein. Vielleicht war Dominik ja deswegen so seltsam drauf.

„Hast du schon immer dort gelebt?“

„So gut wie. Ursprünglich bin ich aus Berlin, zumindest wurde ich dort geboren. Als ich zwei war, sind wir dann nach Bremerhaven gezogen. Ich bin ehrlich gesagt froh, dass ich dort aufgewachsen bin und nicht in Berlin. Die Stadt ist mir einfach zu hektisch.“

„Und warum bist du nach München gezogen?“

„Nun ja“, druckste er herum. „Ging nicht anders.“

„Wieso?“

„Manchmal hat man einfach keine andere Wahl.“

Was sollte denn das nun schon wieder heißen? Warum hatte er keine andere Wahl gehabt, als nach München zu ziehen? Ich stellte fest, dass er erneut ausweichend antwortete und in Rätseln sprach.

„Und wie gefällt's dir hier?“, ging Florian dazwischen, der mit Dominiks undurchsichtiger Art offenbar kein Problem hatte.

„Ist eigentlich ganz okay“, antwortete er. „Die Landschaft ist schöner als im Norden. Allerdings vermisse ich manchmal die raue Luft der Nordsee und den Geruch nach Meer.“

„Hey, du vermisst ja doch etwas.“ Florian strahlte, als hätte er ihm gerade sein größtes Geheimnis entlockt, und ich bemerkte, dass Dominik lächelte.

„Sieht so aus. Aber im Ernst, das Föhnwetter hier macht mir teilweise ziemlich zu schaffen.“

„Geht mir genauso", antwortete Florian. „Jedoch kann man gegen die frische Bergluft nichts sagen, oder?"

„Nein, die ist wirklich gut."

Komisch, dachte ich. Wie gesprächig Dominik sein konnte, sobald er sich mit meinem Bruder unterhielt. Das war mir schon bei unserer Herfahrt im Zug aufgefallen. Lag es möglicherweise an mir, dass er sich sonst so wortkarg verhielt? Hatte ich etwas an mir, das er partout nicht ausstehen konnte? Andererseits musste ihm doch von Anfang an klargewesen sein, dass ich bei diesem Urlaub mit von der Partie war. Robert hatte ihn schließlich genau deshalb mitgebracht, damit wir nicht zu dritt, sondern eben zu viert waren.

Ich konnte mir keinen Reim darauf machen, aber in einem Punkt war ich mir sicher: Ich würde es schon noch herausfinden!

Dominik irritierte mich, keine Frage, doch gleichzeitig war da etwas an ihm, das mein Interesse anzog. Vielleicht war es Neugierde oder auch nur der Reiz des Unbekannten. Egal, was letztendlich meine Motivation sein mochte, ich war fest entschlossen, ihn aus der Reserve zu locken. Ich musste nur den richtigen Zeitpunkt abwarten. Allerdings nicht mehr heute, denn ich war zu k. o. Bis jetzt hatte ich es noch einigermaßen unterdrücken können, doch allmählich spürte ich, dass mein ganzer Körper schmerzte und nach Erholung schrie. Ich dachte an den harten Waldboden gestern zurück, und mir graute vor der bevorstehenden Nacht. Zumal ich noch nicht einmal mehr meinen Schlafsack hatte.

Nicht nur ich konnte die Augen kaum mehr offenhalten, und so beschlossen wir, uns schlafen zu legen. Pia breitete ein großes Handtuch als Unterlage auf dem Boden aus und öffnete ihren Schlafsack zu einer Decke, damit wir beide darunter passten.

„Danke", sagte ich zu ihr.

„Meinst du etwa, ich lass dich erfrieren?"

„Du bist mir also nicht mehr böse?"

„Wegen vorhin?" Sie schüttelte den Kopf. „Natürlich nicht. Du bist und bleibst meine beste Freundin."

„Ich wollte dich wirklich nicht verdächtigen."

„Vergiss es einfach. Wir sind wohl alle ein bisschen angespannt."

„Ja."

Ich verschwand noch einmal zum Pinkeln zwischen den Bäumen. Es war fast stockdunkel, nur das Lagerfeuer in der Ferne spendete ein schwaches Licht. Das Zwitschern der Vögel und Summen der Insekten war längst verstummt, und eine gespenstische Ruhe lag über dem Wald.

Ob unser Verfolger in der Nähe war?

Ein mulmiges Gefühl überkam mich.

Als ich zurückkehrte, lag Pia bereits unter der Decke. Florian und Dominik schienen zu schlafen. Das Lagerfeuer in der Mitte unseres Rastplatzes würde nicht mehr lange brennen, und dann lägen wir erneut in völliger Finsternis.

Irgendwie hatte ich mir unseren Abenteuerurlaub anders vorgestellt.

Hoffentlich hält zumindest das Wetter heute Nacht, betete ich in Gedanken und ging zu meinem beziehungsweise Pias Schlafsack. Auf halben Weg zog ein seltsamer Lichtfleck meine Aufmerksamkeit auf sich, und ich blieb stehen. Es war nicht das Feuer, sondern kam aus der Richtung, wo Dominik und Florian lagen.

„Schläfst du schon, Flo?", flüsterte ich, erhielt jedoch keine Antwort. „Flo?"

Ich schlich zu ihm hinüber, um die anderen nicht zu wecken. Florian hatte sich tief in seinem Schlafsack verkrochen und das obere Ende bis über den Kopf gezogen. Der Lichtschein wurde heller.

Als ich direkt über ihm stand, wurde mir klar, was das Licht war. Es war die Beleuchtung eines Handydisplays.

„Hey, warum bist du noch wach?", sagte ich und hob den Schlafsack an.

Florian zuckte erschrocken zusammen und ließ das Handy fallen.

„Tut mir leid. Ich dachte, du hättest mich gehört."

Er japste nach Luft. „Oh Mann, jag mir doch nicht so einen Schrecken ein."

„Kannst du nicht schlafen?"

„Was?"

„Na, vorhin warst du doch so müde. Aber jetzt spielst du noch mit deinem Handy."

„Ach so, ja … Konnte nicht einschlafen."

Hastig griff er nach dem Smartphone und schob es unter den Schlafsack.

„Hast du was zu verbergen? Komm schon, was spielst du gerade?"

„Nichts. Gute Nacht."

Sein Verhalten machte mich stutzig. Warum reagierte er so abweisend? Als ob ich ihn bei irgendetwas erwischt hätte.

Dann erkannte ich im Schein des Feuers, dass es nicht Florians Handy war, das er in seiner Hand versteckt hielt. Es war ein iPhone.

Roberts iPhone.

23

„Wo hast du das her?", wollte ich wissen.

„Nirgends."

„Erzähl keine Lügen. Das ist Roberts iPhone."

„Quatsch."

Ich riss ihm das Handy aus der Hand.

„Gib es mir sofort wieder zurück", schrie er, doch ich stieß ihn von mir.

Ich schaltete das Handy an, und ein Foto von Pia erschien als Hintergrundbild. Es gehörte definitiv Robert.

„Woher hast du das?", wiederholte ich meine Frage, doch Florian schwieg.

Ein ungeheurer Verdacht beschlich mich, und ich starrte meinen Bruder entsetzt an. Florians Freunde hatten alle iPhones, und ich wusste, dass er selbst nur allzu gerne eines hätte. Schon allein deshalb, um dazuzugehören. Doch bis jetzt war es bei dem Wunsch geblieben, denn meinen Eltern war das Gerät schlichtweg zu teuer. Hatte Florian womöglich doch etwas mit Roberts Tod zu tun? Um endlich an das ersehnte iPhone zu gelangen?

„Was schreist du denn hier so rum?", hörte ich Pia hinter mir. Verschlafen sah sie zu uns herüber. Dominik war ebenfalls aufgewacht.

„Weil ich gerade das hier bei Flo gefunden habe", antwortete ich und hielt das Handy in die Luft.

„Und wegen einem Handy machst du so einen Aufstand und weckst uns auf?“

„Das ist Roberts iPhone.“

„Was?“ Mit einem Schlag war Pia hellwach.

Ich wandte mich wieder Florian zu. „Raus mit der Sprache, wo hast du das her?“

Verlegen blickte er zu Boden.

„Von Robert“, murmelte er.

„Und wann hast du es ihm geklaut?“

„Ich hab es nicht geklaut.“

„Ach ja? Und wie nennst du das dann?“

Er zuckte mit den Achseln. „Hab’s mir nur ausgeliehen.“

„Ausgeliehen?“, wiederholte ich und zog die Augenbrauen hoch.

„Ja.“

„Und wann genau hast du es dir ... ausgeliehen?“

„Heute Morgen“, antwortete er zerknirscht. „Als wir Robert gefunden haben. Ihr habt euch umgedreht und seid zum Lager zurückgegangen. Da hab ich es ihm schnell aus der Tasche gezogen.“

„Sag mal, hast du sie noch alle?“

„Was denn?“, verteidigte er sich. „Er ist tot, er braucht es doch nicht mehr.“

Ich fasste es nicht. Robert war erschlagen worden, aber Florian hatte nichts Besseres zu tun, als ihm das Handy abzunehmen.

„Damit hat er allerdings recht“, meinte Dominik.

„Womit?“ Gereizt drehte ich mich zu ihm um.

„Dass Robert es nicht mehr braucht.“

„Geht’s noch? Florian klaut ein Handy, und du verteidigst ihn auch noch?“

„Ich sag ja nicht, dass es richtig war, aber trotzdem braucht Robert es nicht mehr." Seine Stimme klang ruhig und sachlich.

Ich schüttelte sprachlos den Kopf. Warum mischte er sich überhaupt ein?

„Robert hat mich gestern nicht gerade nett behandelt", sagte mein Bruder, und es war ihm deutlich anzusehen, dass er sich momentan ziemlich unwohl in seiner Haut fühlte.

„Ach, und deshalb ist es okay, dass du einen Toten bestiehlst?"

„Nein", antwortete er kleinlaut, und seine Schultern sackten nach unten.

„Lass ihn doch", meinte Pia. „Robbie war zu uns allen gemein. Ist doch nur ausgleichende Gerechtigkeit, dass Flo sein Handy bekommt."

Ausgleichende Gerechtigkeit? Ich konnte kaum glauben, was Pia da von sich gab. War es vielleicht auch ausgleichende Gerechtigkeit, dass Robert erschlagen worden war?

„Es ist spät, und wir sind alle müde", sagte Dominik. „Es ist momentan nicht der richtige Zeitpunkt für derartige Diskussionen. Lasst uns eine Nacht darüber schlafen und morgen Früh in aller Ruhe reden, okay?"

Ich starrte die drei der Reihe nach an. Hatten sie sich jetzt alle gegen mich verschworen? Allerdings musste ich zugeben, dass ich hundemüde war und momentan tatsächlich keine Lust hatte, mich zu streiten. Egal mit wem oder worüber.

Ich streckte meinem Bruder drohend den Zeigefinger entgegen. „Morgen werden wir beide ein ernstes Wörtchen reden."

Ich ging zu meinem Schlafplatz zurück, verstaute das iPhone in Pias Rucksack und kroch unter die Decke. Innerlich war ich vollkommen aufgebracht.

„Sei nicht so streng zu ihm", flüsterte Pia. „Er ist noch jung."

„Das rechtfertigt aber noch lange nicht, was er getan hat."

„Er hat nur die Gelegenheit ausgenutzt."

„Es war trotzdem nicht richtig von ihm."

„Mag sein, aber das können wir auch morgen noch klären. Ich will jetzt schlafen."

Sie gähnte und drehte sich zur Seite. Sekunden später war sie bereits im Reich der Träume versunken, und ich hörte ihren ruhigen, gleichmäßigen Atem.

Ich lag auf dem Rücken und starrte in die Nacht. Die Glut des Lagerfeuers brannte langsam nieder, bis nur noch ein schwaches, rötliches Leuchten zu sehen war. Finsternis machte sich breit, und hier und da raschelte es leise im Unterholz.

Obwohl ich müde und erschöpft war, konnte ich nicht einschlafen. Tausend Gedanken gingen mir durch den Kopf und ließen mich nicht zur Ruhe kommen. Zu viel war heute passiert. Zuerst Roberts Tod, dann mein lebensgefährliches Erlebnis auf der Brücke und jetzt auch noch der Diebstahl von Roberts iPhone.

Hatte mein Bruder die Wahrheit gesagt, dass er es ihm erst heute Morgen abgenommen hatte? Als Robert bereits tot war? Tief in meinem Inneren glaubte ich ihm. Oder wollte ich die andere Möglichkeit nur nicht wahrhaben?

Ich schloss die Augen und versuchte, an nichts mehr zu denken. Doch so sehr ich mich auch bemühte, es gelang mir nicht. Unruhig wälzte ich mich von einer Seite auf die andere. Der Boden war hart, und ich konnte keine angenehme Schlafposition finden. Irgendwann gab ich es auf.

Aus purer Langeweile zog ich Roberts Handy aus Pias Rucksack.

Die Face ID zur Entsperrung funktionierte mit meinem Gesicht natürlich nicht, daher erschien die Aufforderung zur Eingabe eines Pincodes.

Hm, überlegte ich. Mein Bruder hatte das Gerät vorhin angeschaltet, also konnte der Code nicht allzu schwer zu erraten sein.

Ich dachte an das Foto von Pia als Hintergrundbild und gab ihren Geburtstag ein.

Das iPhone war entsperrt.

Ich prüfte, welche Apps Robert installiert hatte. Es waren hauptsächlich Spiele, wie ich schnell feststellte. Angry Birds war darunter, ein absoluter Klassiker, der auf keinem Handy fehlen durfte. Aber auch Ego-Shooter sowie martialisch angehauchte Spiele wie Infinity Blade.

Ich öffnete Messages, den Kurznachrichtendienst. Obwohl ich wusste, dass es nicht richtig war, in Roberts Handy rumzuschnüffeln – genauso falsch wie Florians Aktion –, siegte doch meine Neugierde.

Eine ganze Liste von Namen tauchte auf, mit denen Robert gesimst hatte. Pia stand ganz oben, aber ich verzichtete darauf, mir den Chat anzuschauen. Einen derartigen Vertrauensbruch würde sie mir nie verzeihen.

Ich scrollte weiter nach unten und hielt plötzlich bei einem Namen inne.

Mark.

Erstaunt riss ich die Augen auf.

Mark?, wunderte ich mich, und ein komisches Gefühl beschlich mich. Robert kannte Mark?

Mein Finger zitterte, als ich auf den Namen tippte und die Unterhaltung der beiden öffnete. Sie bestand lediglich aus zwei Kurznachrichten und war vor drei Wochen datiert, jenem Tag, an dem er mit mir Schluss gemacht hatte.

Mark: *Wette gewonnen, du schuldest mir nen Kasten Bier! Hab Lara flachgelegt!*

Roberts Antwort war kurz und bündig:

Respekt, Alter!

24

Ich glaubte meinen Augen nicht zu trauen. Ich war das Opfer einer perfiden Wette zwischen Mark und Robert geworden? Einer Wette, ob Mark mich ins Bett bringen würde?

Tränen schossen mir in die Augen. Ich hatte Mark über alles geliebt, und jetzt musste ich erkennen, dass er mich nur benutzt hatte.

Eine eisige Hand griff nach meinem Herz und begann, es langsam zu zerquetschen. Ich hatte so lange auf den Richtigen gewartet, mit dem ich mein erstes Mal erleben wollte, und nun stellte sich heraus, dass ich meine Unschuld offenbar an den miesesten Typen weit und breit verloren hatte. Für einen Kasten Bier?

Du gottverdammtes Arschloch, Mark!

Ich fühlte mich so hilflos und ohnmächtig. Unsäglicher Schmerz machte sich in mir breit und raubte mir fast den Verstand. Der Schock saß tief.

Obwohl ich es schwarz auf weiß vor mir hatte, wollte ich nicht glauben, dass Mark mir alles nur vorgespielt hatte, um eine Wette zu gewinnen. Alles sollte eine einzige Lüge gewesen sein? Seine liebevollen Komplimente, unsere innigen Küsse, die Stunden voller Zärtlichkeit? Unsere gemeinsame Nacht? „Du bist mir zu unerfahren", hallten seine Worte in mir wider. „Ich brauche jemanden, der im Bett mehr drauf hat."

Mir wurde so schlecht, dass ich mich beinahe übergeben musste.

Nachdem Mark unsere Beziehung beendet hatte, rief ich Pia an, die sofort zu mir eilte. Unter Tränen erzählte ich ihr alles, und sie wurde richtig wütend. Sie war sogar so sauer, dass sie Mark vor versammelter Mannschaft bloßstellte, als wir ihn eine Woche später zufällig auf einer Party trafen. Ich war zu dieser Zeit absolut nicht in Feierlaune und wollte da eigentlich gar nicht hin, doch Pia hatte mich überredet.

„Du brauchst ein bisschen Ablenkung", hatte sie bestimmt und mich einfach mitgeschleift.

Mark war überraschenderweise ebenfalls dort, zusammen mit seiner neuen Freundin. So schnell hatte er mich also vergessen.

Pia nahm ein Glas Cola und schüttete es ihm ins Gesicht. Anschließend stauchte sie ihn derart zusammen, dass die umstehenden Gäste vor Lachen schier zusammenbrachen. Nur ich stand mit steinerner Miene in der Ecke und hätte am liebsten geheult.

Mark verließ schließlich wutentbrannt die Feier. Die Demütigung, die Pia ihm vor all seinen Freunden zugefügt hatte, schien ihn tief getroffen zu haben. Denn bevor er ging, drohte er ihr, dass sie das noch bitter bereuen würde. Als er sich umdrehte, trafen sich unsere Blicke, und seine Lippen formten ein einziges Wort in meine Richtung: „Bitch!"

Ich erkannte ihn nicht wieder.

Beim Rausgehen rempelte er Robert an, der ihn spöttisch angrinste, und Mark ließ seinen geballten Frust an ihm aus. Er zettelte einen Streit an, der in einer handfesten Prügelei endete. Mark hatte gegen den erfahrenen Kampfsportler keine Chance, und so zog er an diesem Abend nicht nur mit einer seelischen Narbe ab.

Jetzt wurde mir auch klar, weswegen sich die beiden Jungs damals geprügelt hatten. Wegen ihrer Wette!

Hämmernde Kopfschmerzen setzten ein, und ich hatte das Gefühl, mein Schädel würde gleich platzen. Seit drei Wochen trauerte ich meiner großen Liebe Mark nach, während dieser wahrscheinlich schon längst den Kasten Bier leergesoffen hatte. Meine Gefühle für ihn waren echt gewesen, doch er hatte nur mit mir gespielt. Er hatte meine Liebe nicht verdient.

Ich musste mit jemandem reden, und zwar auf der Stelle.

„Pia." Ich rüttelte sie an der Schulter. „Pia, wach auf."

Sie murrte, dann drehte sie sich zu mir und sah mich müde an. „Was ist denn jetzt schon wieder los?"

„Schau dir das mal an", sagte ich und hielt ihr das Smartphone entgegen. „Das hab ich auf Roberts Handy gefunden. Die SMS kommt von Mark."

„Hä? Mark? Wovon redest du?"

„Jetzt lies schon."

Pia nahm das Handy und blinzelte verschlafen. Mühsam las sie und richtete sich im nächsten Moment auf.

„Mein Gott", stammelte sie. „Eine Wette? Das Ganze war nur eine Wette?"

Ich nickte, und Tränen liefen mir über die Wangen.

„Lara." Pia sah mich mitleidig an und nahm mich in die Arme. „Es tut mir ja so leid für dich."

Sie drückte mich eng an sich und streichelte mir beruhigend über den Rücken, während in meinem

Inneren alle Dämme brachen. Ich ließ meinen Gefühlen freien Lauf und weinte.

„Er hat mich von Anfang an belogen“, schluchzte ich. „Er hat mir nur was vorgemacht. Und ich Idiot hab ihn auch noch geliebt.“

„Hey, du kannst doch nichts dafür. Wer konnte schon ahnen, dass er gleich so ein Mistkerl ist?“

„Wie konnte er mir das antun? Wie kann jemand nur so gefühlskalt sein?“

„Wenn ich das nur wüsste“, seufzte sie. „Manche Kerle sind einfach so. Ich kann dir ein Lied davon singen.“

Pia kramte in ihrem Rucksack nach einem Taschentuch und reichte es mir. „Hier.“

Ich schniefte und trocknete meine Tränen. „Wie konnte er mich so täuschen? Ich hätte doch was merken müssen.“

„Weil du verliebt warst“, antwortete Pia und strich mir die Haare aus dem Gesicht. „Und Liebe macht bekanntlich blind.“

„Er war mein erster Mann.“

„Ich weiß. Aber mit Sicherheit nicht dein letzter. Also vergiss diesen Mistkerl so schnell wie möglich. Er ist es nicht wert, dass du noch länger über ihn nachdenkst oder ihm sogar nachtrauerst.“

Sie griff nach dem Handy und las erneut die beiden SMS. „Das ist schon ein starkes Stück“, sagte sie kopfschüttelnd. „Also wenn ich mich jemals gefragt habe, ob Timo oder Mark schlimmer gewesen ist, dann weiß ich jetzt die Antwort. Mark toppt sogar noch Timo und Robert zusammen. Das ist wirklich das Allerletzte, was er da mit dir abgezogen hat.“

„Eines sag ich dir", meinte ich und schnäuzte lautstark. „Von den Jungs hab ich erst mal die Schnauze voll."

„Bis dir der Richtige über den Weg läuft", lachte Pia. „Dann wirst du deine Meinung hoffentlich schnell wieder ändern."

„Ich dachte, Mark wäre der Richtige gewesen."

„Tja, das hab ich von Robert und Timo auch gedacht. Und beide haben sich als totaler Fehlgriff herausgestellt. Erinnere dich nur daran, mit wem Timo mich betrogen hat. Ausgerechnet mit der größten Zicke unserer Klasse. Was er an der so toll gefunden hat, versteh ich bis heute nicht." Sie stieß einen tiefen Seufzer aus. „Ich bin wirklich froh, dass du ihn damals auf der Geburtstagsparty in flagranti mit dieser Tussi erwischt hast. Wer weiß, mit wie vielen er hinter meinem Rücken sonst noch rumgemacht hätte."

Das stimmt, dachte ich, wenngleich es eigentlich Robert war, der mir den entscheidenden Hinweis gegeben hatte. Zuerst glaubte ich ihm kein Wort, denn Robert hatte selbst schon länger ein Auge auf Pia geworfen. Ich tat es als einen Versuch von ihm ab, Pia und Timo auseinanderzubringen. Doch als ich auf der Suche nach der Toilette die Badtür mit der des Schlafzimmers verwechselte, sah ich mit eigenen Augen, wie Timo sich mit der anderen vergnügte.

Pia nahm meine Hände und sah mich eindringlich an.

„Wahrscheinlich sind das einfach Erfahrungen, die man machen muss. Ich kann dir gar nicht sagen, wie leid es mir tut, was du momentan wegen Mark durchmachst. Es gibt einfach bescheuerte Kerle, und Mark gehört eindeutig dazu. Aber es gibt auch nette Jungs, und ich bin mir sicher, dass du irgendwann genau so einem begegnen wirst."

„Meinst du?", schniefte ich.

„Na, klar. Du bist eine ganz Süße, Lara. Und die beste Freundin, die man sich nur wünschen kann."

Trotz meiner Traurigkeit musste ich lächeln. Pias Worte taten gut. Wahrscheinlich hatte sie sogar recht, wenngleich mein gebrochenes Herz noch etwas anderes sagte.

„Danke. Ich bin wirklich froh, dass ich dich habe." Ich biss mir auf die Lippen. „Seit drei Wochen habe ich das Gefühl, dass mein Leben vorbei ist, und Robert wusste all die Zeit Bescheid."

„Er hat mir genauso etwas vorgemacht. Hätte ich gewusst, was er und Mark mit dir abgezogen haben, dann hätte ich auf der Stelle mit ihm Schluss gemacht."

„Vielleicht sollten wir unsere Strategie in Bezug auf Jungs ändern", schlug ich vor, und Pia lachte.

„Gute Idee. Wenn du einen Plan hast, gib mir Bescheid. Und bis dahin lassen wir uns von keinem Typen mehr die Stimmung vermiesen. Abgemacht?"

„Abgemacht", sagte ich und rieb mir die Augen.

„Müde?", fragte Pia, und ich bejahte. „Meinst du, du kannst einschlafen?"

„Ich denke schon. Zumindest bin ich mittlerweile so erschöpft, dass ich kaum mehr klar denken kann."

Wir legten uns hin, und Pia zog die Decke über uns.

„Weißt du noch, was du gestern zu mir gesagt hast, nachdem Robbie mich geschlagen hat?" Pia sah mich an, doch in meinem Kopf war nur noch eine gähnende schwarze Leere. Ich konnte mich an nichts mehr erinnern.

„Du meintest, dass die Welt morgen schon wieder ganz anders aussieht. Das Gleiche gilt auch für dich."

„Ich hoffe es."

Ich wünschte ihr eine gute Nacht. Bevor ich mich wieder hinlegte, warf ich einen Blick zu Dominik und Florian hinüber. Sie lagen ruhig da, schienen zu schlafen. Oder taten sie nur so? Hatten sie unser Gespräch gerade mitbekommen?

Ich drehte mich zur Seite. Vor meinem geistigen Auge tauchte Mark auf, und schlagartig wich meine Trauer einer unbändigen Wut.

25

Die Albträume, die ich in dieser Nacht hatte, waren noch schlimmer als in der zuvor. Ich träumte, dass ich auf der Brücke stand und von Mark in den Höllenfluss gestoßen wurde, während Robert danebenstand und lachte. Ich stürzte unendlich lange in die Tiefe, ohne jemals auf dem Boden aufzukommen.

Irgendwann schreckte ich hoch.

Im ersten Moment war ich vollkommen orientierungslos und benötigte mehrere Sekunden, bis ich mich wieder zurechtgefunden hatte.

Die Sonne war bereits aufgegangen, auch wenn sie hinter der dichten Wolkenwand nicht zu sehen war. Es war frisch, und ein leichter Wind blies durch die Bäume. Hannes hatte recht damit gehabt, dass sich das Wetter verschlechtern würde.

Ich streckte mich, um meine Müdigkeit loszuwerden, und spürte, dass mir jeder einzelne Muskel wehtat. Sollte ich noch eine Nacht auf diesem harten Waldboden verbringen müssen, dann würde ich mich am nächsten Tag gar nicht mehr bewegen können. Mehr denn je sehnte ich mich nach meinem weichen Bett.

Ich vernahm Stimmen und richtete mich auf. Die anderen drei saßen etwas abseits von mir zusammen, unterhielten sich leise und frühstückten.

Seit wann waren sie schon wach?

Ich brauchte eine Weile, bis ich erleichtert realisierte, dass wir alle die Nacht überlebt hatten. Unser unbekannter Verfolger hatte nicht erneut zugeschlagen, und ich begann allmählich ernsthaft daran zu zweifeln, dass er immer noch hinter uns her war. Wahrscheinlich hatte er nach dem Mord an Robert längst das Weite gesucht. Und falls es doch einer aus unserer Gruppe gewesen sein sollte, hatte er es zumindest heute Nacht nicht gewagt, einen von uns anzugreifen. Wir hatten einen Tag gewonnen, und ich war fest entschlossen, ihn zu nutzen und endlich den Fängen des Waldes zu entkommen.

„Guten Morgen", rief ich den anderen zu, und Pia kam sofort zu mir geeilt.

„Guten Morgen", sagte sie und setzte sich neben mich. „Wie hast du geschlafen?"

„Nicht so gut", antwortete ich und verzog das Gesicht. Die Verletzung aufgrund Marks SMS war noch nicht verheilt. Es fühlte sich verdammt schlecht an, von jemandem, den man über alles geliebt hatte, so ausgenutzt worden zu sein. „Ich hatte ziemliche Albträume. Von Mark und Robert."

Pia tätschelte meinen Rücken. „Du Arme."

„Aber eines sag ich dir", fuhr ich fort, und meine Wut kochte erneut hoch. „Sollte mir Mark jemals wieder über den Weg laufen, dann kann er aber was erleben. Die Ansprache, die du ihm auf der Party gehalten hast, wird nichts gewesen sein verglichen mit dem, was ich ihm husten werde."

„Da will ich aber unbedingt dabei sein." Belustigt zwinkerte sie mir zu. „Schön zu hören, dass du diesen Mistkerl endlich abgehakt hast."

„Aber sowas von." Ich sah zu den Jungs hinüber. „Wie lange seid ihr schon auf?"

„Ungefähr seit einer Stunde."

„Warum habt ihr mich nicht geweckt?"

„Du hast so friedlich geschlafen. Nach allem, was du gestern durchmachen musstest, dachten wir, wir lassen dich weiterschlafen."

Ich musste zugeben, dass es tatsächlich gutgetan hatte, wenngleich mein Körper immer noch schmerzte.

„Los, komm zu uns rüber und iss was." Pia erhob sich und kehrte zu den anderen zurück.

Florian saß mit hängenden Schultern neben Dominik und warf mir einen verstohlenen Seitenblick zu. Erst jetzt fiel mir wieder ein, was er gestern angestellt hatte. Und irgendwie hatte ich plötzlich Mitleid mit ihm. Mitleid, dass er von Leuten wie Robert drangsaliert wurde, ohne sich dagegen wehren zu können, und dass er wegen seiner Brille teilweise stark eingeschränkt war. Trotzdem versuchte er immer, das Beste aus allem zu machen, und ließ sich nicht unterkriegen. Ich liebte meinen Bruder für seine ansteckende Fröhlichkeit, und als seine große Schwester hatte ich irgendwie das Gefühl, für ihn verantwortlich zu sein und ihn beschützen zu müssen.

Einen kurzen Moment überlegte ich, dann nahm ich Roberts Handy und löschte sämtliche SMS. Anschließend ging ich zu Florian, der seinen Kopf gesenkt hielt.

„Hey", sagte ich zu ihm. „Ich glaube, ich habe gestern ein wenig überreagiert. Dafür möchte ich mich bei dir entschuldigen."

Nicht nur Florian sah verdutzt auf. Offenbar hatte er erwartet, dass ich ihm gehörig die Meinung sagen würde, aber mit Sicherheit keine Entschuldigung.

„Äh ...?", stammelte er.

Ich hielt ihm das iPhone entgegen. „Hier. Wenn du es immer noch haben willst."

Florian klappte die Kinnlade nach unten, und er starrte mich vollkommen verdattert an.

„Nimm es. Es gehört dir. Du hattest recht, Robert braucht es jetzt nicht mehr."

Und außerdem schuldet er mir was, fügte ich in Gedanken hinzu.

„Ist das dein Ernst?"

„Klar. Viel Spaß damit."

Zögernd nahm er das Handy entgegen. Erst allmählich wurde ihm klar, dass ich ihn nicht auf den Arm nahm, und seine Miene hellte sich schlagartig auf.

„Danke", sagte er und hielt das iPhone fast schon ehrfürchtig in seinen Händen.

Während Pia verstand und mir ein Nicken zuwarf, fragte Dominik verwundert: „Woher kommt dieser plötzliche Sinneswandel?"

Also hatte er gestern Abend doch nicht gelauscht.

„Ist doch egal", antwortete ich. Dominik mochte seine Geheimnisse haben, ich hatte meine.

Ich schnappte mir ein Brot, bestrich es mit der Erdbeermarmelade, die wir mitgenommen hatten, und biss herzhaft hinein.

„Und wie sieht der Plan für heute aus?", wollte ich wissen und sah mit gemischten Gefühlen zum wolkenverhangenen Himmel hoch. „Das Wetter sieht gar nicht gut aus."

„Deshalb sollten wir schleunigst den Weg zu der Hütte finden", antwortete Dominik.

„Tolle Idee", meinte Pia sarkastisch. „Genau das versuchen wir ja auch erst seit zwei Tagen."

„Hast du eine bessere Idee?"

Sie schüttelte den Kopf.

„Wenn wir nur wüssten, in welche Richtung es geht", sagte Florian. „Wir haben noch nicht einmal eine ungefähre Ahnung, wo wir sind."

Ich blickte mich um. „Also gestern sind wir aus dieser Richtung gekommen. Wir könnten es heute mal dort drüben versuchen."

Die anderen stimmten zu, vermutlich schon allein deshalb, weil sie es selber nicht besser wussten.

Trotz des drohenden Regens ließen wir uns viel Zeit mit dem Frühstück. Ich glaube, wir waren alle ziemlich erschöpft, und niemand von uns hatte Lust, noch weiterzugehen. Doch wir hatten keine andere Wahl. Wenn wir hierblieben, liefen wir Gefahr, einem Unwetter schutzlos ausgeliefert zu sein. Wir mussten die Hütte finden.

Gegen halb zehn brachen wir auf. Ich nahm zuerst Pias Rucksack, und er kam mir noch schwerer vor als gestern, obwohl er in der Zwischenzeit sogar um einige Dosen leichter geworden war.

Schweigend gingen wir hintereinander her, während das Wetter sich zunehmend verschlechterte. Dicke, schwarze Wolken türmten sich am Firmament auf, und in der Ferne war Donnergrollen zu hören. Es war grau und trüb und die Luft elektrisch aufgeladen. Noch einmal würden wir wahrscheinlich nicht so viel Glück haben, dass das Gewitter an uns vorbeizog.

Ich konzentrierte mich auf die Umgebung und suchte fieberhaft zwischen den Bäumen nach dem Weg, der uns zur Hütte und damit vorerst in Sicherheit führen würde. Doch moosbewachsene Bäume, Farne und dunkle Felsen waren alles, das ich entdecken konnte. Von dem Weg war weit und breit nichts zu sehen.

Zwischendurch mussten wir eine kurze Pause einlegen, weil ich einen Krampf in meinem Fuß bekam. Ein stechender Schmerz schoss durch meine Wade. Ich ließ mich zu Boden fallen, und Pia drückte meinen Fuß nach vorne, bis der Krampf allmählich wieder nachließ. Florian kramte in seinem Rucksack nach einem Traubenzucker und gab ihn mir.

Das Donnergrollen wurde lauter, und ein greller Blitz durchschnitt die Wolkenwand. Es begann leicht zu tröpfeln.

Verdammt, dachte ich. Irgendwo musste dieser Weg doch sein.

Eilig stülpten wir den Regenschutz über die Rucksäcke und zogen uns Windjacken an. Zumindest die anderen, denn meine lag zusammen mit meinem Rucksack irgendwo auf dem Grund des Höllenflusses. Pia gab mir einen zweiten Pullover von ihr, damit ich zumindest einigermaßen vor dem stärker werdenden Wind geschützt war. Dominik bot mir seine Jacke an, doch ich lehnte sein nett gemeintes Angebot dankend ab. Ich hätte bestimmt zweimal in seine Größe reingepasst.

Die Luft war dampfig und feucht, und meine Haare kringelten sich. Ich hatte Naturlocken, die sich bei der kleinsten Nässe wie um einen imaginären Bleistift aufwickelten. Es war der blanke Horror für jede Haarbürste. Doch meine Frisur war im Moment mein geringstes Problem.

Der Boden wurde mit jedem Tropfen rutschiger, und wir mussten stark aufpassen, dass wir nicht hinfielen. Gerade überquerten wir einen kleinen Hügel und waren auf dem Weg nach unten. Der morastige Untergrund machte den Abstieg zu einer reinen Rutschpartie. Vorsichtig tasteten wir uns voran und hielten uns an den tiefhängenden Ästen fest. Wir waren froh, als wir wieder eine flache Ebene vor uns hatten.

Doch dann versperrte uns eine hohe Felswand den Weg. Wir hätten eine Bergsteigerausrüstung gebraucht, um sie zu überwinden.

Na super, dachte ich, denn ich wusste, dass uns diese Sackgasse sehr viel Zeit bei unserer Flucht vor dem Gewitter gekostet hatte.

Der Weg links an der Felswand vorbei sah uns zu gefährlich aus, ein steiler Abhang mit zig scharfkantigen Felsbrocken. Wir wählten die Route rechtsherum, auch wenn uns diese in die Nähe unseres vorherigen Lagers zurückführte.

Der Regen wurde stärker, und mein Pulli sog sich voll. Ich begann zu frieren.

Der Himmel über uns war mittlerweile kohlrabenschwarz, und es wurde merklich dunkler. Immer öfter blitzte es, gefolgt von lautem Donnergrollen. Das Gewitter war in unmittelbarer Nähe; und wir ihm schutzlos ausgeliefert.

Ich versuchte ruhig zu bleiben und nicht daran zu denken, wie durchnässt wir in wenigen Minuten sein würden. Irgendwie verstand ich unter Urlaub etwas anderes. Für nächstes Jahr nahm ich mir vor, in eine stark belebte Stadt zu fahren. London oder Paris klang gut.

Regen lief mir übers Gesicht, und die Haare hingen strähnig am Kopf. Ein Mal rutschte ich beinahe aus und konnte mich erst im letzten Moment an einem glitschigen Ast festhalten.

„Alles in Ordnung?", fragte Dominik, der sich zu mir umgedreht hatte.

Ich nickte und bemühte mich, mir die aufkommende Verzweiflung nicht anmerken zu lassen. Panik war jetzt das Letzte, das wir gebrauchen konnten.

„Ja, alles okay", antwortete ich.

Im nächsten Moment donnerte es so laut, dass wir alle erschrocken zusammenzuckten. Der Himmel über uns wurde hell erleuchtet, als ein Blitz durch die Wolken schnitt und in der Felswand über uns einschlug. Das Gewitter hatte uns erreicht, und der Regen prasselte erbarmungslos auf uns nieder. Wir blieben stehen und sahen uns ratlos an.

Obwohl ich mir der Ausweglosigkeit unserer Lage vollkommen bewusst war, wollte ich noch nicht aufgeben. Immerhin hatte ich gestern viel Schlimmeres überlebt als ein vergleichsweise harmloses Gewitter.

„Los weiter", sagte ich und ging voran. Pia, Dominik und Florian folgten mir. Mutlos trabten sie hinter mir her, und mit jedem Schritt, den wir zurücklegten, wuchs auch mein Frust. Ich hatte diesen Wald so satt, wollte nur noch weg von hier und ins Trockene.

Und genau in dem Moment, als der Himmel sämtliche Schleusen öffnete und unsere Stimmung am absoluten Tiefpunkt angekommen war, sah ich es.

Keine zehn Meter von uns entfernt tat sich in der Felswand eine Spalte auf. Sie war kaum sichtbar, weil ein riesiger Gesteinsbrocken davor die Sicht versperrte.

„Seht nur", rief ich den anderen zu und deutete in die Richtung. „Dort drüben ist eine Höhle."

Schlagartig erhellten sich unsere Gesichter. Wir liefen zu der Höhle hinüber und drängten uns hinein.

Erleichtert atmete ich auf. Wir waren im Trockenen und hatten damit unser gegenwärtig dringendstes Problem gelöst.

Eine Weile sahen wir dem Gewitter zu, das draußen tobte, und waren heilfroh, noch rechtzeitig Schutz gefunden zu haben. Blitz und Donner wechselten sich im Sekundenrhythmus ab, und es schüttete wie aus Kübeln.

Wir legten unsere Rucksäcke ab und strichen notdürftig die Nässe von der Kleidung. Erst dann sahen wir uns um. Unsere Augen gewöhnten sich nur langsam an die Dunkelheit.

Die Höhle führte etwa zehn Meter in den Berg hinein, und die Decke wurde nach hinten so niedrig, dass man nicht mehr aufrecht stehen konnte.

„Das war wirklich Rettung in letzter Sekunde."

„Kannst du laut sagen", antwortete ich Pia und drang tiefer in die Höhle vor. Doch plötzlich erspähte ich etwas am Boden und blieb abrupt stehen.

„Was, zum Teufel?", stammelte ich und starrte mit zusammengekniffenen Augen auf die dunkle Stelle am Boden direkt vor mir. Es war eine erloschene Feuerstelle.

Dominik ging in die Hocke und hielt seinen Handrücken über die Asche.

„Sie ist noch leicht warm“, stellte er fest und sah mich mit ernster Miene an. Wir wussten beide, was das zu bedeuten hatte.

Jemand war vor kurzem noch hier gewesen. Wir waren nicht allein.

26

Jemand war uns also die ganze Zeit über gefolgt!

Während wir letzte Nacht ahnungslos geschlafen hatten, war unser Verfolger offenbar nicht weit von uns entfernt auf der Lauer gelegen und hatte auf einen günstigen Moment gewartet. Wahrscheinlich hatte er sehnsüchtig gehofft, dass einer von uns erneut die Gruppe verlassen würde, um ihn dann in aller Ruhe töten zu können. Genau wie Robert.

Bei dem Gedanken daran wurde mir ganz anders. Und noch etwas machte mir Angst. Hatte unser Verfolger möglicherweise die Dunkelheit genutzt und weitere Fallen für uns vorbereitet? So wie die Brücke, die mir um ein Haar zum Verhängnis geworden wäre? Ich wirbelte herum.

Wo bist du?

Angestrengt stierte ich durch die dichte Regenwand nach draußen. Es schüttete so heftig, dass der Wald nur noch verschwommen zu sehen war.

Beobachtete er uns in diesem Moment? Oder war es vielleicht sogar Teil seines Plans, dass wir die Höhle fanden und uns in Sicherheit wiegten? Was, wenn wir hier in der Falle saßen?

In meinem Kopf schwirrten so viele Fragen, dass mir schwindelig wurde. Ich holte tief Luft und versuchte, mich wieder zu beruhigen.

Wenngleich mich die Vorstellung ängstigte, dass dort draußen jemand auf uns lauerte, so machte sich trotzdem unendliche Erleichterung in mir breit. Das erloschene Lagerfeuer bewies, dass Roberts Mörder noch immer in unmittelbarer Nähe war, doch es belegte ebenfalls, dass es keiner von uns gewesen war. Weder Florian noch Pia oder Dominik.

Ich rügte mich selbst dafür, dass ich auch nur eine Sekunde lang daran gedacht hatte, dass mein Bruder oder meine beste Freundin etwas mit Roberts Tod zu tun haben könnten. Und ich musste mir ebenfalls eingestehen, dass ich mich in Dominik getäuscht hatte. Was auch immer er für ein dunkles Geheimnis mit sich herumschleppen mochte, er hatte nicht Robert auf dem Gewissen.

Es kann nur Hannes sein, überlegte ich. Der sich an uns rächen will, weil wir uns über ihn lustig gemacht hatten. Doch was für ein Psychopath musste jemand sein, um wegen eines harmlosen Witzes derart durchzudrehen und einen Menschen zu töten? Und wer von uns sollte der Nächste sein?

Erst Dominiks Stimme riss mich wieder aus meinen Gedanken.

„Er kann noch nicht lange fort sein, höchstens ein bis zwei Stunden."

„Um die Zeit sind wir aufgebrochen", sagte Florian, und ich bemerkte, dass seine Stimme leicht zitterte. Vermutlich nicht nur aufgrund der Kälte, die in der Höhle herrschte.

„Mein Gott." Pia war kalkweiß im Gesicht geworden. „Hannes war also doch die ganze Zeit hinter uns her?"

„Sieht ganz so aus", bestätigte Dominik.

Sie schlug die Hände vors Gesicht. „Er hätte heute Nacht den nächsten von uns umbringen können. Wenn wir nicht zusammengeblieben wären ...“

„Ja, das hat uns wahrscheinlich gerettet.“ Dominik blickte nachdenklich drein.

Ich schürzte meine Lippen. „Er ist immer noch da draußen. Was ist, wenn er uns hier in der Höhle angreift?“

„Das bezweifle ich“, entgegnete Dominik. „Wir sind zu viert, ich glaube nicht, dass er das wagen wird. Außerdem, wenn er auf eine offene Konfrontation aus wäre, dann hätte er uns längst angegriffen. Stattdessen folgt er uns seit zwei Tagen heimlich und schlägt aus dem Hinterhalt zu. Denk an Robert. Er hat sich abseits von uns schlafen gelegt und war daher ein leichtes Opfer für ihn.“

„Oder die Brücke“, warf Florian ein.

„Richtig. Unser Verfolger agiert im Verborgenen. Daher dürften wir hier erst einmal in Sicherheit sein.“

„Ich hab trotzdem Angst“, sagte Florian.

„Keine Sorge, uns wird schon nichts passieren“, meinte Dominik und klopfte ihm beruhigend auf den Rücken.

Ich sah zum Höhleneingang hinüber. „Wir müssen auf alle Fälle wachsam sein.“

„Ja.“

„Und was sollen wir jetzt tun?“, wollte Pia wissen. „Sollen wir uns hier verstecken, bis Hannes von sich aus verschwindet?“

„Nun ja, bei dem Regen brauchen wir momentan ohnehin nicht weiterzugehen“, sagte ich. „Ich glaube, es ist das Beste, wenn wir vorerst hierbleiben und abwarten. Zumindest, bis es zu regnen aufgehört hat."

„Das kann doch ewig dauern."

„Und was willst du sonst tun? Dir bei dem Wetter da draußen den Tod holen oder beim nächsten Abhang ausrutschen und abstürzen?"

„Auch wieder wahr."

„Vielleicht verschwindet er freiwillig", meinte Florian, und ich sah ihn fragend an. „Es schüttet aus allen Kübeln. Wir sind im Trockenen, aber Hannes ist bestimmt schon klatschnass. Ich an seiner Stelle würde umkehren und schauen, dass ich schleunigst nach Hause komme."

Da war was dran. Doch irgendwie sagte mir mein Bauchgefühl, dass das lediglich ein verzweifelter Hoffnungsschimmer von uns war. Hannes war noch immer da draußen im Wald, und er wartete nur auf uns.

Wenn es tatsächlich Hannes war, schoss es mir durch den Kopf.

„Das ist doch absoluter Irrsinn", sagte Pia. „Es war doch nur ein blöder Witz, dass er wie Papa Schlumpf aussieht. Deswegen läuft man doch nicht gleich Amok."

Genau darüber dachte ich auch schon die ganze Zeit nach. Aber außer Hannes gab es niemanden, der einen Grund hatte, uns zu töten. Oder etwa doch?

Ich strich mir eine Haarsträhne aus dem Gesicht, und plötzlich kam mir ein schrecklicher Gedanke.

Konnte es sein, dass ...?

Ich schüttelte den Kopf. Nein, unmöglich.

Andererseits ...

Ich biss mir auf die Unterlippe, während es in meinem Kopf dumpf zu dröhnen begann.

„Vielleicht ist es doch nicht Hannes, der hinter uns her ist", sagte ich schließlich tonlos, und die Köpfe der anderen drehten sich in meine Richtung. Ihre verwunderten Blicke verrieten mir genug.

„Wer sollte es denn sonst sein?", wollte Dominik wissen.

Jemand, der einen solchen Hass auf uns hat, dass er uns tot sehen will, antwortete ich innerlich. Zumindest einige von uns.

„Lara, wen meinst du?"

Ich musste schwer schlucken.

„Mark."

27

„Mark?", fragte Dominik. „Wer ist Mark?"

Ich verzog die Mundwinkel. „Mein Ex-Freund. Ein ziemliches Arschloch."

„Aha. Und nur weil er ein Arschloch ist, hat er Robert getötet und will jetzt uns an die Gurgel?"

Er blickte mich skeptisch an, doch Pia geriet ins Grübeln.

„Der Vorfall auf der Party?", fragte sie, und ich bejahte.

„Verdammt, du könntest recht haben."

„Welche Party?", wollte Florian wissen.

„Moment, jetzt mal der Reihe nach", ging Dominik dazwischen. „Lara, wer ist Mark, und warum will er uns töten?"

Ich stieß einen tiefen Seufzer aus, ehe ich antwortete.

„Mark war mein Freund. Wir sind vor etwa eineinhalb Monaten zusammengekommen. Vor drei Wochen hat er dann aus heiterem Himmel mit mir Schluss gemacht." Ich stockte kurz, als ich daran zurückdachte. „Er hat ein ziemlich mieses Spiel mit mir getrieben."

„Inwiefern?"

„Nicht so wichtig", wiegelte ich ab. „Jedenfalls haben Pia und ich ihn eine Woche später zufällig auf einer Party wiedergetroffen. Zusammen mit seiner neuen Freundin."

„Und?"

„Ich hab ihm so richtig die Meinung gegeigt, für das, was er Lara angetan hat", sagte Pia.

„Schön und gut, aber das erklärt noch lange nicht den Mord an Robert."

„Pia hat ihm nicht nur die Meinung gegeigt", erklärte ich. „Sie hat ihn vor versammelter Mannschaft zur Sau gemacht. Und die fanden das alle ziemlich lustig. Jeder, der auf der Party war, hat über ihn gelacht, inklusive seiner Freunde. Ich habe Mark noch nie so wütend gesehen, und er hat Pia und mir geschworen, dass wir das noch bitter bereuen würden. Du hättest seine Augen sehen sollen. Der Blick, den er mir zugeworfen hat, werde ich nie vergessen."

Ich senkte den Kopf. Auch wenn ich mittlerweile wusste, weshalb Mark wirklich mit mir geschlafen hatte, so ließ mich die Erinnerung an die Party noch immer erschaudern. Marks Augen waren so kalt gewesen, ohne jedes Gefühl. Er war an dem Abend vollkommen anders gewesen als die Wochen zuvor. Doch die Zeit, als er mit mir zusammen war, war eine reine Show gewesen. Er hatte eine Rolle gespielt und mich von vorne bis hinten belogen. Nur um mich ins Bett zu bekommen.

„Was ist dann passiert?", fragte Dominik, der offenbar ahnte, dass die Geschichte noch nicht zu Ende war.

„Mark hat die Party wutentbrannt verlassen und beim Rausgehen Robert angerempelt. Er hat einen Streit mit ihm angezettelt, der schließlich in einer handfesten Prügelei endete. Wie du dir wahrscheinlich vorstellen kannst, hatte Mark jedoch keine Chance gegen Robert."

Dominik nickte. Ich denke, er konnte sich die Situation auf der Party damals ziemlich gut ausmalen, denn vor nicht einmal zwei Tagen hatte er sich ja selbst mit Robert geprügelt. Mark hatte sich damals mit ihm geschlagen, um Dampf abzulassen, Dominik hingegen hatte uns beschützt.

„Der Abend war für Mark eine ziemliche Demütigung gewesen", fuhr ich fort. „Zuerst Pia, die ihn vor seinen Freunden und seiner neuen Freundin bloßgestellt hat, und dann auch noch die Niederlage durch Robert. Und Robert hat ihn ziemlich fertiggemacht."

„Verstehe", meinte Dominik und rieb sich nachdenklich das Kinn. „Mark war also verdammt sauer auf euch drei."

„Das ist noch harmlos ausgedrückt."

Es war vielmehr Hass, dachte ich. Blinder Hass. Vor allem Robert gegenüber, denn der hatte ihn ja anscheinend überhaupt erst zu dieser bescheuerten Wette überredet. Die Wette, ob er es schaffen würde, mich flachzulegen.

Ich presste die Lippen zusammen und konnte nur mit Mühe die Tränen unterdrücken. Doch dieses Mal waren es keine Tränen der Traurigkeit, sondern der Wut. Es mochte sein, dass ich bisher in einer Traumwelt gelebt hatte, weil ich mit dem ersten Sex so lange auf den Richtigen gewartet hatte. Doch Mark hatte meine romantische Vorstellung für immer zerstört und mich brutal in die Realität zurückgeholt.

„Also ist es entweder Hannes oder Mark, der hinter uns her ist", fasste Dominik zusammen.

„Ich würde auf Mark tippen", erwiderte ich. „Und ich gehe jede Wette ein, dass er ganz in unserer Nähe ist und nur auf einen günstigen Moment wartet. Mark will Rache. Robert hat er bereits getötet, aber mit Pia und mir hat er noch eine Rechnung offen."

„Du kennst ihn besser als wir", meinte Dominik. „Wir müssen also davon ausgehen, dass er uns weiterhin verfolgt?"

„Mit Sicherheit. Mark kann sehr hartnäckig sein, wenn er etwas unbedingt will."

Wie zum Beispiel einen Kasten Bier.

„Gut, dann stellen wir uns darauf ein."

„Und wie?", wollte Pia wissen.

„Ja genau, wie?", fragte Florian.

„Wir wissen jetzt, mit wem wir es zu tun haben, und sind entsprechend gewarnt. Er ist allein, wir hingegen zu viert und im Schutz der Höhle. Das Wichtigste ist im Moment, dass er uns nicht überrascht."

„Du meinst, wir sollen Wache halten?"

„Ja. Wir dürfen den Höhleneingang nicht aus den Augen lassen, vor allem nicht nachts. Ich schlage vor, dass wir uns abwechseln."

„Gute Idee", antworteten wir gleichzeitig.

Er deutete auf den Felsbrocken direkt vor dem Höhleneingang.

„Der Fels sollte genügend Schutz bieten, um uns dahinter verstecken zu können und trotzdem alles im Blickfeld zu haben, was draußen vor sich geht."

Ich atmete ein Mal durch. Die Vorstellung, dass ich heute Nacht hinter diesem Gesteinsbrocken kauern und die Dunkelheit nach Mark absuchen würde, machte mir Angst. Noch vor drei Wochen hatte ich ihm blind vertraut und ihn so nah an mich herangelassen wie noch niemanden zuvor. Und jetzt war plötzlich alles anders. Zusammen mit meinem Bruder, meiner besten Freundin und Dominik war ich vor ihm auf der Flucht. Robert hatte er bereits getötet, und auf der Brücke wäre ich beinahe sein nächstes Opfer geworden.

Mein einstiger Traum von der großen Liebe hatte sich jäh in einen Albtraum verwandelt, aus dem es scheinbar kein Entrinnen gab.

„Wenigstens war er so nett und hat uns Feuerholz dagelassen", sagte Dominik und riss mich damit aus meiner Grübelei.

„Was?"

„Die Äste und Zweige dort drüben", antwortete er. „Das dürfte für den restlichen Tag und die Nacht reichen."

„Dann lasst uns mal ein Feuer machen", schlug Florian vor. „Mich fröstelt es nämlich langsam."

Mark schien einen halben Baum in die Höhle geschleppt zu haben, doch ich war ihm ausnahmsweise dankbar dafür. Es dauerte nur ein paar Minuten, dann saßen wir um das Lagerfeuer herum und wärmten uns auf. Den Eingang ließen wir dabei keine Sekunde lang aus den Augen.

Die Zeit verstrich, und wir richteten es uns so gut wie möglich in der Höhle ein. Zwischendurch aßen wir ein paar belegte Brote und füllten unsere Wasserflaschen auf, indem wir sie in den Regen raus stellten. Allmählich entspannten wir uns etwas.

Das Gewitter hatte sich in der Zwischenzeit wieder verzogen, doch noch immer schüttete es, und es sah auch nicht danach aus, als ob es so bald nachlassen würde. Ich hoffte nur, dass wir nicht tagelang hier festsitzen würden.

Irgendwann brach schließlich die Dämmerung an, und mit der Dunkelheit kehrte die Angst zurück. Die Angst vor Mark und dass er uns im Schlaf überraschen und töten könnte.

28

Draußen war es stockfinster. Der Wald war hinter einer schwarzen Wand verborgen, und man konnte keine zwei Meter weit sehen. Nur das monotone Prasseln des Regens war zu hören.

Ich saß am Lagerfeuer und war froh, dass wir die Höhle gerade noch rechtzeitig entdeckt hatten und jetzt nicht klatschnass irgendwo im Freien campieren mussten.

Pia hielt in ihren Schlafsack eingewickelt Wache. Florian leistete ihr Gesellschaft und war in ein Gespräch mit ihr vertieft. Im Gegensatz zu Pia, die vergeblich ihren ängstlichen Gesichtsausdruck zu verbergen versuchte, lächelte er unentwegt.

Während ich die beiden beobachtete, beschlich mich das Gefühl, dass mein Bruder heimlich in Pia verliebt sein könnte. Die Anzeichen dafür mehrten sich jedenfalls. Die Art, wie er sie ansah, ständig ihre Nähe suchte und ihr in den letzten Tagen bei Diskussionen zur Seite gesprungen war.

Die nächste unerfüllte Liebe, seufzte ich innerlich, denn ich kannte Pias Geschmack, und Florian passte ganz sicher nicht in ihr Beuteschema. Nicht nur, dass er zu jung für sie war, er hatte auch nicht das sportliche Aussehen eines Robert oder Timo, auf das sie stand.

Armer Flo, dachte ich und wandte meinen Blick von ihm ab.

Dominik hatte sich ans niedrige Ende der Höhle zurückgezogen und saß mit geschlossenen Augen an die Wand gelehnt da. Ich fragte mich, was wohl gerade in ihm vorgehen mochte.

Obwohl er nur ein dünnes Sweatshirt anhatte, unter dem sich sein muskulöser Oberkörper abzeichnete, schien er nicht zu frieren.

Er musste wirklich viel Kampfsport treiben, um derart auszusehen, stellte ich fest und betrachtete ihn interessiert. Die blonden Haare fielen ihm neckisch in die Stirn.

Warum ist er nur so in sich gekehrt?, wunderte ich mich zum wiederholten Male. Mit seinem Traumbody könnte er ein absoluter Frauenschwarm sein, doch stattdessen mied er jede Form von Gesellschaft. Was für ein Geheimnis verbarg er?

Es gab nur eine Möglichkeit, es endlich herauszufinden. Ich ging zu ihm hinüber.

„Darf ich mich zu dir setzen?“

Dominik sah auf, und ein schwaches Lächeln huschte über seine Lippen.

„Klar“, antwortete er und rutschte ein Stück zur Seite, damit ich auf dem Schlafsack Platz hatte.

„Worüber denkst du nach?“, wollte ich wissen.

„An nichts Bestimmtes.“

Er weicht schon wieder meinen Fragen aus, dachte ich und war mir sicher, dass er nicht nur irgendwelchen Gedanken nachhing. Schweigen machte sich zwischen uns breit.

„Danke übrigens noch mal, dass du mir gestern auf der Brücke geholfen hast“, startete ich nach einer Weile einen erneuten Versuch. „Das war ziemlich mutig.“

„Findest du?“

„Natürlich. Du hättest abstürzen können.“

„Genau wie du.“

„Ja“, meinte ich. „War ziemlich knapp.“

Er schmunzelte. „Ich schätze, gestern war nicht unbedingt dein bester Tag, hm?“

„Kann man so sagen.“ Und dabei wusste er noch nicht einmal von der SMS und der Wette.

„Ich bin froh, dass du noch lebst“, sagte Dominik, und ich sah ihn überrascht an. „Und Florian glaub ich auch“, fügte er rasch hinzu, als er meinen Blick bemerkte. „Dein Bruder ist übrigens ein echt netter Kerl.“

Ich lächelte. „Ja, das ist er.“

„Versteht ihr euch gut?“

„Ja, ziemlich gut sogar.“

„Das ist schön.“

Er sah mich mit seinen stahlblauen Augen an, die mich geradezu magisch in ihren Bann zogen. Sie strahlten eine sanfte Wärme aus, wurden jedoch gleichzeitig von diesem seltsamen Schimmer bedeckt, der mich schon bei unserer ersten Begegnung irritiert hatte. Ich konnte meinen Blick nicht von ihm abwenden. Und je länger ich ihn ansah, umso mehr wurde mir bewusst, dass dieser Schimmer von nichts Bösem oder Gefährlichem genährt wurde, sondern vielmehr von einer wehmütigen Traurigkeit. Das beklemmende Gefühl, das ich anfangs in seiner Gegenwart teilweise verspürt hatte, wich schlagartig einem tiefen Mitgefühl, wenngleich ich nicht wusste, weshalb. Was auch immer er tief in seiner Seele verbarg, es war nichts, vor dem ich mich fürchten musste.

Ich schlang meine Arme um den Oberkörper.

„Ist dir kalt?“

„Ein bisschen.“

Dominik sprang auf und lief zu seinem Rucksack. Kurz darauf war er wieder bei mir.

„Hier“, sagte er und reichte mir einen Pullover.

„Danke.“ Ich schlüpfte in das viel zu große Kleidungsstück. Aber es war warm und trocken, und das war alles, das in unserer momentanen Situation zählte.

„Hast du eigentlich Geschwister?“, erkundigte ich mich.

„Nein“, antwortete er und blickte betrübt zu Boden. „Nein, leider nicht.“

Also deswegen versteht er sich so gut mit Florian, dachte ich. Weil er in ihm den Bruder sah, den er nicht hatte. Hätte er gerne ein kleines Geschwisterchen, für das er da sein und das er beschützen konnte? War das vielleicht seine unerfüllte Sehnsucht?

„Hat dieses Lederarmband eigentlich eine Bedeutung?“, fragte ich und deutete auf sein linkes Handgelenk. Ein braunes Lederband war mehrfach darum gewickelt. Es war mir schon am Anfang aufgefallen, denn ich fand, dass es an seinem starken Unterarm ziemlich gut aussah.

Dominik betrachtete es gedankenverloren, und erneut überkam mich dieses unerklärliche Mitgefühl für ihn.

„Nein“, sagte er nach einer Weile, doch seine Stimme klang nicht ehrlich. „Nein, das hat keine bestimmte Bedeutung.“

„Wirklich? Kein Andenken an eine verflossene Liebe?“

„Was?“

„Na, ich dachte, dass das vielleicht ein Geschenk von einer ehemaligen Freundin gewesen sein könnte."

Er schüttelte den Kopf. „Nein, ich bin mit niemandem zusammen."

„Du bist also nicht wegen einer Verflossenen nach München gezogen?"

Dominik biss sich auf die Lippe und schüttelte erneut den Kopf. Er blieb mir eine Antwort schuldig, und ich hatte das Gefühl, er wollte nicht darüber reden. Oder konnte er nicht?

Ich war mir sicher, dass sein Umzug nach München etwas damit zu tun hatte. Was hatte er gestern Abend gesagt? Manchmal hat man einfach keine andere Wahl. Aber was konnte er nur getan haben, dass er keine andere Wahl gehabt hatte, als nach Bayern zu ziehen?

„Wie sieht's bei dir aus?", wollte er wissen und lenkte damit das Gespräch in eine andere Richtung. Weg von sich. „Was ist zwischen dir und diesem Mark vorgefallen?"

„Das ist eine lange Geschichte", antwortete ich ausweichend.

„Ich hab Zeit", meinte Dominik, und ich musste lachen.

Ja, momentan hatten wir tatsächlich alle Zeit der Welt. Aber wollte ich ihm wirklich meine tiefsten Geheimnisse anvertrauen?

„Ich war in ihn verliebt, aber er hat mich nur ausgenutzt. Reicht dir das?"

„Dann muss er ziemlich bescheuert gewesen sein."

„Was?" Verdattert und aus der Fassung gebracht sah ich ihn an.

„Dann muss er ziemlich bescheuert gewesen sein“, wiederholte Dominik. „Du bist viel zu nett. Niemand sollte dich ausnützen.“

Nun starrte ich ihn unverhohlen an. Hatte er mir tatsächlich gerade ein Kompliment gemacht? Oder wie hatte er es gemeint?

„Äh … Danke“, stotterte ich.

Für ein paar Minuten saßen wir schweigend nebeneinander. Ich hatte das Gefühl, dass wir beide das Bedürfnis hatten, ein tiefergreifendes Gespräch zu führen, jedoch wusste keiner von uns so recht, wie er damit anfangen sollte.

„Bereust du es eigentlich, dass Robert dich dazu überredet hat, mitzukommen?“, brach ich das Schweigen schließlich wieder.

„Warum sollte ich?“

„Nun ja, anstatt hier in der kalten Höhle zu sein, könntest du jetzt daheim gemütlich vor dem Fernseher sitzen.“

Dominik schmunzelte. „Wenn, dann würde ich Sport treiben. Ich schaue so gut wie nie Fernsehen.“

„Echt nicht?“

„Bei dem Mist, der da läuft? Und den nervenden Werbeunterbrechungen?“

„Okay, das stimmt.“

„Nee, da geh ich lieber zum Judo oder jogg eine Runde.“

„Was ist mit Kino?“

„Das schon eher. Am liebsten Actionfilme.“

„Gut, dann könntest du jetzt eben Sport treiben oder im Kino sitzen. Bereust du es, hier zu sein?“

Dominik atmete tief aus, ehe er antwortete. „Nein.“

„Wirklich? Obwohl Mark hinter uns her ist und bereits Robert getötet hat?"

Er warf mir ein Lächeln zu. „Wär es dir lieber, wenn ich nicht hier wäre?"

Um Gottes willen!, dachte ich erschrocken. Ohne ihn wären wir für Mark doch leichte Beute.

„Nein", antwortete ich und blickte ihn herausfordernd an. „Wer hätte uns sonst vorgestern vor Robert beschützt?"

„Ich hoffe, ich kann euch auch vor Mark beschützen."

Ja, das hoffte ich auch.

Im nächsten Moment wurden wir jäh in unserer Unterhaltung gestört, als sich Pia zu uns gesellte.

„Hey", sagte sie und setzte sich neben mich. „Worüber redet ihr?"

„Ach, über dies und das." Ich sah zu Florian hinüber, der weiterhin am Höhleneingang Wache hielt.

„Der Pulli steht dir gut."

Ich schob die viel zu langen Ärmel hoch und grinste. „Passt wie angegossen, oder?"

„Würdest du mir auch einen Pulli leihen, wenn ich friere?", wollte Pia an Dominik gewandt wissen.

„Natürlich", meinte dieser.

Pia rieb sich die Arme. „Ich friere schon ein bisschen." Sie sah ihn mit einem verträumten Blick an.

Ich kniff die Augen zusammen. Bildete ich mir das nur ein, oder flirtete Pia tatsächlich gerade mit ihm?

„Tut mir leid, aber ich habe nur einen einzigen Pullover dabei, und den hat Lara an."

Pia zog eine Schnute. „Und wie soll mir jetzt warm werden?"

„Warum wickelst du dich nicht in deinen Schlafsack ein?", schlug er vor.

Pia stockte. Ich konnte ihr deutlich ansehen, dass sie etwas anderes erwartet hatte. Etwas in der Art wie: „Komm her zu mir, vielleicht kann ich dich ja wärmen." Doch Dominik war nicht auf ihren Annäherungsversuch eingegangen, sondern hatte sie vielmehr eiskalt abblitzen lassen. Oder hatte er gar nicht bemerkt, dass sie mit ihm flirten wollte?

Dominik erhob sich von seinem Platz. „Hey, Flo", rief er meinem Bruder zu. „Willst du immer noch, dass ich dir ein paar Judotechniken beibringe?"

Florian blickte auf, und sein Gesichtsausdruck erhellte sich.

„Ja klar", antwortete er voller Begeisterung.

Ich nahm seinen Platz am Eingang ein. „Na los, ich übernehme die Wache."

„Danke", sagte er und sprang auf.

Ich sah ihm zu, wie er erwartungsvoll vor Dominik in der Nähe des Lagerfeuers stand und auf Anweisungen wartete. Pia hingegen saß schmollend an der Wand, doch ich hatte kein Mitleid mit ihr. Im Gegenteil. Ich hatte die Unterhaltung mit Dominik genossen, warum musste sie sich dazwischen drängen? Lag es an seinem Aussehen? Seinem durchtrainierten Körper? Pia hatte schon immer eine Schwäche dafür gehabt.

Ich mochte Pia wirklich sehr, aber wenn es um Männer ging, konnte sie wie ausgewechselt sein. Ich hatte stets darüber hinweggesehen, schließlich war sie meine beste Freundin. Nur ein Mal hatte ich für ihr Verhalten kein Verständnis mehr gehabt, und das war, als ich Timo kennenlernte.

Timo hatte im letzten Jahr die Schule gewechselt und ging in die Klasse über uns. Sein Vater saß im Vorstand irgendeines Unternehmens, das seinen Standort von Köln nach München verlagert hatte, und so mussten sie mitten in der Kollegstufe nach Bayern umziehen.

Ich fand Timo von Anfang an ziemlich süß. Er war immer gut drauf, und sein Surferlook stand ihm verdammt gut. Ich konnte mich noch genau daran erinnern, dass ich ihn wochenlang heimlich angeschmachtet hatte, bis ich eines Tages meinen ganzen Mut zusammennahm und ihn in der Pause auf dem Schulhof ansprach. Im Nachhinein war es total dämlich, was ich zu ihm sagte: „Hi, du bist neu an der Schule, oder?"

Natürlich war er neu an der Schule, sogar schon seit mehreren Wochen. Als mir bewusst wurde, was für einen Quatsch ich da gerade von mir gab, lief ich knallrot an. Doch Timo reagierte absolut cool.

„Ja, bin ich. Schön, dass ich dich endlich mal kennenlerne, Lara."

Oh mein Gott, er kannte meinen Namen! Ich war total aufgeregt und konnte es kaum fassen.

„Hast du eigentlich am Wochenende schon was vor?", erkundigte sich Timo.

Mein Herz schlug mir damals bis zum Hals. Wollte er mich vielleicht auf ein Date einladen?

„Nein. Bis jetzt noch nicht."

„Das trifft sich gut", meinte er und strich sich seine blonden schulterlangen Haare aus dem Gesicht. Er lächelte, und neben seinen Mundwinkeln bildeten sich diese kleinen Grübchen, die so verdammt sexy aussahen. „Ich schmeiß am Samstag eine Party, und ich würd mich echt riesig freuen, wenn du auch kommst."

„Ja klar, gerne“, antwortete ich so schnell, dass es mir fast schon peinlich war.

„Super. Schick mir doch ne Freundschaftsanfrage auf Facebook, dann hast du Zugang zu der Einladung und wo genau wir feiern. Du kannst auch gerne noch jemanden mitbringen. Ich sag dir, das wird ne richtig geile Party werden.“

Daran hatte ich nicht den geringsten Zweifel.

„Vor allem, wenn du auch kommst.“

Ich spürte, wie ich vor Verlegenheit erneut rot anlief, doch Timo übersah es gekonnt und strahlte mich stattdessen an.

„Und dann haben wir auch ein bisschen mehr Zeit, uns kennenzulernen“, ergänzte er, als der Gong das Ende der Pause signalisierte.

Ich fluchte innerlich, denn ich hätte mich noch gerne weiter mit ihm unterhalten.

„Ich freu mich schon auf Samstag“, sagte er und sah mir dabei tief in die Augen. Ich wäre fast zusammengeklappt, so weich fühlten sich meine Knie plötzlich an.

Von dem Moment an konnte ich das Wochenende kaum mehr abwarten. Bereits Tage vorher überlegte ich, was ich anziehen und wie ich mich stylen sollte. Doch je näher die Party rückte, umso nervöser wurde ich, und ich bat Pia, mitzukommen.

Pia wusste, dass ich an Timo interessiert war, was sie jedoch nicht davon abgehalten hat, ihn mir auf der Party vor der Nase wegzuschnappen. Es war das einzige Mal, dass ich auf Pia richtig wütend gewesen bin, auch wenn ich ihr das bis heute verheimlicht habe. Ich wollte unsere Freundschaft nicht gefährden, und so schluckte ich damals meinen Ärger runter. Kurz darauf lernte ich dann Mark kennen, und damit war Timo für mich ohnehin vergessen.

Pia stand gerne im Mittelpunkt und liebte es, zu flirten. So war sie eben. Die Sache mit Timo hatte ich ihr längst verziehen, aber vergessen hatte ich es nicht.

Dominik und Florian saßen derweil auf dem steinigen Boden, und er erklärte meinem Bruder irgendetwas. Ich sah ihnen dabei zu, wie sich Dominik auf den Rücken legte und Florian ihn festhielt. Florian hatte Dominiks Arm unter seiner Achsel eingeklemmt, belastete ihn mit dem Oberkörper und krallte sich an seiner Kleidung fest. Amüsiert beobachtete ich, wie Dominik sich zu befreien versuchte und Florian all seine Kraft aufbringen musste, um ihn nicht loszulassen. Es wäre für Dominik ein Leichtes gewesen, sich einfach aufzurichten, doch er gab meinem Bruder das Gefühl, keine Chance gegen ihn zu haben. Florian war sichtlich stolz auf sich.

Er kann wirklich gut mit ihm umgehen, stellte ich fest. Und Florian schien Feuer und Flamme für ihn zu sein.

Es war spät, als sich Dominik, Florian und Pia schließlich schlafen legten. Ich übernahm die erste Nachtwache. Wir hatten vereinbart, dass Florian mich nach zwei Stunden ablösen würde, danach war Pia an der Reihe und zum Schluss Dominik.

Ich kauerte hinter dem Felsen am Eingang und starrte in die dunkle Nacht hinaus. Nichts war zu sehen. Es regnete weiterhin in Strömen, und es hatte merklich abgekühlt. Ich dachte an den harten Steinboden der Höhle, auf dem ich in zwei Stunden schlafen würde, und verzog das Gesicht. Aber immerhin waren wir im Trockenen, und da war es fast nebensächlich, dass ich mich morgen vor Muskelschmerzen nicht mehr würde rühren können.

Ich musste an Mark denken, der irgendwo da draußen im Regen auf der Lauer lag und nur darauf wartete, den nächsten von uns zu töten. Vermutlich Pia oder mich.

Warum nur, Mark?, dachte ich. Warum?

Die Zeit verstrich quälend langsam. Das monotone Geräusch des Regens war so einschläfernd, dass mir fast die Augen zufielen. Doch ich musste auf jeden Fall wachbleiben, sonst waren wir alle in größter Gefahr. Mark wartete bestimmt genau darauf, dass mich der Schlaf übermannte.

Ich hielt meine Hände in den Regen hinaus und verrieb das kalte Wasser in meinem Gesicht. Es wirkte erfrischend und hielt mich davon ab, einzunicken.

Nach zwei Stunden weckte ich Florian, der mürrisch das Gesicht verzog. Er griff nach seinem Pfeil und Bogen und schleppte sich schlaftrunken zum Höhleneingang, während ich mich in seinen Schlafsack verkroch. Der Boden war noch härter, als ich es befürchtet hatte. Doch ich war mittlerweile so müde, dass ich nicht weiter darüber nachdachte, sondern augenblicklich in einen tiefen Schlaf versank.

Eine Amsel, die fröhlich ein Lied trällerte, weckte mich am nächsten Morgen. Ich fühlte mich wie gerädert, und meine Gelenke waren so steif, dass ich mich kaum rühren konnte. Die Sonne war bereits aufgegangen, und helles Licht flutete den vorderen Teil der Höhle.

Ich gähnte und streckte mich. Ein Blick nach links verriet mir, dass Pia und Dominik noch schliefen.

In der nächsten Sekunde schoss ich senkrecht in die Höhe. Wieso schlief Dominik? Er sollte doch als letzter Wache halten. Was war mit Florian?

Panisch sah ich zum Höhleneingang. Florian lag zusammengekauert am Boden.

O Gott, nein, durchfuhr es mich. Nicht Flo. Bitte nicht Flo!

29

Ich sprang auf und lief zu meinem Bruder hinüber. Voller Angst beugte ich mich über ihn. Nirgendwo war Blut zu sehen.

Erleichtert stellte ich fest, dass er nicht verletzt oder sogar tot war. Er schlief lediglich seelenruhig.

„Mann, Flo“, rief ich und rüttelte ihn. Seine Haut war ganz kalt. „Wach auf.“

Florian murmelte irgendetwas Unverständliches, dann rollte er sich auf die andere Seite und schlief weiter.

„Wach auf, Flo.“

„Was ist denn los?“, brummte er und schlug die Augen auf. „Wie spät ist es denn?“

„Sieben Uhr morgens. Du bist eingeschlafen.“

„Was?“ Ruckartig richtete er sich auf. „Scheiße.“

„Was ist los?“, fragte Pia hinter uns. „Florian hat verpennt?“

„Das ... das war keine Absicht“, stammelte er.

„Du musst dir keinen Vorwurf machen“, beruhigte ich ihn.

Pia kam auf uns zu. „Wie konntest du nur einpennen? Du solltest doch aufpassen.“

„Ich war einfach so müde.“

„Meine Güte, du hättest nur zwei Stunden wachbleiben sollen. Ist das zu viel verlangt?“

Florian sah sie wortlos an. Es war nicht zu übersehen, dass er peinlich berührt war, während seiner Nachtwache eingeschlafen zu sein.

„Ist ja nichts passiert“, meinte Dominik, der nun ebenfalls aufgewacht war.

„Hallo? Was ist, wenn Mark in der Nacht aufgetaucht wäre? Wir haben alle geschlafen. Er hätte uns einen nach dem anderen töten können. Und keiner ...“

„Jetzt mach mal ne Pause“, unterbrach ich sie. „Flo ist doch nicht mit Absicht eingeschlafen. Wir waren alle ziemlich erschöpft gestern. Das hätte dir genauso passieren können.“

„Ich wäre bestimmt nicht eingeschlafen.“

„Das sagst du jetzt. Aber überleg mal, wie fit du um vier Uhr nachts gewesen wärst. Nach all den Strapazen in den letzten Tagen.“

Pia verdrehte die Augen.

„Wir leben alle noch“, sagte Dominik zu ihr. „Das ist das einzig Wichtige.“

„Zum Glück.“

„Tut mir wirklich leid“, entschuldigte Florian sich kleinlaut.

Ich tätschelte seinen Rücken. „Mach dir keine Gedanken.“

Vorsichtig lugte ich nach draußen. Erst jetzt fiel mir auf, dass es zu regnen aufgehört hatte. Die Luft war klar und frisch und der Wald zu neuem Leben erwacht. Vereinzelt tropfte es von der Steinwand. Noch immer lag die Sonne hinter einer Wolkenwand verborgen, doch stellenweise war sie aufgerissen und dahinter blauer Himmel zu sehen.

Konzentriert suchte ich die Umgebung ab, doch ich konnte niemanden entdecken. Alles schien ruhig und friedlich zu sein.

Zu ruhig für meinen Geschmack.

Ich wusste, dass Mark irgendwo da draußen war und uns wahrscheinlich genau in diesem Moment beobachtete. Oder war es doch Hannes, der uns verfolgte?

Wo versteckst du dich nur?

Als ich mich wieder umdrehte, hatte Dominik bereits das Lagerfeuer entzündet. Florian kauerte wie ein Häuflein Elend auf dem Boden. Ich legte ihm meine Hand auf die Schulter.

„Komm schon, jetzt wärm dich erst mal am Feuer auf. Du fühlst dich ja ganz kalt an.“

„Mich hat's in der Nacht auch ziemlich gefroren“, meinte er zerknirscht und machte einen Schritt auf das Lagerfeuer zu. Im nächsten Moment blieb er abrupt stehen und wirbelte herum. Hektisch suchte er den Boden ab.

„Was ist los?“, wollte ich wissen.

„Der Bogen“, antwortete er und sah mich erschrocken an. „Der Bogen und die Pfeile sind weg.“

30

„Wie, sie sind weg?“, fragte Pia. „Wo hast du sie denn hingelegt?“

„Genau neben den Eingang.“ Er deutete auf den Boden, wo noch ein einziger Pfeil lag.

„Bist du sicher?“

„Ja doch. Alles lag griffbereit neben mir, weil ich mich damit sicherer gefühlt habe. Ein Pfeil ist ja noch da.“

Ich erinnerte mich dunkel daran, dass Florian nach dem Bogen und den Pfeilen gegriffen hatte, als er sich zur Nachtwache an den Eingang gesetzt hatte.

„Hat ihn einer von euch genommen?“, wollte Florian wissen.

„Einer von uns?“, erwiderte Pia. „Hallo, ich bin gerade erst aufgewacht. Wann bitte soll ich deinen Bogen genommen haben?“

Dominik schüttelte ebenfalls den Kopf.

Aber wenn ihn keiner von uns entwendet hatte, dann konnte das nur eines bedeuten.

Ich blickte die anderen entsetzt an, und ihre Gesichtsausdrücke verrieten mir, dass sie dasselbe dachten wie ich.

Mark war heute Nacht hier gewesen!

„Das kann doch nicht sein“, stammelte Pia, und aus ihrem Gesicht wich jegliche Farbe. „Er ... er war hier? Während wir geschlafen haben?“

Ein kalter Schauer jagte mir über den Rücken. Die Vorstellung, dass Roberts Mörder keine zwei Meter neben mir gestanden hatte, machte mir eine Heidenangst. Wir hatten seelenruhig geschlafen, und bestimmt hatte Mark uns dabei beobachtet, bevor er den Bogen und die Pfeile an sich genommen hatte. Doch warum hatte er keinen von uns getötet?

„Mark war hier", wiederholte Pia, und ihre Stimme schlug ins Hysterische um. „Verdammt, wie konnte das passieren? Er hätte uns alle umbringen können. Einen nach dem anderen, und wir hätten es noch nicht einmal bemerkt."

Ich spürte, wie ich eine Gänsehaut bekam.

„Weshalb geht er plötzlich so ein Risiko ein?", wunderte sich Dominik. „Wir hätten jederzeit aufwachen und ihn entdecken können. Und dann hätte er ein riesen Problem gehabt. Weshalb dieses Risiko für einen Bogen? Und warum hat er einen Pfeil dagelassen?"

Diese Frage gab mir zu denken. Wir waren mitten im Wald. Warum hatte Mark sich nicht einfach selbst einen Bogen gebaut?

„Er spielt mit uns", sagte ich und ergänzte in Gedanken: Genau wie er damals mit mir gespielt hat; mit mir und meinen Gefühlen.

„O Gott, das darf nicht wahr sein", wimmerte Pia und bedeckte ihr Gesicht mit den Händen. „Ich glaub es nicht. Nein, nein, das glaub ich nicht."

„Jetzt beruhig dich erst mal wieder, Pia. Es ist ja nichts passiert."

„Er hätte uns töten können. Genau wie Robbie." Ihre Augen weiteten sich vor Angst. „Mir wird schlecht. Ich muss hier raus."

Noch bevor ich reagieren konnte, rannte Pia an mir vorbei und stürmte aus der Höhle. Dominik, Florian und ich sahen uns unschlüssig an.

Im nächsten Moment durchschnitt ein gellender Schrei die Stille des Waldes, und wir zuckten erschrocken zusammen.

Pia!

31

Ich lief los, dicht gefolgt von den beiden Jungs, und rannte ins Freie. Was ich dort sah, machte mich fassungslos.

Pia lag am Boden und brüllte wie am Spieß. Mit beiden Händen hielt sie ihren Oberschenkel umklammert, in den sich ein Pfeil gebohrt hatte. Blut lief aus der Wunde, und ihre Jeans verfärbte sich dunkelrot.

Jemand hatte auf sie geschossen! Mit Pfeil und Bogen. Mark.

Panisch suchte ich die Umgebung nach ihm ab. Er konnte überall sein. Es gab genug Bäume, Sträucher und Felsbrocken, wohinter er sich verstecken konnte. Wir mussten uns schleunigst in Sicherheit bringen, denn hier draußen gaben wir die perfekte Zielscheibe ab.

Dominik und ich packten Pia an den Armen und zerrten sie rückwärts in die Höhle zurück. Sie schrie vor Schmerzen, doch wir konnten keine Rücksicht auf sie nehmen. Das Wichtigste war jetzt, sie und auch uns selbst aus der Schusslinie zu bringen.

Nachdem wir wieder in der Höhle waren, ließen wir Pia los. Sie schrie unentwegt und weinte.

„Lass den Eingang nicht aus den Augen", wies ich meinen Bruder an. Florian nickte und ging hinter dem Felsbrocken in Deckung.

Ich griff nach dem Pfeil und wollte ihn aus Pias Bein ziehen, doch Dominik packte im letzten Moment meine Hand.

„Nicht“, sagte er.

„Wir müssen das Ding rausziehen.“

„Wenn der Pfeil eine Arterie getroffen hat, dann wird sie vor unseren Augen verbluten.“

„Es tut so weh“, schluchzte Pia und tastete ihrerseits nach dem Pfeil.

„Halt sie davon ab.“ Dominik lief zu seinem Rucksack.

Ich setzte mich neben sie und sprach beruhigend auf sie ein, während ich verhinderte, dass sie den Pfeil rauszog. Sekunden später war Dominik wieder bei uns. In seiner Hand hielt er sein Messer sowie einen Erste-Hilfe-Kasten.

„Du hast einen Erste-Hilfe-Kasten dabei?“, fragte ich.

„Wir sind hier in den Bergen. Meinst du, da kommt ein Krankenwagen vorbei, wenn was passiert?“

Nein, das natürlich nicht. Doch ich musste zugeben, dass ich nicht an Verbandszeug gedacht hatte.

Er zog das Messer aus der Scheide und näherte sich damit Pias Bein. Pia schrie auf.

„Ganz ruhig, ich schneide nur deine Jeans auf.“

Dominik schnitt den Stoff um den Pfeil herum großzügig auf, sodass ihr Oberschenkel und damit die Wunde freigelegt wurde.

„Flo, siehst du jemanden?“, fragte ich meinen Bruder.

„Nein.“

„Pass weiter auf. Mark ist mit Sicherheit noch irgendwo in der Gegend.“

Dominik hatte unterdessen den Erste-Hilfe-Kasten geöffnet und sich ein Paar Latexhandschuhe übergestreift. In den Händen hielt er eine Wundauflage, Mullbinde und einen Verband.

„Okay, Lara", sagte er. „Jetzt kannst du den Pfeil rausziehen."

Zitternd griff ich nach dem Holz, das aus Pias Oberschenkel ragte. Pia brüllte so laut, dass mir fast das Trommelfell platzte. Auf dem Boden hatte sich mittlerweile eine Blutlache gebildet.

Mit einem Ruck zog ich den Pfeil heraus, und Dominik presste augenblicklich die Wundauflage sowie die Mullbinde auf die Wunde. Anschließend wickelte er den Verband um Pias Oberschenkel. Der Druckverband saß fest, und die Blutung hörte vorerst auf.

Pias Schreien ging in ein Wimmern über. Dominik holte einen Schlafsack und bettete ihn unter Pia, die sich erschöpft hinlegte. Ich strich ihr sanft über den Kopf.

„Ganz ruhig, Pia. Du hast das Schlimmste überstanden."

Meine Stimme bebte, und ich hoffte, sie würde meine Lüge nicht bemerken. Denn sie hatte das Schlimmste bei weitem nicht überstanden. Ganz im Gegenteil, sie hatte es noch vor sich. Wie sollte sie mit dieser Verletzung gehen können?

Ich bemerkte, dass ich den Pfeil noch immer umklammert hielt. Das Holz war blutgetränkt, und mir schauderte bei dem Anblick. Vermutlich konnte ich mir nicht annähernd vorstellen, was für höllische Schmerzen es verursachen musste, wenn sich die Spitze in den Oberschenkel bohrte.

Ich wollte den Pfeil gerade wegwerfen, als etwas auf dem Holz meinen Blick auf sich zog. In den Pfeil war etwas eingeritzt. Es war ein Name.

Flo.

32

Das war der Pfeil, den Florian vor drei Tagen beim Wasserfall in den Wald geschossen und anschließend vergeblich gemeinsam mit Dominik gesucht hatte!

Sprachlos starrte ich auf den eingeritzten Namen. Offenbar hatte Mark bei der Suche mehr Glück gehabt und ihn gefunden.

Was für ein mieses Spiel zog er hier eigentlich mit uns ab? Pia konnte von Glück reden, dass sie nur am Oberschenkel getroffen worden war und nicht am Hals. Es machte unsere momentane Situation zwar nicht besser, doch zumindest war sie noch am Leben.

Pia lag mit geschlossenen Augen da und zitterte am ganzen Körper. Dominik deckte sie mit einem weiteren Schlafsack zu.

„Sie steht unter Schock", flüsterte er und zog die Handschuhe aus. „Sie braucht jetzt erst mal Ruhe."

Ich nickte und reichte ihm wortlos den Pfeil. Als er den eingeritzten Namen sah, schien er genauso irritiert wie ich.

„Mit was für einem Psychopathen hast du dich damals eigentlich eingelassen?", fragte er, und ich schnitt als Antwort nur eine gequälte Grimasse.

„Flo, komm her", rief Dominik, und mein Bruder kam herbeigeeilt. „Pass auf Pia auf", sagte er, und Florian ließ sich neben ihr nieder.

Dominik gab mir ein Zeichen, und wir verzogen uns zum Eingang.

„Wir haben ein verdammt großes Problem. Pia wird nicht weitergehen können."

„Ich weiß", antwortete ich tonlos. Was bedeutete, dass wir hier festsaßen.

„Sie muss schleunigst zu einem Arzt. Der Druckverband wird zwar eine Weile halten, aber nicht ewig. Wenn sich die Wunde entzündet oder erneut zu bluten beginnt, dann ist sie in allergrößter Gefahr."

„Und was schlägst du vor?"

„Wir müssen Hilfe holen."

„Wir können sie doch nicht einfach hier zurücklassen."

„Natürlich nicht. Deswegen werde ich allein losgehen."

„Was?" Entsetzt starrte ich ihn an.

„Wir müssen von hier weg. Wenn wir hierbleiben, sitzen wir in der Falle. Und sobald wir vor die Höhle treten, sind wir auf dem Präsentierteller. Wir haben nur eine Chance, und die ist, den Weg zur Hütte zu finden. Sobald ich ihn entdeckt habe, komme ich zurück, und wir verschwinden von hier."

„Wie sollen wir Pia dort hinbringen?"

„Ich werde sie tragen. Wenn ich sie huckepack nehme, dann sollten wir das schaffen."

„Du willst sie tragen? Selbst wenn der Weg hier ganz in der Nähe sein sollte, so brauchen wir immer noch gute drei Stunden bis zur Hütte."

„Hast du eine andere Idee, wie wir Pia hier rausbringen können?"

Ich dachte kurz nach, doch mir fiel keine Lösung ein.

„Meinst du, du schaffst das?“

„Ich muss, sonst ist Pia tot.“

Seine Entschlossenheit beeindruckte mich.

„Nehmen wir an, wir erreichen tatsächlich unbeschadet unser Ziel“, sagte ich. „Was dann?“

„Ihr könnt euch dort verschanzen, während ich auf der anderen Seite des Berges nach einem Weg ins Tal suche. Aber zuerst muss ich den Weg zur Hütte finden.“

„Vergiss es.“

„Lara, ich weiß, dass du Angst hast. Wir alle haben Angst. Trotzdem können wir nicht hierbleiben. Pia braucht medizinische Hilfe, und außerdem wird uns irgendwann das Wasser ausgehen.“

„Das ist mir klar. Aber nicht du wirst gehen, sondern ich.“

„Auf gar keinen Fall. Das ist viel zu gefährlich. Ich werde ...“

„Hör zu, Dominik“, unterbrach ich ihn. „Wenn du weg bist, dann sind wir geliefert. Weder Florian noch ich haben eine Chance gegen Mark, und Pia erst recht nicht. Du bist der Einzige, der die beiden vor ihm beschützen kann.“

Dominik wollte protestieren, doch er geriet ins Grübeln.

„Ich bin schnell und wendig“, fuhr ich fort. „Wenn ich im Schutz der Bäume bleibe und renne, dann kann ich es schaffen. Ich weiß, dass ich Mark abschütteln kann.“

„Hast du eine Ahnung, auf was du dich da einlässt, Lara?“ Er sah mich mit einem besorgten Gesichtsausdruck an.

Die Wahrheit war, dass ich regelrecht Schiss hatte und mich am liebsten in der Höhle versteckt hätte, bis uns jemand zu Hilfe kam. Doch das würde nicht geschehen. Niemand wusste, wo wir waren, noch nicht einmal wir. Wenn wir uns nicht selbst halfen, waren wir verloren.

„Wie du schon sagtest: Wir müssen die Hütte finden."

Dominik atmete tief durch.

„Okay", meinte er schließlich. „Aber du suchst nur nach dem Weg, nicht mehr. Sobald du ihn gefunden hast, kommst du so schnell wie möglich wieder zurück. Verstanden?"

„Ja."

„Merk dir, wohin du läufst. Nicht, dass du am Schluss nicht mehr hierher zurückfindest. Präg dir markante Stellen ein, und bleib um Himmels willen in Deckung."

„Mach ich."

„Ich will nicht, dass dir etwas passiert, also bitte sei vorsichtig."

„Das werde ich."

Dominik reichte mir sein Messer. „Nimm das hier mit. Falls Mark dich angreift, kannst du dich damit verteidigen."

Ich nahm das Messer an mich und wog es in meinen Händen. Es fühlte sich schwer an. Ich befestigte die Scheide an meinem Gürtel. Es war ein komisches Gefühl, und ich wusste nicht so recht, ob ich mich damit beruhigt oder unwohl fühlen sollte.

Dominik griff sanft nach meinen Oberarmen, und ich spürte die Wärme, die von seinen Händen ausging.

„Pass auf dich auf, Lara. Versprochen?"

Ich zwang mich zu einem Lächeln. „Klar doch."

Ich sah zu Florian hinüber, der neben Pia saß und sie nicht aus den Augen ließ.

„Und du pass auf die beiden auf“, sagte ich zu Dominik. „Versprochen?“

„Bei meinem Leben.“

Wir sahen uns lange in die Augen, und stillschweigend trafen wir einen Pakt.

Jetzt oder nie, dachte ich. Florian würde mit Sicherheit nicht zulassen, dass ich die Höhle verließ, also musste ich weg, bevor er reagieren konnte.

Ich drehte mich um und rannte los.

33

Ich lief aus der Höhle und bog, ohne mich umzusehen, nach links ab. Als ob der Leibhaftige hinter mir her war, rannte ich an der Felswand entlang, bis ich die schützenden Bäume erreicht hatte. Hinter einem Strauch ging ich in Deckung.

Bewegungslos verharrte ich und suchte mit meinen Augen die Umgebung ab. Ich lauschte angestrengt, doch außer dem Zwitschern der Vögel und dem Rascheln der Bäume, die in dem leichten Wind sanft hin und her wiegten, war nichts zu hören.

Vielleicht hatte Mark gar nicht gesehen, dass ich die Höhle verlassen habe. Möglicherweise hatte er gerade in dem Moment woanders hingeschaut. Mir war allerdings klar, dass das nur ein verzweifelter Hoffnungsschimmer von mir war und ich mich keinesfalls darauf verlassen durfte.

Hinter mir knackte es im Unterholz, und ich wirbelte erschrocken herum. Das Herz schlug mir bis zum Hals. Angestrengt starrte ich in das grüne Dickicht, doch niemand tauchte zwischen den Bäumen auf.

Das war bestimmt nur ein Tier, beruhigte ich mich selbst. Ich verweilte noch ein paar Sekunden, dann rannte ich weiter.

Ich lief in die Richtung unseres letzten Rastplatzes, hielt mich jedoch weiter links. Der Untergrund war durch den Regen in der Nacht aufgeweicht und schlammig, und ich musste stark aufpassen, nicht auszurutschen. Ich überquerte eine kleine Lichtung und drang weiter in den dichten Wald vor. Doch von dem Weg war keine Spur zu sehen.

Ich betete, dass er irgendwo in der Nähe war. Ansonsten könnte ich stundenlang suchen, und Pia würde nicht rechtzeitig Hilfe erhalten.

Mir wurde bei dem Gedanken, dass Pia sterben könnte, ganz schlecht. Sie war meine beste Freundin, und wir kannten uns seit dem Kindergarten. Ich musste alles dafür tun, um sie zu retten.

Ich war bereits eine halbe Stunde unterwegs, ohne dass ich Erfolg hatte. Meine Lungen brannten wie Feuer, und ich bekam Seitenstechen. Keuchend blieb ich stehen und lehnte mich gegen einen Baum. Ich atmete einige Male tief und fest durch und versuchte, meinen Herzschlag zu normalisieren. Um mich herum war es ruhig, genau wie schon die ganze Zeit. Bestimmt hatte ich Mark abgeschüttelt. Oder hatte er mich gar nicht erst verfolgt, sondern war bei der Höhle geblieben?

Dominik wird meinen Bruder und Pia beschützen, dessen war ich mir sicher. Ich wusste nicht warum, aber in diesem Punkt hatte ich blindes Vertrauen zu ihm.

Das Seitenstechen ließ allmählich nach, und mein Atem verlangsamte sich.

Wohin jetzt?

Ich entschied mich, es auf der rechten Seite zu versuchen, weil ich mich nicht zu weit von der Höhle entfernen wollte. Schließlich musste ich auch wieder zurückfinden.

Gerade als ich erneut losrennen wollte, vernahm ich ein surrendes Geräusch, und irgendetwas flog nur haarscharf an meinem Kopf vorbei. Instinktiv ließ ich mich zu Boden fallen. Meine Hose saugte sich sofort voll Schlamm und Wasser, doch ich achtete gar nicht darauf.

Ich blickte mich um, und schockiert sah ich den Pfeil, der hinter mir in einem Baumstamm steckte.

Mark war hier!

Augenblicklich schoss mein Puls in die Höhe, und lähmendes Entsetzen überkam mich. Er war mir also doch gefolgt, und nun war ich ganz allein mit ihm. Niemand konnte mir zu Hilfe kommen, und Mark war mit Pfeil und Bogen bewaffnet. Mit Florians Bogen.

Ich wagte kaum mehr, zu atmen. Vergeblich versuchte ich, Mark zwischen den Bäumen auszumachen, doch er schien unsichtbar zu sein. Er war wie ein Phantom, das im Verborgenen weilte und nur kurz auftauchte und zuschlug.

Plötzlich hörte ich ein Rascheln und zuckte erschrocken zusammen. Und im nächsten Moment sah ich einen Schatten zwischen den Bäumen. Eine Sekunde später war er jedoch schon wieder im Dickicht verschwunden.

Ich schätzte die Entfernung auf etwa zwanzig bis dreißig Meter. Fieberhaft überlegte ich, wohin ich laufen sollte. Am naheliegendsten war weiter geradeaus und damit weg von Mark. Aber damit würde ich mich immer weiter von der Höhle entfernen.

Ich verwarf den Gedanken und entschied stattdessen, einen weiten Bogen um meinen Verfolger zu machen.

Also dann, dachte ich, sprang auf und sprintete los. Wie eine Irre jagte ich durch den Wald. Tiefhängende Zweige peitschten mir ins Gesicht und hinterließen blutige Striemen. Mehrmals rutschte ich fast aus und konnte nur mit Mühe das Gleichgewicht halten. Ich bekam kaum mehr Luft, so sehr keuchte ich vor Anstrengung.

Die Wurzel, die vor mir aus dem Boden ragte, sah ich zu spät. Mein Fuß verhakte sich, und ich fiel der Länge nach hin. Ich schlug hart mit dem Gesicht auf dem Boden auf. Ein stechender Schmerz fuhr durch meine Nase, und Tränen schossen mir in die Augen. Der Schmerz raubte mir fast die Sinne, und um mich herum verschwamm alles.

Ich durfte auf keinen Fall ohnmächtig werden, oder ich war tot!

Es kostete mich schier übermenschliche Willenskraft, bei Bewusstsein zu bleiben und mich auf den Rücken zu drehen. Mit meinem Ärmel wischte ich die Tränen aus den Augen und tastete vorsichtig nach meiner Nase, die höllisch wehtat. Zumindest schien sie nicht gebrochen zu sein. Ich wollte aufstehen, doch mein Knöchel knickte um, und ich fiel auf den Boden zurück. Ich spürte einen pochenden Schmerz in meinem Fußgelenk und musste die Zähne zusammenbeißen, um nicht laut loszuschreien.

O Gott, nein. Bitte lass es nicht verstaucht sein.

Mit letzter Kraft robbte ich durch den Schlamm und ging hinter einem Baum in Deckung. Ich zog das Messer aus der Scheide und umklammerte es mit beiden Händen. Doch wie sollte ich damit irgendwas gegen einen Pfeil ausrichten?

Ich zitterte am ganzen Körper wie Espenlaub. Mein Atem ging so schnell, dass ich das Gefühl hatte, meine Lungen würden gleich platzen.

Vorsichtig lugte ich hinter dem Baumstamm hervor und lauschte.

Niemand war zu sehen, nichts zu hören.

Ich hielt das Messer so fest umklammert, dass meine Knöchel weiß hervortraten. Kampflos wollte ich mich Mark auf keinen Fall ergeben.

Ich musste an die Wette zwischen ihm und Robert denken, und erneut überkam mich unbändige Wut. Am liebsten wäre ich aufgesprungen und direkt auf ihn zugelaufen. Ich wollte ihm den ganzen Zorn entgegenschreien, der in mir brodelte.

Du verdammter Mistkerl! Du kriegst mich nicht. Weder mich noch die anderen.

Meine Wut auf Mark wuchs ins Unermessliche, und ich vergaß dabei sogar den Schmerz in meinem Fuß. Mühsam rappelte ich mich wieder auf und setzte meine Flucht mit dem Messer in der Hand fort. Als ich beinahe über einen Stein stolperte und die Klinge meinem Gesicht gefährlich nahekam, steckte ich das Messer in die Scheide zurück.

Kurz darauf fiel der Boden vor mir steil ab, und ich blieb stehen. Für einen Moment überlegte ich, den Abhang hinunterzulaufen, doch ich wollte es mit meinem Knöchel nicht riskieren. Stattdessen entschied ich mich dazu, mich rechts zu halten.

Ich vernahm ein Geräusch hinter mir und wirbelte herum. Da war er wieder, dieser Schatten zwischen den Bäumen. In der nächsten Sekunde hörte ich erneut dieses Surren und duckte mich. Der Pfeil flog knapp über meinen Kopf hinweg.

Ich fluchte innerlich, denn Mark ließ mir keine andere Wahl, als doch den Abhang zu nehmen. Es war die einzige Möglichkeit, um aus dem Schussfeld zu gelangen.

Ich zögerte nicht länger und lief auf den Abhang zu. Der aufgeweichte Boden war so rutschig, dass ich wild mit den Armen rudern musste, um halbwegs mein Gleichgewicht zu halten. Doch auf halben Weg wurden mir beide Füße förmlich weggerissen, und ich fiel hart auf den Po. Unkontrolliert rutschte ich den Berg hinunter und konnte nur knapp den Bäumen ausweichen. Unten angekommen überschlug ich mich und blieb auf dem Rücken liegen.

Mein Blick wanderte panisch zum Hügel hinauf.

Weg hier, bevor er da ist, dachte ich und zwang mich, wieder aufzustehen. Mein Hintern tat von dem Sturz weh, und meine Kleidung war voll Schlamm. Doch ich biss die Zähne zusammen und lief weiter.

Der Wald wurde immer dichter, und Brombeerranken und Gestrüpp erschwerten das Durchkommen. Hinter mir hörte ich Zweige knacken, und ich wusste, dass Mark ebenfalls den Abhang hinunterrutschte.

Verdammt, warum ließ er sich nicht abschütteln?

Ich war mittlerweile derart außer Puste, dass ich mehr stolperte als lief. Lange würde ich nicht mehr durchhalten können. Mit dem Mut der Verzweiflung aktivierte ich meine letzten Kraftreserven.

Vor lauter Anstrengung konnte ich kaum mehr klar sehen. Schweiß lief mir übers Gesicht. Die Gegend um mich herum wurde unscharf, und so bemerkte ich auch den Ast nicht. Meine Kleidung verfing sich darin, und ich wurde zu Boden gerissen.

Ich japste nach Luft, und meine Muskeln verkrampften sich. Am liebsten wäre ich einfach liegengeblieben und hätte mich meinem Schicksal ergeben. Ich konnte nicht mehr.

Keuchend wischte ich mir den Schlamm aus dem Gesicht und hob erschöpft den Kopf. Und dann sah ich es.

Keine fünf Meter vor mir erblickte ich zwischen den Bäumen einen breiten Trampelpfad.

Der Weg zur Hütte. Ich hatte ihn gefunden!

34

Ich spürte, wie mir die Entdeckung neuen Antrieb gab, und rappelte mich wieder auf. Ein befreites Lachen unterdrückend lief ich auf den Weg zu und blieb außer Atem darauf stehen. Ich konnte mein Glück kaum fassen.

Erst ein Rascheln im Unterholz riss mich wieder aus meinen Gedanken. Ich sprintete los und lief in einem Halbkreisbogen zum Abhang zurück. Von unten sah er noch steiler aus als von oben.

Wie sollte ich es nur schaffen, da hinaufzukommen? Andererseits war mir klar, dass es keine andere Möglichkeit gab.

Ich machte mich an den Aufstieg und versuchte, mich an den Zweigen festzuhalten. Der Boden war so rutschig wie auf einer Eisfläche. Ich hatte bereits die Hälfte hinter mir, als ich auf dem Untergrund ausrutschte und ein Stück den Abhang hinunterfiel, ehe ich eine Wurzel zu fassen bekam und meinen Sturz abbremsen konnte.

Voller Angst warf ich einen Blick über meine Schulter zurück und entdeckte jemanden zwischen den Bäumen. Mark würde mich bald eingeholt haben.

Auf allen vieren kroch ich weiter den Hügel hoch. Meter für Meter kämpfte ich mich voran und wagte nicht, mich noch einmal umzudrehen. Die rettende Kante war schon in Griffweite, als ein Pfeil direkt neben mir im Boden einschlug.

Entsetzt riss ich die Augen auf und robbte das letzte Stück, so schnell ich nur konnte, voran. Ich griff nach einem Felsbrocken und zog mich über die Kante. Eilig rollte ich mich vom Abhang weg und damit aus Marks Sichtfeld.

Für einen kurzen Moment blieb ich liegen, um wieder zu Atem zu kommen. Mein Herz pochte wie wild.

Nachdem ich das Gefühl hatte, mich einigermaßen beruhigt zu haben, richtete ich mich auf und sah mich um. In welcher Richtung lag noch mal die Höhle?

Panik überkam mich, als ich nicht mehr wusste, wo ich war. Ich hatte vollkommen die Orientierung verloren.

Das konnte doch jetzt nicht wahr sein!

In meinem Kopf begann es zu dröhnen. Wenn ich den Weg nicht zurückfand, dann hatte nicht nur ich ein Problem, sondern vor allem Pia.

Doch so sehr ich auch grübelte, ich konnte mich nicht orientieren. Um mich herum waren nur Bäume, von denen einer aussah wie der andere. Ich hatte völlig vergessen, mir markante Stellen einzuprägen. Andererseits war ich durch den Wald gehetzt, um Mark zu entkommen. Wie hätte ich mir da auch noch die Gegend merken sollen?

Ruhig, Lara, sagte ich zu mir selbst. Ganz ruhig.

Ich holte tief Luft und schloss die Augen. Konzentriert beobachtete ich meinen Atem, um mich zu entspannen.

Ich erinnerte mich, dass ich geradeaus auf den Abhang zugelaufen war, also musste ich von dort gekommen sein. Und davor war ich im Halbkreis gelaufen.

Da drüben, die Höhle musste irgendwo da drüben sein.

Ich lief los und war kurz darauf wieder im Dickicht des Waldes untergetaucht. Meine Beine schmerzten, und ich kam nur noch langsam voran. Doch ich zwang mich, nicht aufzugeben.

Nach etwa zwanzig Minuten hielt ich an, um mich inmitten der Bäume und Sträucher neu zu orientieren. Nichts kam mir bekannt vor.

Verdammt!

Ich ließ meinen Kopf in den Nacken fallen und sah in den wolkenverhangenen Himmel hoch. Ratlos verharrte ich eine Weile.

Aus den Augenwinkeln heraus bemerkte ich die Steilwand, die über die Baumwipfel ragte.

Das war es! Die Höhle war in dieser Steilwand.

Ich sammelte alle meine noch verbliebenen Kräfte und legte das letzte Stück im Sprint zurück. Unbeschadet erreichte ich die Felswand und folgte ihr, bis ich in der Ferne den Spalt erblickte.

Dominik kam aus der Höhle und lief mir entgegen.

„Endlich“, meinte er, und ich sank kraftlos in seine Arme.

Dominik schleppte mich zur Höhle zurück, und kaum hatte ich diese erreicht, baute Florian sich vor mir auf.

„Bis du vollkommen wahnsinnig geworden?“, schrie er mich an, doch in seiner Stimme konnte ich Erleichterung hören. „Wie konntest du das nur tun? Du hättest sterben können.“

Ich keuchte so stark, dass ich ihm nicht antworten konnte.

„Und wie siehst du überhaupt aus?", fuhr er aufgebracht fort. „Dein Gesicht ist voll Blut, und überall ist Schlamm. Was, zum Teufel, ist passiert?"

„Wasser", war alles, das ich schließlich hervorbrachte.

„Hier." Dominik reichte mir eine Wasserflasche, die ich in einem Zug leertrank. Währenddessen warf ich einen verstohlenen Blick zu Pia hinüber.

„Sie schläft. Aber es geht ihr gut."

Gott sei Dank, dachte ich.

Ich benötigte ein paar Minuten, bis ich mich wieder so weit erholt hatte, dass ich normal sprechen konnte.

„Ich hab ihn gefunden", sprudelte es aus mir heraus. „Ich hab den Weg gefunden."

„Was?" Dominik und Florian sahen mich zunächst perplex, dann erfreut an.

„Er ist etwa eine halbe Stunde von hier entfernt."

Florian konnte es kaum fassen.

„Super gemacht, Lara." Dominik lächelte und tätschelte meinen Oberarm.

„Mark war hinter mir her. Er hat drei Mal mit einem Pfeil auf mich geschossen und mich dabei nur knapp verfehlt."

Dominiks Lächeln gefror augenblicklich.

„Keine Angst, ich konnte ihn ja abhängen." Ich griff nach einem Handtuch und trocknete die blutigen Striemen in meinem Gesicht.

„Du warst allein und konntest ihn nur mit Mühe abschütteln", sagte Florian. „Wenn Dominik Pia trägt, dann sind wir wesentlich langsamer. Wie sollen wir ihm da entkommen?"

Guter Punkt, dachte ich.

„Wir müssen es einfach versuchen“, antwortete Dominik. „Aber jetzt soll sich Lara erst mal erholen.“

Ich hatte nichts dagegen einzuwenden, denn ich war kräftemäßig vollkommen am Ende. Meine Muskeln waren ausgelaugt, und ich wollte nur noch eines: schlafen.

Ich gab Dominik sein Messer zurück und zog frische Kleidung von Pia an. Anschließend verkroch ich mich in einen der Schlafsäcke, während Florian sich neben dem Höhleneingang postierte, um Wache zu halten. Das Lagerfeuer knisterte leise und wärmte.

„Er wäre dir beinahe nachgelaufen, als er bemerkte, dass du verschwunden warst“, sagte Dominik und setzte sich neben mich. „Ich konnte ihn kaum zurückhalten.“

Ich musste unwillkürlich schmunzeln.

„Du bist ein ziemlich großes Risiko eingegangen, Lara.“

„Ja, aber es war’s wert.“

Dominik sah mich mit einem sanften Gesichtsausdruck an. „Ich bin froh, dass du es unbeschadet überstanden hast.“

Das war ich auch. Doch in Sicherheit waren wir noch lange nicht.

35

Ich schlief ganze drei Stunden und wachte erst mittags wieder auf. Zwar war ich immer noch erschöpft, doch die Pause hatte mir gutgetan.

„Wie fühlst du dich?", fragte Dominik, der sofort zu mir herüberkam, als er bemerkte, dass ich aufgewacht war.

„Ganz okay", log ich, aber ich bezweifelte, dass er mir das abnahm. „Wie geht's Pia?"

„Frag sie am besten selbst", schlug er vor, und ich sah, dass sie wach war.

Ich ließ mich neben ihr nieder und nahm ihre Hand. „Hey, wie geht's dir?"

„Besser", antwortete sie. Sie war noch immer kalkweiß im Gesicht.

„Hast du noch Schmerzen?"

„Geht schon. Solange ich nicht auftrete, ist es auszuhalten."

„Du hast mir einen ganz schönen Schreck eingejagt, als ich dich am Boden liegen gesehen habe."

Pia lächelte tapfer. „Zumindest hat dieser Mistkerl nicht meinen Hals getroffen."

„Ja, zum Glück."

„Dominik hat mir erzählt, dass du den Weg gefunden hast."

Ich nickte.

„Das war echt mutig von dir."

„Na hör mal, was hätte ich denn sonst tun sollen? Du musst zu einem Arzt.“

„Aber wie will Dominik mich die ganze Strecke bis zur Hütte tragen? Das schafft er doch nie. Unter normalen Bedingungen sind es schon fast drei Stunden bis dahin. Plus noch die halbe Stunde, bis wir überhaupt bei dem Weg sind.“

„Dominik ist kräftig, er schafft das schon.“ Innerlich hegte ich dieselben Befürchtungen wie sie. Pia war zwar nicht sehr schwer, aber doch genug für das, was wir vorhatten.

Bevor wir uns auf den Aufbruch vorbereiteten, aßen wir etwas. Anschließend holten wir die wichtigsten Sachen aus Dominiks Rucksack und verteilten sie auf Florians und Pias Gepäck. Den Rest ließen wir in der Höhle. Wir hatten nur noch eine volle Wasserflasche, und die würde Dominik brauchen. Schließlich hatte er den schwersten Teil zu meistern.

Dann war es so weit. Florian und ich schulterten unsere Rucksäcke, und Dominik nahm Pia Huckepack. Ich konnte ihr ansehen, dass ihr Bein noch immer schmerzte, doch sie biss die Zähne zusammen.

„Okay“, sagte ich. „Ich gehe voran. Flo, du übernimmst das Schlusslicht. Pass auf, dass Mark dich nicht von hinten überrascht. Sind alle fertig?“

Dominik, Florian und Pia bejahten.

Wir atmeten tief durch, dann brachen wir auf.

Ich hatte erwartet, dass Mark uns aus dem Hinterhalt angreifen würde, doch stattdessen erreichten wir unbeschadet den Abhang. Unterwegs hörten wir weder Geräusche, die auf Mark hingedeutet hätten, noch sahen wir seinen Schatten zwischen den Bäumen. Allmählich begann ich mich zu fragen, ob er nicht doch aufgegeben und das Weite gesucht hatte.

Der Abhang wurde zu einer echten Herausforderung für Dominik. Er hatte keine Hände frei, um sich irgendwo festhalten zu können, und so versuchte ich, ihn so gut wie möglich zu stützen. Schritt für Schritt tastete er sich voran und schaffte es tatsächlich, unten anzukommen, ohne dabei auszurutschen. Dominik setzte Pia hinter einem Baum ab und gönnte sich selbst eine kurze Rast.

Florian folgte uns mit einigem Abstand. Er war in der Mitte des Abhangs, als er plötzlich den Halt verlor und kopfüber hinfiel. Laut schreiend rutschte er bäuchlings den Hügel hinunter. Sein Gesicht war voll Erde und zerkratzt, als er unten aufkam.

Ich lief zu ihm. „Alles in Ordnung?"

„Meine Brille", rief er und tastete panisch die Umgebung ab. „Wo ist meine Brille? Ich kann nichts mehr sehen."

„Bleib ganz ruhig." Ich wusste, dass er ohne Brille aufgeschmissen war. „Wir finden sie schon."

Vergeblich suchte ich den Boden nach den Gläsern an.

„Wo hast du sie ungefähr verloren?"

„Keine Ahnung. Ich bin gestürzt, und irgendwann war sie weg." In seiner Stimme schwang unüberhörbar Angst mit.

Ich zog ihn hoch und führte ihn zu Dominik und Pia.

„Bleib hier sitzen. Ich such deine Brille."

„Du musst sie unbedingt finden. Ich seh sonst nichts."

Ich ließ ihn in Dominiks Obhut zurück und suchte systematisch den Abhang ab. Auf allen vieren kroch ich die Strecke entlang, die Florian runtergerutscht war, und tastete den schlammigen Boden ab.

Irgendwo muss sie doch sein, dachte ich.

Immer wieder warf ich einen Blick nach oben, um sicherzugehen, dass Mark nicht plötzlich auftauchte.

Kurz unterhalb der Stelle, wo Florian gestürzt war, sah ich schließlich etwas glitzern. Es war ein Brillenbügel. Heilfroh, die Brille gefunden zu haben, griff ich danach und kehrte zu den anderen zurück.

„Ich hab sie", sagte ich zu Florian und rieb die Gläser an meinem Pulli sauber. Das linke Glas hatte einen Sprung.

Ich reichte ihm die Brille, und Florian setzte sie hastig auf.

„Der Sprung irritiert ganz schön", sagte er und kniff die Augen zusammen. Ich kann auf dem linken Auge nicht scharf sehen."

„Meinst du, es geht trotzdem?"

„Hab ja wohl keine andere Wahl, oder?"

Wir verharrten für einige Minuten in unserem Versteck und beobachteten den Abhang. Doch Mark ließ sich nicht blicken.

„Vielleicht ist er jetzt doch endlich abgehauen", mutmaßte Pia.

Ich hätte nur allzu gerne daran geglaubt. Doch er verfolgte uns seit über zwei Tagen und hat sogar bei strömendem Regen eine Nacht im Freien verbracht. Warum sollte er ausgerechnet jetzt aufgeben?

Nein, so leicht gab Mark nicht auf, dachte ich und erinnerte mich daran, wie hartnäckig er bei mir gewesen war, bis er mich schließlich im Bett gehabt hatte. Und sich am Ziel seiner Wette.

„Ich denke eher, er hält sich zurück", sagte ich. „Wir sind jetzt wieder zu viert. Bis jetzt hat er nur angegriffen, wenn einer von uns allein war."

„Wir müssen trotzdem die Augen offenhalten", warnte Dominik.

Wir brachen wieder auf, und wenig später hatten wir den Weg erreicht, der zur Hütte führte. Für die nächsten dreieinhalb Stunden folgten wir ihm. Dominik schlug sich erstaunlich wacker. Zwar musste er zwischendurch immer wieder eine kurze Pause einlegen, doch ansonsten trug er Pia scheinbar mühelos. Zumindest ließ er sich nichts anmerken.

Ich musste mir eingestehen, dass ich ihn wirklich vollkommen falsch eingeschätzt hatte. Er riskierte sein Leben, um das von Pia zu retten. Robert hätte das mit Sicherheit nicht für sie getan.

Wir gelangten an einen kleinen Bach und füllten unsere Wasserflaschen auf. Gierig tranken wir.

„Wir sind fast da", meinte Pia. „Bis zur Hütte sind es nur noch ein paar Minuten."

Sie behielt recht. Wir verließen den Wald und traten auf eine große, mit Gras bedeckte Lichtung hinaus. Links stand die Rautenalm, direkt an einem Abhang, der mit hüfthohen Brennnesseln übersät war. Die Fensterjalousien aus Holz waren allesamt geschlossen, und der Vorplatz verwaist. An der Wand stand eine Bank, unter der fein säuberlich Holzscheite gestapelt waren. Gegenüber der Rautenalm gab es einen Wassertrog, der von einer Quelle aus dem Felsen dahinter gespeist wurde. Das Wasser lief durch den Trog hindurch und verschwand in einem Loch in der Erde. Erst hinter der Hütte kam das Wasser wieder aus dem Boden und lief den Abhang hinunter. In der Ferne konnten wir das Rauschen eines Flusses hören, und ich vermutete, dass der Bach darin mündete.

Etwas abseits stand ein kleiner Schuppen, der vermutlich als Lager für Holz und irgendwelche Gerätschaften diente. Zwischen der Rautenalm und dem Schuppen befand sich eine aus Steinen geformte Feuerstelle mit zwei Baumstümpfen als Sitzplätze. Dahinter führte die Wiese einen Berg hinauf, bevor sie erneut dichtem Wald Platz machte.

Es war ein idyllisches Bild, das sich uns bot. Pia hatte mit ihrer Beschreibung der Rautenalm nicht übertrieben.

Bei dem Anblick überkam mich Wehmut. Es hätte ein so schöner Urlaub werden können.

Wir gingen auf die Holzhütte zu und waren allesamt erleichtert, dass wir sie erreicht hatten. Doch als wir vor der Tür standen, wich unsere Erleichterung schlagartig Ernüchterung.

Die Tür war nur angelehnt und das Schloss aufgebrochen worden.

Warum muss er uns immer einen Schritt voraus sein?, dachte ich frustriert. Unser Gefühl war also richtig gewesen. Mark war uns nicht gefolgt. Stattdessen war er vorausgegangen.

Dominik setzte Pia auf der Bank vor der Hütte ab.

„Bleibt hier in Deckung", sagte er und zog sein Messer heraus. „Ich prüfe, ob er in der Hütte ist."

„Sei bloß vorsichtig."

Dominik stieß die Tür mit seinem Fuß auf und trat ein. Ich öffnete sämtliche Fensterläden, damit er im Inneren Licht hatte und nicht von Mark im Dunkeln überrascht werden konnte. Es dauerte nicht lange, bis er wieder zurückkam.

„Es ist niemand da.“

„Aber er war hier.“

„Ja“, antwortete er und deutete mit dem Daumen hinter sich. „Aber das seht ihr euch besser selbst an.“

Ich betrat die Hütte, die aus einem Eingangsbereich mit Zugang zu einem Plumpsklo sowie einem Aufenthaltsraum bestand. In letzterem befanden sich ein Tisch, zwei Bänke und eine holzbetriebene Kochstelle. Ein alter Bauernschrank nahm fast eine komplette Wandseite ein, und in der Mitte des Raumes hing eine Öllampe von der Decke. Durch eine Tür gelangte man in das Zimmer dahinter. Es war der Schlafraum, in dem ein Doppelstockbett und ein weiterer Schrank standen. Eine Tür führte zur Rückseite der Hütte hinaus.

Ich sah sofort, was Dominik gemeint hatte. An der hintersten Wand des Schlafsaals war etwas mit roter Farbe gemalt worden. Es war ein Galgenmännchen, und darunter stand geschrieben: „Wer will der Nächste sein?“

36

Langsam verschwand die Sonne hinter dem Hügel, und Dunkelheit setzte ein. Wir hatten uns in der Hütte verschanzt. Die Eingangstür war verrammelt und die Fensterläden geschlossen. Wenigstens vorerst waren wir vor unserem Verfolger sicher.

Pia schlief bereits, und Florian hatte sich ebenfalls ins Bett verzogen. Wir hatten den Verband um Pias Bein gewechselt und erleichtert festgestellt, dass die Wunde aufgehört hatte zu bluten. Sofern kein Dreck hineinkam und sie sich nicht entzündete, würde die Wunde wahrscheinlich von allein heilen. Blieb also nur zu hoffen, dass die Pfeilspitze nicht verschmutzt gewesen war.

Dominik hatte sich nach den Strapazen für ein paar Stunden hingelegt und saß nun mit mir im Aufenthaltsraum. Das Feuer in der Kochstelle brannte und heizte die Hütte, die Öllampe spendete ein gedämpftes Licht. Vor uns auf dem Tisch lag eine Packung gesalzener Erdnüsse, die wir schweigsam verspeisten.

„Ich fand das echt bewundernswert, wie du Pia den ganzen Weg getragen hast", sagte ich nach einer Weile.

„Ach, das ging schon. So schwer war sie nun auch wieder nicht."

„Ich bin wirklich froh, dass du so viel Sport machst."

„Tja, zu irgendwas muss es ja gut sein."

Ich lächelte, und er erwiderte es.

„Wenigstens haben wir jetzt eine Karte von der Umgebung", meinte ich und warf einen Blick auf den Plan, den wir in einer der Schubladen gefunden hatten. Es gab tatsächlich noch einen weiteren Weg ins Tal auf der anderen Seite des Berges. Er war deutlich länger als der, den wir ursprünglich nehmen wollten, und führte über den grasbewachsenen Hügel vor der Rautenalm, dafür umgingen wir die Schlucht und waren nicht auf die ohnehin zerstörte Hängebrücke angewiesen.

„Ja. Aber es wird eine ganze Weile dauern, bis es einer von uns ins Tal schafft und Hilfe holen kann."

„Das schon, aber in der Hütte sind wir erst mal in Sicherheit. So schnell kommt Mark hier nicht rein."

„Wir werden uns morgen einen Plan überlegen", sagte Dominik, und ich nickte zustimmend. Heute konnte und wollte ich nicht mehr darüber nachdenken.

Für einige Zeit saßen wir erneut schweigend nebeneinander und mampften die Erdnüsse.

„Willst du immer noch wissen, warum ich nach München gezogen bin?", brach Dominik das Schweigen schließlich wieder.

Ich sah ihn erstaunt an. Wollte er mir jetzt tatsächlich von sich aus sein Geheimnis verraten?

„Klar", antwortete ich. „Wenn du es erzählen willst."

„Ist aber eine lange Geschichte."

„Ich hab Zeit."

Wir mussten beiden schmunzeln. Dann wurde Dominik wieder ernst. Er senkte den Kopf und holte tief Luft, ehe er begann.

„Du weißt ja mittlerweile, dass ich aus Bremerhaven komme. Ich habe dort zusammen mit meinen Eltern und meinem kleinen Bruder gelebt.“

Mit seinem kleinen Bruder? Ich dachte, er hatte gesagt, er hätte keine Geschwister. Doch ich schwieg und ließ ihn weitererzählen.

„Vor etwa einem halben Jahr ist es dann passiert.“ Er geriet ins Stocken.

„Was ist passiert?“ Ein ungutes Gefühl machte sich in mir breit.

Dominik sah mich an, und seine Augen füllten sich mit Tränen. Da war sie wieder, diese Traurigkeit in seinem Blick.

„Es war an einem Samstagnachmittag. Mein Bruder, er hieß Lukas und war zwölf, hatte ein Fußballspiel, und meine Eltern sahen dabei zu. Im Anschluss daran sind sie mit dem Auto heimgefahren. Auf der Landstraße kam ihnen ein Wagen entgegen. Der Fahrer verlor die Kontrolle und rammte frontal das Auto meiner Familie. Sie waren auf der Stelle tot.“

Entsetzt riss ich die Augen auf und schlug die Hände vors Gesicht. „Mein Gott“, stammelte ich.

„Der Fahrer des Unfallwagens war betrunken. Die Polizei hat später fast zwei Promille bei ihm festgestellt.“ Dominiks Gesichtsausdruck verfinsterte sich. „Meine Familie musste sterben, nur weil sich dieser Penner besoffen hinters Steuer gesetzt hat.“ Er schüttelte fassungslos den Kopf. „Seitdem weiß ich, was Alkohol anrichten kann, und habe mir geschworen, selbst nie wieder etwas zu trinken.“

Ich musste schwer schlucken und spürte, wie mir innerlich ganz anders wurde. Bis jetzt hatte ich, genau wie die anderen aus meiner Klasse, immer geglaubt, dass der introvertierte Dominik eher eine Spaßbremse war, weil er keinen Alkohol trank. Nie im Leben hätte ich gedacht, dass es ganz andere Gründe dafür gab. Wie zum Beispiel den Tod seiner Eltern und seines Bruders.

„Ich habe eine Tante, die in München lebt", fuhr Dominik fort. „Nach dem Unfall bin ich zu ihr gezogen, um mein Abi zu beenden. Allerdings habe ich freiwillig die Kollegstufe wiederholt. Ich konnte mich einfach nicht mehr richtig konzentrieren, und meine Noten sind in den Keller gesackt. Es war besser, es noch einmal von vorne zu versuchen."

Ich nickte verständnisvoll.

„Ich habe immer noch sehr mit dem Verlust meiner Familie zu kämpfen." Er sah mir direkt in die Augen. „Weißt du, irgendwie glaubt man immer, dass man alle Zeit der Welt hat. Man denkt nicht daran, dass schlagartig alles vorbei sein kann. Und wenn es dann doch geschieht, bereut man, dass man die Zeit vorher nicht besser genutzt hat. Ich würde alles dafür geben, meiner Familie zu sagen, wie sehr ich sie liebe."

Seine Stimme wurde brüchig, und eine Träne lief über seine Wange. Ich wusste nicht, was ich sagen sollte, ich hatte nur unendlich viel Mitleid mit ihm und was ihm widerfahren war.

„Es tut mir so leid", meinte ich und griff nach seiner Hand. Als ich sie berührte, war es wie ein leichter elektrischer Schlag. Ich hielt sie fest, um Dominik zu zeigen, dass er mit seinen Sorgen nicht länger allein war. Seit einem halben Jahr musste er für sich damit kämpfen, nun war es an der Zeit, dass er Rückendeckung bekam. Ich würde alles in meiner Macht stehende tun, um ihm ab sofort zu helfen.

Gleichzeitig schämte ich mich dafür, dass ich ihn zeitweise vorschnell verurteilt hatte. Irgendwie dachten wir alle nur an Spaß und Party machen und blendeten dabei konsequent aus, dass das Leben eben nicht nur daraus bestand. Wer sich nicht auf einer Feier blicken ließ oder keinen Alkohol trank, wurde automatisch als Sonderling oder Langweiler abgestempelt. Doch keiner interessierte sich näher dafür oder hinterfragte die Gründe. Gründe, die manchmal so schmerzlich und unfassbar waren, dass sie einem das Herz brachen.

Dominik war kein Sonderling und schon gar keine Spaßbremse. Er war nur ein junger Mann, dem das Leben ziemlich böse mitgespielt hatte.

„Du hast mich gestern gefragt, ob das Lederarmband eine besondere Bedeutung für mich hat", sagte Dominik. „Ja, das hat es. Es war ein Geburtstagsgeschenk von Lukas, und es soll mich für immer an ihn erinnern."

Erneut schluckte ich schwer und stellte mir vor, wie es mir wohl ergehen würde, wenn meine Eltern und Florian bei einem Autounfall ums Leben kommen würden. Bei dem Gedanken daran wurde mir ganz schlecht. Es musste furchtbar sein, wenn ein einfaches Lederarmband das letzte Erinnerungsstück an einen geliebten Menschen war.

„Das ist so furchtbar", sagte ich kaum hörbar. „Mir fehlen die Worte, um auszudrücken, wie leid mir das alles für dich tut. Was hast du nur durchmachen müssen?"

Dominik presste die Lippen zusammen. „Es war die reinste Hölle."

Ich konnte ihn verstehen, und zum zweiten Mal überkam mich ein schlechtes Gewissen. Bis zu diesem Moment war mein schlimmster Tag im Leben der gewesen, als Mark mit mir Schluss gemacht hatte. Wie lächerlich und banal kam mir das jetzt im Vergleich zu dem vor, was Dominik erlebt hatte.

„Kann ich irgendetwas für dich tun?", wollte ich wissen.

„Du tust schon mehr, als du denkst", antwortete Dominik und ergriff nun seinerseits meine Hand. Sie fühlte sich angenehm warm an. Ein Lächeln huschte über seine Lippen. „Robert hat mich übrigens nicht dazu überredet, mitzukommen."

„Nicht?", fragte ich erstaunt. Ich war davon ausgegangen, dass er Dominik mitgebracht hatte, um mehr Zeit allein mit Pia verbringen zu können. „Aber ...?"

„Ich habe vielmehr Robert darum gebeten, dass er mich mitnimmt."

Nun war ich vollends baff.

„Warum?"

Dominik drückte sanft meine Hand und wirkte etwas verlegen, als er antwortete: „Weil ich dich ziemlich nett finde, Lara. Schon als ich dich das erste Mal gesehen habe, wusste ich, dass du anders bist als die anderen. Ich mag dich wirklich gerne, aber ich habe mich irgendwie nie getraut, dich anzusprechen."

Ich starrte ihn sprachlos und mit offenem Mund an. Damit hätte ich nun gar nicht gerechnet.

„Beim Judo hat mir Robert erzählt, dass er mit Pia in die Berge fahren will. Und er hat ... naja, er hat ziemlich darüber abgelästert, dass du auch mit musst, weil Pias Eltern sonst was dagegen hätten. Also hab ich die Chance genutzt und ihm vorgeschlagen, mich mitzunehmen. Robert war sofort damit einverstanden. Ich hoffe, du bist mir nicht böse, dass ich das getan habe.“

„Böse?“ Ich lächelte ihn an. „Nein, ganz bestimmt nicht. Ich bin sehr froh, dass du mitgekommen bist. Wie hätte ich sonst die Möglichkeit gehabt, dich näher kennenzulernen?“

„Da bin ich aber beruhigt“, antwortete er sichtlich erleichtert.

Das Eis zwischen uns war gebrochen, und Dominik hatte mir sein schreckliches Geheimnis anvertraut. Alles, was ich bisher in ihm gesehen hatte, hatte sich als falsch herausgestellt. Es hatte lediglich auf meinem Vorurteil ihm gegenüber beruht. Der Mensch, der wirklich in ihm steckte, war ganz anders. Und ich mochte ihn.

„Als ich Mark vor sieben Wochen kennengelernt habe“, sagte ich, „hatte ich geglaubt, endlich den Richtigen getroffen zu haben. Ich hielt ihn für den Traumprinzen, auf den ich so lange gewartet hatte. Aber er wurde zu meinem schlimmsten Albtraum. Ich habe mit ihm mein erstes Mal erlebt, doch am nächsten Tag hat er mit mir Schluss gemacht. Einfach so. Angeblich weil ich ihm zu unerfahren war.“

„Autsch“, entgegnete Dominik.

„Ja. Vorgestern hab ich dann den wahren Grund herausgefunden, als ich auf Roberts iPhone eine SMS von Mark entdeckt habe. Die beiden hatten eine Wette abgeschlossen. Robert hat Mark einen Kasten Bier versprochen, wenn er es schaffen würde, mich ins Bett zu bringen.“

„Wie bitte?“

Ich verzog das Gesicht. „Tja, Mark hat die Wette gewonnen.“

„Okay, jetzt wird mir einiges klar. Das ist ja wirklich eine miese Nummer. Tut mir leid für dich.“

„Ach, was soll’s. Mit diesem Mistkerl bin ich ein für alle Mal fertig.“

„Ich würde dich niemals so behandeln“, sagte er, und ich wusste, dass er es auch so meinte.

Wir unterhielten uns noch eine Stunde über alles Mögliche, und ich genoss Dominiks Gegenwart immer mehr. Als uns beiden fast die Augen zufielen, zogen wir uns in den Schlafraum zurück. Pia und Florian schliefen in dem unteren Doppelbett, daher kletterten wir leise auf die obere Etage.

Dominik legte sich auf seine Seite und war sehr darauf bedacht, mir nicht zu nahe zu rücken. Ich glaube, er wollte auf gar keinen Fall aufdringlich wirken. Also ergriff ich die Initiative.

Ich rutschte zu ihm hinüber und schmiegte mich an ihn. Dominik legte seinen Arm um mich und zog die Bettdecke über uns.

Es war ein schönes Gefühl, ihm so nah zu sein. Es knisterte förmlich zwischen uns, doch wir lagen einfach nur nebeneinander, ohne dass mehr passierte. Und genau das machte es so besonders.

Zum ersten Mal in unserem Urlaub fühlte ich mich sicher und geborgen.

37

Pia hustete stark. Es drang bis in meinen Traum vor, und irgendwann begann auch Florian zu husten. Nach den letzten drei Nächten, die ich auf dem harten Wald- beziehungsweise Höhlenboden schlafen musste, fühlte sich die Matratze wie der Himmel auf Erden an. Ich schlief tief und fest, doch das Husten holte mich un- sanft aus meinem Schlaf. Ich spürte, dass meine Kehle vollkommen ausgetrocknet war.

Wasser, war mein erster Gedanke.

Verschlafen richtete ich mich auf. Ich brauchte drin- gend was zu trinken.

Draußen war es noch dunkel, zumindest drang kein Licht durch die Ritzen der Jalousien.

Pia und Florian husteten weiterhin. Das Kratzen in meinem Hals wurde stärker, und meine Augen brann- ten leicht. Erst jetzt bemerkte ich den seltsamen Ge- ruch.

Was, zum Teufel, roch hier so seltsam? Und was war das für ein komisches Geräusch?

Angestrengt starrte ich in die Dunkelheit und lauschte. Es klang wie ein Rauschen, nur tiefer, und hin und wieder knackte es. Meine Augen brannten immer stärker und begannen zu tränen.

In der nächsten Sekunde hielt ich erschrocken inne.

Rauch! Das war Rauch, und in der Luft hing der Ge- ruch nach verbranntem Holz.

„Aufwachen!“, schrie ich und rüttelte Dominik. „Wacht auf! Es brennt!“

„Was?“ Dominik riss die Augen auf.

Nur mit T-Shirt und Unterhose bekleidet sprang ich aus dem Bett und lief zur Tür, die in den Aufenthaltsraum führte. Schon von weitem spürte ich die Hitze. Vorsichtig hielt ich den Handrücken gegen die Tür und zog ihn augenblicklich wieder zurück. Das Holz war brennend heiß.

Ich atmete Rauch ein, und ein Hustenanfall überkam mich. Schnell presste ich die Hand vor Mund und Nase und eilte zu den anderen zurück. Dominik hatte mittlerweile Pia und Florian aufgeweckt, die benommen im Bett saßen.

„Wir müssen sofort hier raus“, sagte ich und lief zur Tür auf der Rückseite. Ich schob den Riegel beiseite und wollte sie öffnen, doch die Tür bewegte sich keinen Millimeter.

Sie klemmt, dachte ich und stemmte mich mit aller Kraft dagegen. Die Tür blieb geschlossen.

Mark!, fuhr es mir durch den Kopf. Er musste die Tür von außen verrammelt haben.

„Die Tür lässt sich nicht öffnen“, brüllte ich.

Dominik kam herbei und versuchte ebenfalls vergeblich, sie aufzustoßen.

„Verdammt! Hier kommen wir nicht raus.“

„Was?“, hörte ich Pia hinter mir. Ihre nächsten Worte gingen in einem Hustenanfall unter. Der Rauch wurde stärker, und entsetzt sah ich, dass die ersten Flammen durch die Tür in den Schlafsaal schlugen. Das an die Wand gemalte Galgenmännchen tänzelte unheimlich im flackernden Schein des Feuers.

Ich wusste, dass wir schleunigst hier raus mussten, ansonsten würden wir in kürzester Zeit an einer Rauchvergiftung sterben.

Pia begann zu schreien, als sie die lodernden Flammen bemerkte. Sie stand auf, wobei sie sich am Bett festhalten musste, um mit ihrem verletzten Bein nicht umzuknicken.

„Das Fenster." Florian hielt eine Taschenlampe in der Hand und richtete den Lichtstrahl auf das Fenster.

Ich lief hinüber und riss an dem Griff, doch genau wie die Tür ließ sich auch das Fenster nicht öffnen.

Ich fluchte laut. Mark hatte wirklich ganze Arbeit geleistet.

„Wir sitzen in der Falle!"

„Was sollen wir jetzt tun?" Pia war der Panik nahe.

„Das Feuer kommt näher", rief Florian, und ich sah über meine Schulter. Die Flammen hatten sich nun vollständig durch die Tür gearbeitet und ergriffen von der Wand Besitz. Von allen Seiten war das Geräusch von berstendem Holz zu hören.

„Aus dem Weg." Dominik schob mich zur Seite. In der Hand hielt er sein Messer. Mit dem Griff schlug er gegen die Scheibe, die in tausend Stücke zersprang, und wischte mit der Klinge die Splitter vom Fensterrahmen. Er drückte gegen die Holzjalousie, doch die saß fest. Offenbar war auch sie von außen verriegelt worden. Für einen kurzen Moment hielt Dominik inne und überlegte.

Meine Lungen brannten mittlerweile wie Feuer, und der beißende Rauch ließ mir Tränen in die Augen schießen. Die Hitze im Schlafsaal wurde langsam unerträglich.

Die Zeit lief uns davon.

„Das Bett", meinte Dominik schließlich. „Los, Lara, Flo, helft mir, das Bett hierher zu schieben."

Ich hatte keine Ahnung, was er vorhatte, doch mit vereinten Kräften schoben wir das Doppelbett bis einen halben Meter vor das Fenster. Dominik zog eilig seine Hose und Schuhe an, und wir taten es ihm gleich. Schweißperlen liefen mir über die Stirn, und mein Hals kratzte so sehr, dass mir das Schlucken immer schwerer fiel.

Dominik stieg auf die untere Matratze, hielt sich am Rahmen fest und trat mit seinem Fuß gegen die Jalousie. Es gab einen dumpfen Knall, doch der Holzverschlag blieb zu. Auch einem zweiten Schlag hielt er stand.

Ich kapierte, was er vorhatte.

„Los, Flo", sagte ich, und zusammen mit meinem Bruder stieg ich ebenfalls auf die Matratze.

Zu dritt traten wir gegen die Jalousie, doch die blieb weiterhin verschlossen.

„Halt, wartet!", rief Dominik, und wir hielten inne. „Wir müssen gemeinsam dagegentreten. Auf drei. Eins … zwei … drei!"

Mit voller Wucht traten wir gleichzeitig gegen das Holz. Der Riegel sprang aus seiner Verankerung, und die Jalousie flog mit einem scheppernden Geräusch nach außen auf.

„Raus hier!", schrie Dominik hustend.

Florian schnappte sich seinen Rucksack, den er im Gegensatz zu mir mit in den Schlafsaal genommen hatte. Der andere Rucksack lag im Nebenraum und war mit Sicherheit längst den Flammen zum Opfer gefallen.

Er warf das Gepäckstück durch das Fenster und zwängte sich anschließend selbst hindurch. Pia humpelte zur Öffnung, und Dominik half ihr hoch. Sie schrie vor Schmerzen, als sie mit ihrem Oberschenkel gegen den Fensterrahmen stieß, doch sie zog sich weiter. Florian fing sie auf der anderen Seite auf.

„Jetzt du, Lara."

Ich pferchte mich durch die Öffnung und war kurz darauf im Freien. Dominik folgte mir.

Kaum war ich draußen, sog ich gierig die frische Luft ein, und das Husten ließ nach. Die kühle Luft tat gut. Es war immer noch Nacht, doch am Horizont zeichnete sich bereits ein schwacher Lichtstreifen ab. Die Sonne würde bald aufgehen.

„Wohin?", fragte Florian.

„Rüber zu dem Schuppen", entschied ich, raus aus der Schusslinie, denn Mark war ganz bestimmt noch irgendwo in der Nähe. Florian leuchtete mit seiner Taschenlampe den Weg, während Dominik Pia trug. Wir rannten über die Wiese, vorbei an der Feuerstelle und auf den Geräteschuppen zu. Als wir ihn erreicht hatten, blieben wir stehen und drehten uns zur Rautenalm um.

Mit Schaudern sahen wir, dass die Flammen den Schlafraum vollständig ergriffen hatten. Das Feuer wütete nun in der gesamten Hütte, die lichterloh brannte. Eine dichte Rauchwolke stieg in den Nachthimmel empor und verdeckte die fahle Silhouette des Mondes.

Das war Rettung in letzter Sekunde gewesen!

Erst jetzt, als wir in sicherer Entfernung zum Feuer waren, stellte ich fest, dass ich am ganzen Körper zitterte und mein Herz raste. Was erwartete uns eigentlich noch? Mittlerweile war ich abenteuermäßig bis an mein Lebensende bedient.

Dominik hob den Holzbalken an, der als Riegel quer vor der Tür des Schuppens lag, und Florian trat ein. Der Lichtkegel seiner Taschenlampe streifte über einen riesigen Stapel Brennholz, der sich hinter einer Schubkarre sowie mehreren Schaufeln und anderem Werkzeug türmte. Wir zwängten uns ins Innere, ließen die Tür jedoch offen, um die Umgebung im Blickfeld behalten zu können.

Schweigend verharrten wir in unserem Versteck und sahen zu, wie die Sonne aufging und die Hütte krachend in sich zusammenfiel.

„Die schöne Alm", seufzte Pia bei dem Anblick. „Mein Onkel wird einen Herzinfarkt erleiden, wenn er das erfährt."

„Eine Hütte lässt sich wieder aufbauen", versuchte ich sie beruhigen. „Wichtig ist, dass wir es noch rechtzeitig rausgeschafft haben."

„Hast ja recht. Trotzdem ..." Sie verzog die Mundwinkel.

Dominik stand mit grimmigem Gesichtsausdruck da.

„Ehrlich gesagt hab ich allmählich die Schnauze voll. Dieser Psychopath hetzt uns jetzt schon seit Tagen durch den Wald. Und dass wir dem Feuer entkommen sind, war verdammt knapp. Es wird langsam Zeit, dass wir den Spieß umdrehen."

„Und wie?", fragte Florian mit bebender Stimme.

„Wir warten, bis er aus der Deckung kommt", antwortete Dominik. „Und dann gehört er mir. Mir reicht's jetzt!"

Ich hatte keine Zweifel daran, dass Dominik locker mit Mark fertig werden würde, doch Mark würde es nie auf einen offenen Kampf ankommen lassen. Immerhin hatte er schon ein Mal den Kürzeren gezogen, und das war bei seiner Prügelei mit Robert auf der Party gewesen.

Die Hütte war mittlerweile bis auf die Grundmauern niedergebrannt. Alles, was von dem Gebäude noch zu erkennen war, war ein kokelnder Holzberg, über dem dichter Rauch hing. Fassungslos beobachtete ich das Schauspiel.

Ich schluckte und merkte, wie durstig ich war. Meine Kehle war nach wie vor ausgetrocknet.

„Ist noch Wasser da?", fragte ich, doch Florian schüttelte den Kopf.

„Wir haben alle drei Flaschen im Aufenthaltsraum stehenlassen", antwortete er.

„Ich bin am Verdursten."

Den anderen erging es ähnlich.

„Sollen wir alle zum Trog vorgehen?", schlug Florian vor, doch Dominik verneinte.

„Unser Verfolger ist immer noch mit Pfeil und Bogen bewaffnet, daher bleiben wir schön hier im Schutz des Schuppens. Aber wenn wir ein Gefäß hätten, dann könnte ich Wasser holen."

„Vergiss es", erwiderte ich. „Ich werde gehen."

Dominik wollte protestieren, doch ich unterbrach ihn.

„Wir hatten die Diskussion gestern schon. Du bleibst hier und beschützt die beiden. Ich gehe los und hole Wasser."

„Lara, das ist zu gefährlich."

„Nein, ist es nicht. Der Trog ist nur dreißig Meter entfernt und von hier aus gut sichtbar. Sollte Mark tatsächlich auftauchen, dann kannst du mir immer noch zu Hilfe eilen. Und solange ich in Bewegung bleibe, gebe ich ein schweres Ziel für ihn ab, falls er auf mich schießen sollte. Sobald ich den Trog erreicht habe, kann ich dahinter in Deckung gehen."

„Na schön", seufzte Dominik. „Aber woher sollen wir jetzt ein Gefäß nehmen?"

„Wartet." Florian öffnete seinen Rucksack und räumte mehrere Kleidungsstücke heraus, ehe er die Plastikdose fand, nach der er gesucht hatte. Er drehte sie um, und ein Mix aus Gummibärchen und anderen Süßigkeiten verstreute sich über den Boden.

„Bitte sehr", sagte er und reichte mir den Behälter.

„Wunderbar. Ich hole Wasser, und anschließend überlegen wir uns einen Plan, wie wir weiter vorgehen. Okay?"

„Sei bitte vorsichtig", mahnte Dominik. „Ich werde dich nicht aus den Augen lassen."

Ich warf ihm ein Lächeln zu und trat ins Freie. Prüfend sah ich nach links und rechts, doch niemand war zu sehen. Mit dem Blick auf den Wassertrog gerichtet lief ich los.

Ich hatte noch nicht einmal die Hälfte der Strecke geschafft, als ich ein lautes Krachen hinter mir vernahm, und wirbelte herum. Starr vor Schreck beobachtete ich, wie jemand von außen die Tür zu dem Schuppen zugeschlagen hatte und nun den Riegel davor legte.

Meine Freunde waren eingeschlossen.

Er stellte sicher, dass die Verriegelung festsaß, dann drehte er sich zu mir um, und ich glaubte meinen Augen nicht zu trauen.

Unser Verfolger grinste mich breit über das ganze Gesicht an. Ein Gesicht, das mir nur allzu bekannt vorkam und mich in lähmendes Entsetzen versetzte. Ich stierte ihn entgeistert an, und die Dose entglitt meinen zitternden Händen.

Doch es war nicht Mark, der mir gegenüberstand, und auch nicht Hannes.

Es war Timo.

38

„Timo?", sagte ich vollkommen verdattert und konnte im ersten Moment keinen klaren Gedanken mehr fassen. Nicht Mark hatte uns die ganze Zeit über verfolgt, sondern Timo? Pias Ex-Freund?

Hinter Timo hämmerte Dominik wie wild gegen die Tür, und Pia und Florian schrien sich die Seele aus dem Leib. Die Tür bebte, als Dominik sich von innen dagegen warf, doch sie hielt seinem Gewicht stand.

„Hallo, Lara", sagte Timo übertrieben freundlich und schlenderte langsam auf mich zu. „Überrascht, mich zu sehen?"

„Timo", keuchte ich. „Du?"

„Ja, ich." Er lächelte milde. „Wen hast du denn erwartet?"

Jedenfalls nicht dich, antwortete ich in Gedanken.

„Ich dachte, du wärst unterwegs nach Italien."

„Tja, reingefallen."

„Aber was ist mit den anderen? Deinen Freunden? Du bist ihnen doch auf den Bahnsteig gefolgt."

„Ach die", antwortete er und machte eine wegwerfende Handbewegung. „Die kannte ich gar nicht. Ich hab mich nur zu ihnen gestellt und so getan, als wären es meine Kumpels, damit ihr keinen Verdacht schöpft."

Er kam näher, und ich sah, dass er etwas in seiner Hand hielt. Ein Messer.

O Scheiße, fuhr es mir durch den Kopf. Ich wirbelte herum und lief los.

Obwohl ich so schnell rannte, wie ich konnte, holte mich Timo kurz vor dem Wassertrog ein. Er packte mich an den Schultern und riss mich zu Boden. Ich fiel mit dem Gesicht voran auf die Wiese, und ein stechender Schmerz schoss durch meine Nase. Meine Augen füllten sich mit Tränen. In der nächsten Sekunde bog Timo meine Arme auf den Rücken. Ich wehrte mich verzweifelt, doch ich hatte keine Chance. Timo drückte mich mit seinem gesamten Gewicht nach unten und fesselte meine Hände. Den scharfen Kanten nach zu urteilen mit einem Kabelbinder. Anschließend drehte er mich herum und setzte sich auf mich. Ich versuchte, mich aufzurichten, doch Timo stieß mich zurück.

„Scht, scht“, sagte er und presste die rasiermesserscharfe Klinge gegen meinen Hals. „Schön ruhig bleiben, Lara.“

Das kalte Metall bohrte sich in meine Haut, und ich schloss die Augen. Mein Atem ging nur noch stoßweise, und mein Herz pochte wie wild. Ich hatte Angst, blanke Angst.

Als ich meine Augen wieder öffnete, blickte ich in das diabolisch grinsende Gesicht von Timo. Ich erkannte ihn nicht wieder. Er, der immer gut drauf gewesen war, hatte seine Maske abgelegt, und das, was dahinter zum Vorschein kam, ließ mir einen kalten Schauer über den Rücken jagen. Seine Pupillen blitzten gefährlich auf, und die Kälte, die von ihnen ausging, schockierte mich.

„Was denn? Hat es dir jetzt etwa die Sprache verschlagen? Sonst kannst du doch auch nie deine scheiß Klappe halten.“

„Bitte, Timo", flehte ich. „Bitte tu mir nichts."

„Ach, sieh mal einer an. Bettelt da jemand um sein Leben?"

Er presste die Klinge noch fester gegen meinen Hals, und ich wagte nicht mehr, mich zu bewegen. Es war ihm deutlich ansehen, dass er diesen Moment und die Macht über mich sichtlich genoss.

„Warum tust du das? Was hab ich dir getan?"

„Was du mir getan hast?", wiederholte er fassungslos, als könnte er nicht glauben, dass ich ihm diese Frage stellte. „Du fragst mich tatsächlich, was ich dir getan habe?"

Seine Miene verfinsterte sich bedrohlich, und sein Blick schien mich förmlich zu durchbohren.

„Du kleines Miststück hast mir Pia weggenommen. Die einzige Frau, die ich jemals wirklich geliebt habe."

Bitte was? Meinte er das jetzt ernst?

„Ich habe was?", fragte ich entgeistert.

„Jetzt tu doch nicht so, als wüsstest du nicht, wovon ich spreche. Du weißt genau, was ich meine."

„Nein, das tu ich nicht. Du hast Pia betrogen, schon vergessen? Deshalb hat sie mit dir Schluss gemacht."

„Weil du deine Klappe nicht halten konntest. Du musstest ihr ja alles gleich brühwarm erzählen."

„Was hätte ich denn machen sollen? Etwa so tun, als hätte ich dich damals auf der Party nicht mit der anderen in flagranti erwischt?"

„Ganz genau. Mann, das war nur ein harmloser Ausrutscher. Die Tussi hat mir nichts bedeutet, absolut gar nichts. Aber du musstest ja sofort zu Pia rennen. Hättest du geschwiegen, dann wären Pia und ich immer noch zusammen."

Ich starrte ihn mit offenem Mund an.

„Du hast alles zerstört, Lara. Alles. Genau wie dieses Arschloch von Robert. Wie ein sabbernder Hund war er schon seit Wochen hinter Pia her. Keine Sekunde hat er gezögert und sich sofort an sie rangemacht, obwohl er genau wusste, dass sie mir gehörte. Mir allein."

Ich glaubte meinen Ohren nicht zu trauen. Ihm gehörte? Was für eine verquere Denkweise war das denn?

„Und jetzt wirst du büßen, was du mir angetan hast. Genau wie Robert dafür bezahlt hat. Und wenn ich mit dir fertig bin, dann werde ich mir Pia, diese Schlampe, vorknöpfen. Wie konnte sie nur mit Robert schlafen? Das war ein ganz großer Fehler von ihr."

„Du bist verrückt", sagte ich, weil mir für alles andere die Worte fehlten.

„Ach ja?", meinte Timo und grinste mich an. „Du unterschätzt mich, Lara. Ich bin nicht verrückt. Aber wenn ich Pia nicht haben kann, dann wird auch sonst niemand sie bekommen. Ich werde sie lehren, was es heißt, mich zu betrügen."

„Das kannst du nicht tun." Ich versuchte, mich aufzurichten, doch Timo drückte mich augenblicklich mit dem Messer wieder zurück. Ich spürte einen brennenden Schmerz an meinem Hals.

„Und ob ich das kann. Du wirst es leider nicht mehr miterleben, Lara, aber wenn ich den Schuppen angezündet habe und Pia bei lebendigem Leib verbrennt, dann wird auch sie erkennen, dass sie einen Fehler begangen hat."

Ich musste schwer schlucken. Timo war offenbar bereit, uns alle zu töten, nur um sich für etwas zu rächen, das er selbst verbockt hatte. Er musste vollkommen wahnsinnig geworden sein.

„Ich hatte mich bei ihr entschuldigt", fuhr Timo aufgebracht fort, und ich ließ ihn erzählen. Denn solange er redete, blieb ich am Leben. Und ich hoffte, dass es den anderen in der Zwischenzeit gelingen würde, aus ihrem Gefängnis zu entkommen.

„Ich liebe Pia über alles und habe sie angefleht, mir noch eine Chance zu geben. Es war nur ein dummer Ausrutscher. Eine einmalige Sache, die nie wieder vorkommen würde. Doch Pia hat mich nur ausgelacht und sich über mich lustig gemacht. Tja, jetzt werde ich es sein, der lacht, wenn ich ihre Todesschreie höre."

„Mein Bruder und Dominik haben mit der ganze Sache nichts zu tun. Warum ziehst du sie da mit rein?"

Er zuckte mit den Schultern. „Klassisches Pech würde ich sagen. Sie waren eben zur falschen Zeit am falschen Ort."

Timos Kaltblütigkeit schockte mich. Er hatte bereits Robert getötet und schreckte anscheinend nicht davor zurück, vier weitere Menschen zu töten. Nur damit er in seiner krankhaften Vorstellung Rache dafür üben konnte, dass Pia nach seinem Fehltritt mit ihm Schluss gemacht hatte. Das war einfach nur absurd und abartig.

„Wie fühlst du dich jetzt, Lara? Ich meine so im Angesicht des Todes?"

Er sah mich erwartungsvoll an, aber ich schwieg. Es fühlte sich scheiße an, doch ich würde ihm mit Sicherheit nicht den Gefallen tun, das auch noch zuzugeben. Am schlimmsten war für mich jedoch diese absolute

Hilflosigkeit. Ich konnte mich noch nicht einmal bewegen, ohne dass er mir die Kehle aufschlitzen würde.

Ich schielte zu dem Schuppen hinüber und hörte noch immer die Schreie meiner Freunde. Doch die Tür war und blieb fest verschlossen.

Panik überkam mich, als ich realisierte, dass mir Dominik nicht zu Hilfe eilen konnte. Ich war allein mit diesem Verrückten und ihm schutzlos ausgeliefert. Angstschweiß perlte mir von der Stirn. Vergeblich versuchte ich, mich von meinen Fesseln zu befreien, doch sie saßen einfach zu fest. Der Kabelbinder schnitt sich tief in meine Handgelenke.

„Bitte, Timo", flehte ich. „Tu das nicht."

„Du hast es nicht anders verdient", sagte er grimmig, und seine Augen sprühten vor Hass. Er nahm das Messer in beide Hände und hob es langsam in die Luft.

Verzweifelt wand ich mich unter ihm, aber mit meinen gefesselten Händen konnte ich nicht viel ausrichten. Als ich meinen Oberkörper aufrichtete, drückte er mich eiskalt lächelnd mit seinem Knie zurück.

Voller Entsetzen starrte ich auf die Klinge, die wie ein Damoklesschwert über mir schwebte. Die Sonne spiegelte sich in dem blanken, rasiermesserscharfen Metall.

„Sag good-bye, Lara."

Er warf mir ein letztes Grinsen zu, dann verfinsterte sich seine Miene zu einer teuflischen Fratze, und ich musste ohnmächtig vor Angst zusehen, wie er mit dem Messer zustach.

39

Ich brüllte wie am Spieß, als die Klinge auf mich zu sauste. Es war der blanke Horror. Ich schrie so laut wie noch nie zuvor in meinem Leben, während ich mit weit aufgerissenen Augen meinem Tod entgegenblickte.

Im nächsten Moment tauchte plötzlich ein Schatten hinter Timo auf und zog ihn seitlich von mir runter. Das Messer verfehlte meinen Kopf nur um Millimeter und blieb neben mir im Boden stecken.

Ich sah auf und stellte mit Erstaunen fest, dass es der Bauer Hannes war, der gerade noch rechtzeitig eingegriffen hatte, und nun Timo von hinten umklammert hielt.

Wo kam der denn auf einmal her?

Egal, er hatte mir gerade das Leben gerettet.

„Lauf!", schrie Hannes. „Befrei die anderen."

Timo schlug wild um sich und versuchte, sich aus der Umklammerung zu lösen.

Ich zögerte noch eine Sekunde, dann rappelte ich mich auf und lief zu dem Schuppen hinüber.

Hinter mir hörte ich einen Schrei und riskierte einen Blick über meine Schulter. Entsetzt sah ich, dass Timo sich aus Hannes' Griff befreit hatte und sich nun eine wilde Schlägerei mit ihm lieferte. Wie ein Berserker prügelte er auf Hannes ein. Dieser wurde von einem Fausthieb an der Schläfe getroffen und sackte bewusstlos zusammen.

Timo drehte seinen Kopf und blickte mit zusammengekniffenen Augen in meine Richtung. Reiner Wahnsinn spiegelte sich in ihnen wider.

Er sprintete los. Ich kam wegen meiner gefesselten Hände nur langsam voran, und der Schuppen schien ewig weit weg. Von drinnen hörte ich Pias Schreie und ein Krachen, als ob jemand mit einem schweren Gegenstand gegen die Tür schlug.

Wenige Meter vor dem Schuppen holte Timo mich ein. Ich wirbelte herum, doch er riss mich zu Boden. Er setzte sich auf meine Brust, sodass ich kaum mehr atmen konnte.

Das Krachen wurde lauter, und Holz splitterte.

Timo legte seine Hände um meinen Hals und drückte zu.

Ich wand mich in Todesangst und versuchte, ihn von mir zu schütteln, doch sein Griff wurde nur noch stärker. Wie ein Schraubstock lag er um meinen Hals und drückte die Schlagadern ab. Um mich herum begann alles zu verschwimmen, und die krachenden Schläge hinter mir drangen nur noch dumpf zu mir hindurch.

Langsam driftete ich in die Bewusstlosigkeit ab. Das Bersten der Tür nahm ich kaum mehr wahr.

Und dann stand plötzlich Dominik über mir. Er versetzte Timo einen solchen Schlag ins Gesicht, dass dieser nach hinten wegkippte. Der Griff um meinen Hals löste sich, und ich japste nach Luft.

„Lara“, schrie Dominik und schüttelte mich an der Schulter. „Lara, kannst du mich hören?“

Ich nickte benommen. Mein Sehfeld stellte sich wieder scharf, doch den Schatten, der sich hinter Dominik aufbaute, bemerkte ich zu spät. Ich stieß einen schrillen Schrei aus.

Timo stürzte sich auf Dominik und rang ihn zu Boden. Er blutete aus der Nase, aber er schien in einem solchen Adrenalinrausch zu sein, dass er den Schmerz gar nicht wahrnahm. Wie von Sinnen prügelte er auf Dominik ein, der die Schläge kaum abwehren konnte.

Pia und Florian standen noch immer beim Schuppen und schrien, während sie vom Boden Steine aufhoben und damit Timo bombardierten. Die meisten verfehlten ihn, doch einer traf ihn an der Schulter. Timo zuckte zusammen. Unterdessen rollte ich mich mit meinen gefesselten Händen zu den beiden Kämpfenden hinüber. Mühsam drehte ich mich und trat mit voller Kraft zu. Ich erwischte Timos Oberkörper, und für einen kurzen Moment taumelte er und war abgelenkt. Dominik reichte dieser Bruchteil einer Sekunde. Blitzschnell tauchte er mit dem Kopf unter Timos Arm ab, zog ihn mit einer Hand über sich, während er sich selbst seitlich herauswand. Nun war er hinter Timo, legte seinen Arm um dessen Hals und nahm ihn in einen Würgegriff. Timo schlug um sich, doch Dominik zog ihn schräg in die Rückenlage, sodass er seinen Oberkörper nicht mehr einsetzen konnte. Die Wucht seiner Schläge ließ nach.

Es dauerte nur wenige Sekunden, dann erschlaffte Timo und sank zu Boden. Dominik ließ ihn los.

„Ist er tot?", fragte ich entsetzt.

„Nein, nur ohnmächtig. Aber er wird gleich wieder zu sich kommen. Wir sollten ihn daher schnellstens fesseln. Flo, hast du deine Schnur noch?"

Florian bejahte und kramte eilig die Rolle aus seinem Rucksack. Dominik band Timos Hände auf dem Rücken zusammen und fesselte ebenfalls seine Füße. Wie ein Paket verschnürt lag er nun vor ihm in der Wiese.

Florian eilte zu mir und umarmte mich.

„Ich hab solche Angst um dich gehabt", sagte er mit tränenerstickter Stimme.

Ich hätte ihn in diesem Moment nur zu gerne an mich gedrückt, doch meine Hände waren noch immer nicht frei. Dominik schnitt den Kabelbinder mit seinem Messer durch und erlöste mich von meinen Fesseln.

„Bist du in Ordnung?", fragte er besorgt.

Ich nickte. Mein Hals schmerzte, aber das würde wieder vergehen. Ich war am Leben, und das war alles, was zählte. „Ja, aber das war Rettung in letzter Sekunde."

Dominik nahm mein Gesicht in seine Hände und atmete erleichtert aus.

„Tut mir leid, es ging alles so schnell", sagte er. „Er hat die Tür einfach vor meiner Nase zugeschlagen."

„Mach dir keine Vorwürfe. Es ist ja alles noch mal gut gegangen."

Ich sah zu der aufgebrochenen Schuppentür.

„Wie seid ihr da rausgekommen?"

„Mit einer Spitzhacke. Ich hab damit die Tür eingeschlagen."

Pia kam zu uns herüber gehumpelt. Sie war aschfahl im Gesicht, und der Schreck saß ihr deutlich in den Gliedern. Sie atmete schwer, als sie vor Timo stand, der sich leicht zu regen begann.

„Timo", flüsterte sie.

„Wer ist das eigentlich?", wollte Dominik wissen.

„Das ist Timo", antwortete ich, „Pias Ex-Freund. Sie hat mit ihm Schluss gemacht, nachdem er sie auf einer Party betrogen hat."

Dominik zog die Augenbrauen hoch. „Sagt mal, mit was für Typen lasst ihr beide euch eigentlich ein?"

Ich schnitt als Antwort nur eine gequälte Grimasse. Dann stand ich auf und ging zu Hannes hinüber, der mittlerweile wieder zu Bewusstsein gekommen war. Er saß da und rieb sich seine schmerzende Schläfe.

„Gott sei Dank", sagte er zu mir. „Dir ist nichts passiert."

Dominik und ich knieten uns neben ihn.

„Dank Ihnen. Sie haben mir das Leben gerettet."

„Was zum Deubel geht hier eigentlich vor?", wollte Hannes wissen. „Warum is' dieser Kerl mit dem Messer auf dich los? Und warum is' die Hütte abgebrannt?"

„Das ist eine lange Geschichte", antwortete ich. „Aber zunächst würde mich interessieren, was Sie hier machen."

„Ganz einfach. Gestern Nachmittag bin ich zur Höllenschlucht gegangen und hab gesehen, dass die Brücke eingestürzt ist. Wisst's, ich hab mir Sorgen um euch gemacht, also bin ich auf die andere Seite des Berges gefahren und hab mich auf den Weg zur Rautenalm gemacht. Leider hab ich's nicht mehr vor Einbruch der Dunkelheit geschafft und musst' im Freien übernachten. Aber ich wollt halt sichergehen, dass euch nichts passiert ist, und offenbar bin ich grad noch rechtzeitig gekommen."

„Allerdings", bestätigte ich. „Ich weiß gar nicht, wie wir Ihnen danken sollen."

„Scho' gut", winkte er ab.

„Wie geht's Ihrer Schläfe?", erkundigte sich Dominik.

„Passt schon. Mir brummt nur ein bisserl der Schädel, aber des is' gloich wieder vorbei. Wichtig is', dass ihr am Leben seid's."

Plötzlich vernahmen wir wüste Beschimpfungen hinter uns und drehten uns um. Timo war wieder zu sich gekommen und wand sich wie ein Aal am Boden, während er Pia wahre Hasstiraden entgegenschleuderte. Pia stand wie angewurzelt da. Tränen rannen ihr übers Gesicht.

„Kleinen Moment mal", entschuldigte sich Dominik und ging zu Timo hinüber. Er packte ihn an den Schultern.

„Jetzt hör mal zu, Freundchen. Wenn du nicht augenblicklich ruhig bist, dann kannst du was erleben. Noch ein Ton, und du kannst die nächsten Stunden nicht nur gefesselt, sondern auch geknebelt verbringen. Ich würde dir also raten, jetzt mal nen Gang runterzuschalten. Verstanden?"

Timo spuckte ihm als Antwort ins Gesicht.

Dominik ließ ihn los und wischte sich angewidert die Spucke weg. Er verschwand in dem Schuppen und kam kurz darauf mit einem langärmligen Shirt wieder.

„Wer nicht hören will, muss fühlen", sagte er und beugte sich zu Timo hinunter.

„Du hast mir überhaupt nichts zu sagen!", schrie Timo. „Dich mach ich sowas von fertig. Hörst du? Du bist tot, Mann! Tot!"

„Jaja", antwortete Dominik ungerührt und knebelte ihn. Er sah zu Pia hinüber, die etwas abseits in der Wiese saß und leise weinte. Florian war bei ihr und versuchte, sie zu trösten.

Ich warf Dominik ein dankbares Lächeln zu und atmete tief durch.

Was für ein Wahnsinn, dachte ich.

40

Ich saß in der Wiese und blickte in den wolkenlosen Himmel hoch. Die Sonne blendete mich, und ich blinzelte. Ich hatte die Schuhe ausgezogen, und das Gras unter meinen Fußsohlen fühlte sich angenehm weich an. Doch noch schöner war, dass Dominik hinter mir saß und seine Arme um mich geschlungen hatte.

„Alles okay?", wollte er wissen.

„War noch nie besser", antwortete ich und lehnte mich an ihn.

Wir waren auf der Wiese vor der Rautenalm, deren Reste noch immer leicht vor sich hin kokelten. Pia und Florian hockten am Lagerfeuer. Etwas abseits, aber immer noch im Blickfeld, lag Timo am Boden. Er hatte seine Befreiungsversuche mittlerweile aufgegeben und verhielt sich ruhig. Hannes war ins Tal geeilt, um Hilfe zu holen, während wir hier auf Timo aufpassten. Es konnte allerdings einige Stunden dauern, bis er mit der Polizei wieder zurückkam.

Pia stand noch immer unter Schock, wenngleich sie sich in der Zwischenzeit etwas gefangen hatte. Ich konnte sie gut verstehen und fühlte mit ihr. Es war bestimmt nicht leicht, herauszufinden, dass die Ex-Freunde absolute Psychopathen waren. Der eine hatte sie geschlagen, der andere sogar versucht, sie umzubringen.

Florian steckte die Ereignisse erstaunlich gut weg. Wahrscheinlich halfen ihm seine Gefühle für Pia. Er würde erst dann in ein dunkles Loch fallen, wenn er erkannte, dass er nie eine Chance bei ihr haben würde. Doch wenn es so weit war, würde ich für ihn da sein und ihn auffangen.

Florian und ich hatten uns zwar schon immer gut verstanden, doch die letzten Tage hatten unser geschwisterliches Verhältnis deutlich intensiviert. Vor allem seit ich Dominiks tragisches Schicksal kannte, wusste ich es noch mehr zu schätzen, einen Bruder wie ihn zu haben. Ich würde bis an mein Lebensende auf ihn aufpassen.

„Wie weit seid ihr denn mit dem Essen?", rief ich zu Florian hinüber.

„Ein paar Minuten dauert es noch", antwortete er und drehte den Spieß mit den Würstchen über dem Lagerfeuer. „Ich hoffe, du hältst es noch so lange aus."

„Ich werd's versuchen."

„Schon hungrig?", fragte Dominik, und ich nickte.

„Mir knurrt der Magen. Und soll ich dir was sagen? Ich hätte jetzt so richtig Lust auf einen deftigen Schweinsbraten mit Kartoffelknödel."

Er neigte seinen Kopf. „Weißt du was? Wenn wir wieder zu Hause sind, werde ich dir einen machen, mit selbstgemachten Knödeln dazu. Was hältst du davon?"

Ich drehte mich zu ihm um und blickte ihn erstaunt an. „Du kannst kochen?"

„Klar. Du nicht?"

„Nun ja, Spaghetti mit Tomatensoße oder ein Spiegelei krieg ich noch hin."

Dominik lachte herzhaft. „Kochen ist gar nicht so schwer. Wenn du willst, bringe ich es dir bei."

„Klingt gut. Aber ich warne dich, ich stell mich in der Küche wirklich nicht besonders gut an."

„Na, so schlimm wird es schon nicht sein."

„Hast du eine Ahnung."

Erneut lachte er.

Ich stellte fest, dass Dominik wie ausgewechselt war. Der traurige Schimmer in seinen Augen war verschwunden, und zum ersten Mal, seit ich ihn kannte, wirkte er entspannt und glücklich.

Wie sich die Sache mit ihm entwickeln würde, konnte ich nicht sagen, ich wollte es einfach auf mich zukommen lassen. Nach der Enttäuschung mit Mark nahm ich mir jedoch vor, es dieses Mal langsamer anzugehen. Ich wollte Dominik vorher genau kennenlernen, mit all seinen Ängsten und Sehnsüchten. Doch bereits jetzt fühlte ich mich ihm so nah, wie ich es selbst in meinem intimsten Moment mit Mark nicht verspürt hatte. Ich wusste nicht, ob es daran lag, was er in seinem Leben schon alles hatte durchmachen müssen, aber im Grunde genommen war es mir auch egal. Dominik war anders als die anderen Jungs. Er gab mir ein Gefühl von Geborgenheit. Und im Gegensatz zu Mark oder Timo schlummerte in seinem Inneren kein krankhaftes Ego, sondern nur eine verletzte Seele aufgrund des Unfalltods seiner Familie.

Es war schon ein verrückter Urlaub, dachte ich. Wir waren losgezogen, um ein paar erholsame Tage in den Bergen zu verbringen. Nicht einmal im Traum hätte ich daran gedacht, dass wir stattdessen durch die Wälder irren und um unser Leben kämpfen würden.

Ich überlegte, wie ich das alles nur meinen Eltern erklären sollte. Wahrscheinlich würden sie mich nie wieder allein in den Urlaub fahren lassen.

Und was war mit Robert? Ob seine Leiche wohl jemals gefunden würde?

Ich verwarf den Gedanken sogleich wieder. So schrecklich sein Tod auch war, ich konnte und wollte mich im Moment nicht damit befassen. Zu viel war in den letzten Tagen passiert, und ich wollte jetzt nur noch eines: zur Ruhe kommen. Mark, Robert, Timo – niemand von ihnen war mehr wichtig. Ich war endlich so weit, die Vergangenheit hinter mir zu lassen und mich auf die Zeit zu freuen, die vor mir lag.

Auf die Zeit mit Dominik.